Jorge Lucas Álvarez Girardi

EL YO
© Jorge Lucas Álvarez Girardi, 2019

Asesora Editorial: Yenny Morales Raffalli.
Curadora: María Fernanda Fuentes
Obra de portada: El Yo. 2019 / Óleo sobre tela / 40 cm x 50 cm
Obra de contraportada: Visiones erradas de María Magdalena. 2018 / Óleo sobre tela. 40 cm x 50 cm.
Diseño de portada y producción gráfica: Idanis Pozo

Hecho el Depósito de Ley
Depósito Legal: MI2019000297
ISBN: 978-980-18-0768-1
Impreso en Estados Unidos. 2020

Un viaje furtivo
por la historia
y el tiempo

El Yo, aunque fue una historia escrita
hace ya mucho, no se hubiese concretado
de no haber sido por mi esposa Yenny Morales,
quien consideró debía ser contada y, gracias a
ella, será la primera de muchas.

Jorge Lucas Álvarez Girardi (Miami, 1964)

Arquitecto de la Universidad Central de Venezuela (1992). Venezolano-estadounidense, desde joven encarna la pasión, trabajo y estudio entre las artes aplicadas. Su amplia obra escrita casi inédita retoma su andar. Ha sido gerente de eventos artísticos, historiador y docente.

Una vocación *sui generis* lo hace profesor hace 15 años de Historia y Arte para grupos de viajeros, guía de museos y lugares históricos por el mundo. En la Florida da charlas y cursos permanentes bajo el título de "La historia narrada a través del arte", en los que recorre la Historia Universal, mezclando elementos de arte y mitología, relacionados con el acontecer actual.

El nacer en Miami le granjeó largas temporadas con su familia paterna; y de Venezuela son sus lazos del ala materna, la UCV y su esposa Yenny Morales que duplicaron sus raíces y riquezas del alma y lo convirtieron en una persona más universal.

Publicó *Cronologías de Eventos Relevantes* (2005) y ahora *El Yo* (2019).

En Venezuela ha motorizado a artistas plásticos y expuesto obra propia, en sus eventos multiculturales, *Happening Extremo*, en sus cinco versiones (1997-2002), integrando desfiles de moda, artes plásticas, video-arte, peformances y música, en un medio plural y urbano. El último **HE5**, en el Museo Alejandro Otero, albergó también el evento **Con Destino MAO** (2002), junto al Instituto de Diseño de Caracas (IDC).

Es pintor y escultor autodidacta que, aunque ha expuesto en numerosas oportunidades y ganado diversos premios, su obra plástica, al igual que la literaria, están aún por descubrirse.

Escribe artículos de historia y arte en su Blog **www.lahistorianarradaatravesdelarte.blogspot. com** y en su Instagram **#artemundoturismo**.

Yo

De haber sabido ayer, lo que hoy yo sé, qué cantidad de errores no habría cometido y qué distinto sería el mundo que conocemos, pues todo hubiese sido diferente y muchas cosas que ocurrieron, no habrían pasado. Pero yo no supe, y ya no hay forma de cambiar lo sucedido, porque la Historia es el pasado de hechos consumados.

Yo soy el que quita y el que da, el que odia y el que ama, el que hace llorar y el que hace reír, el bien y el mal; Yo soy yo, el más grande, el único, el que en el transcurso del tiempo, aun en el olvido, sigue siendo, y todos me han de temer porque hoy puedo ser blanco y mañana negro.

Los grandes, los más grandes, siempre han resentido mi presencia y mi poder, pero, aunque siempre me he esforzado en ser "justo", a veces uno se aburre…

Él

Está oscuro y es tarde, siempre ha sido tarde para mí. Pero ahí estaba yo, disfrutando del último café del día, antes de nublar mi mente en alcohol. Esa brecha, esa delgada línea roja entre un vicio y el otro.

Cada día que pasa siento cómo mi vida se va entre mis dedos, imposibilitado de sostenerla, de sacarle provecho, de ser feliz. Creo que con el pasar del tiempo me estoy acostumbrando; ya casi le estoy tomando cariño a esta patética existencia.

Mientras observaba al sol siendo devorado por las abrasivas aguas del horizonte, un señor se sentó en mi mesa y antes de poder expresar mi enojo, Él sonrió. Por un instante quedé sin palabras, absorto por tal entrometimiento. Vi a los alrededores y noté la existencia de varias mesas vacías. ¿Por qué la mía?, qué abuso.

Tomé valor, algo ya exiguo en mi cotidianidad y le expresé mi deseo de estar solo.

—Desde hace muchos años tú estás solo, aunque estés rodeado de gente —contestó fríamente.

Mi habitual depresión se comenzó a transformar en ira. Quién era éste que usurpaba mi espacio y tan groseramente describía mi vida en esencia con una precisión cortante. Intenté levantarme, pero Él colocó su mano sobre la mía para detenerme. Una fuerza indescriptible se generó y me vi imposibilitado de ponerme de pie. Mis piernas no respondían, como si estuviera inválido. Él continuó tranquilamente observando los últimos destellos del sol suspirando en el horizonte, mientras tomaba su café. Por un instante Él se convirtió en el centro de mi atención y estaba seguro de que yo, en el suyo. Yo creía que la gente no me notaba, que ignoraban mi presencia, que era invisible. Una sombra en el camino a la que hay que evadir. Ahora estaba este señor, difícil de describir su fisonomía en palabras, podía ser uno o podía ser todos, como un mal holograma. No sé si era mi imaginación, pero parecía que iba modificando sus rasgos con el pasar de los segundos. Dos horas más tarde ya no me hubiese sorprendido, porque estaría sumido en vodka, ginebra o ron. En verdad no tenía una preferencia. Cualquier bebida que hiciera más soportable la noche era buena para mí.

Finalizó su café y se volteó a verme.

—Mañana aquí a la misma hora y conversaremos.

Se puso de pie y se marchó, diluyéndose su silueta entre la oscuridad de la noche. En ese momento sentí que la fuerza que me enclavó en mi silla desapareció y me sentí libre. Curiosamente era la primera vez que me sentía libre. Una sensación extraña.

Por largo rato permanecí allí sentado. Mi mente divagó como en un sueño, mezclando el pasado y el presente, los sueños y las añoranzas.

A la mañana siguiente todo se había disipado. Continué con mi existencia normal. Nada asombrosa, nada interesante. Miraba fijamente a todo el que se cruzaba en el camino intentado armar el rostro de aquel extraño individuo. Ningún rasgo coincidía. Pero el estar en ese juego de descubrir al misterioso personaje, me mantuvo entretenido la mayor parte del día y me sentí partícipe de la vida. Me desprendí un poco de mi celular, y chequeé en vano, que nadie me contactaba, solo mensajes genéricos en cientos de chats… me entretuve como en los viejos tiempos, observando al mundo desde la primera fila.

En vano continué su búsqueda, fue inútil, a pesar de que nos encontrábamos en una pequeña isla. Me resigné a tener que esperar hasta la noche.

Llegué al café más temprano de lo habitual, pero la mesa estaba ocupada por una pareja. Esperé parado, aunque había otras mesas desocupadas, pero yo deseaba la misma de la noche anterior, quería que todo fuera igual, no correr riesgos. Ignoraba si este señor tenía hábitos excéntricos y si no aparecería estando su mesa ocupada o se sentaría con los que la ocuparan y no conmigo en la otra contigua. No sabía. Permanecí parado a la caza, los minutos pasaban y esos dos no tenían intención de levantarse. Se acariciaban, se decían cosas al oído, se besaban y no se iban.

El sol ya se comenzaba a ocultar en el horizonte. Desesperado me acerqué a la mesa y le di al joven un billete de 50 euros para que se fuera a un hotel con su atractiva compañera. Él se me quedó mirando, sorprendido, pero al final lo convencí con la mirada. Para lo que les urgía hacer, ese monto era suficiente. A los dos los levanté apresuradamente y prácticamente los empujé deseándoles buen sexo. Recogí sus tazas y las puse en la mesa contigua. Agarré al primer mesonero que me pasó por al lado y le pedí un café *espresso*. Todo debía ser igual. Terminando de hablar con el mesonero, miré el reloj y observé al horizonte para cerciorarme de que el sol, en mi desesperación, aún no se hubiera ocultado, cuando noté que Él ya estaba sentado en la silla de al lado tomándose su café.

—Me encanta esta hora del día. Disfruto tanto el escuchar los gritos de él mientras se sumerge en el inmenso mar y se le extinguen poco a poco sus pretenciosas llamas —dijo mientras tomaba de su taza y sonrió mientras la luz se extinguía. ¡Grita infeliz! te escucho, ¡grita! que el mundo te escuche, como escucha mi silencio.

Al encontrarse el sol totalmente sumergido en el horizonte, el señor sonrió satisfecho y expresó con tono relajado, "las tinieblas me recuerdan el inicio del tiempo, la luz, el presente y la penumbra, el incierto futuro. Como un papel en blanco a la espera de ser utilizado, no importa el cómo, pero utilizado".

Yo permanecía mudo con mi taza en alto y sin beber un sorbo. Miles de preguntas se aglomeraron en mi mente, pero como en un embudo, ninguna salió a tiempo antes de que se marchara nuevamente. Intenté en vano levantarme, pero mis piernas no respondieron. Una atroz angustia me invadió. Esa noche no me pude resistir y bebí hasta caer inconsciente.

La resaca de la noche anterior fue terrible. Todo el día estuve quejándome sin poder concentrarme. Las horas pasaron lentamente e hice un esfuerzo sobrehumano para dignarme y acudir a la cita. Si es que iba a haber una. Creo que nunca se concertó.

Igual, al atardecer llegué al café y mi mesa estaba repleta de turistas conversando, tomando y comiendo. Yo también era turista, pero estos eran cosa aparte, el cliché en pleno: los típicos shorts, sandalias, camisas con estampados floreados y los inmensos sombreros, tal cual promocionaban los folletos. Imposible era para mi presupuesto repetir la hazaña de la noche anterior. Además, todos eran demasiado viejos para incitarlos al sexo; en líneas generales se hubiesen presentado casos de incesto. Me senté en la mesa contigua y la acerqué lentamente hasta el área adecuada.

El sol nuevamente se ponía, e hice un esfuerzo en vano, para escuchar "sus" gritos de dolor antes de que los últimos destellos se fueran consumiendo paulatinamente en el mar… Silencio total.

De pronto me volteé y lo vi a Él conversando animadamente con los turistas de la otra mesa, ¡en mi mesa! Lo miré sorprendido, molesto, Él me vio y sonrió diciendo: "Tú crees que lo que ves es real, pero observa mejor y te darás cuenta, de que la realidad, está solo en tu mente, mientras vives sueños ajenos". En eso el astro Rey se ocultó y estábamos los dos sentados en la misma mesa, completamente solos, aislados del mundo, ni un alma alrededor.

—No tienes con quién hablar y aún no lo has hecho, pero en los siguientes días te permito preguntar, mientras yo respondo lo que me interese contestar. Tú necesitas ayuda y yo desahogo, una especie de alianza, como en la Biblia. Un dar y recibir. Al menos uno de los dos logrará su objetivo... tú o yo. Por su sonrisa intuí quién era el que iba a salir ganando de esta propuesta, pero la curiosidad fue más grande…

—¿Quién eres? —me apresuré en preguntar.

—A su tiempo lo deducirás. No hay apuro.

—¿Qué edad tienes? —en verdad me pareció una pregunta estúpida pero antes de quedarme callado preferí abrir la boca.

—Tantos años tengo como anécdotas recuerdo, ya que las fechas son tantas y tantos los personajes, que olvido la edad, pero es la experiencia vivida la que para mí cuenta, porque los que cruzan su existencia sin vivirla son como si no hubieran nacido y de eso está repleto nuestro planeta. ¿Qué me dices tú de tu vida? ¿Qué experiencia interesante puedes compartir? —preguntó mientras se ponía de pie, dispuesto a marcharse.

—Pero no te vayas, no me has dado tiempo a responder —aduje inmediatamente, para evitar su ida. No sabía si podría esperar otro día envuelto en tanta duda. Lo intenté tomar del brazo, pero fue inútil, era como si se tratara de una alucinación. Alguien efímero.

—Estoy seguro de que tu respuesta improvisada me va a desanimar y aburrir. Piénsala, medítala y nos volvemos a encontrar cuando tengas algo digno de compartir.

Al irse, todo el entorno retornó a su sitio habitual, como si despertara de un sueño. Reaparecieron los turistas, la bulla, el movimiento, la oscuridad. Un mesonero se me acercó para preguntarme si deseaba algo. Aún daba vueltas mi cabeza.

—Lo de siempre —respondí automáticamente.

—Disculpe señor, pero ignoro qué es lo de "siempre" —dijo el mesonero—. Es la primera vez que lo veo.

—Pero he venido todas estas noches seguidas y siempre a esta, la misma mesa —contesté algo molesto y frustrado—. Olvídalo, un café *espresso* por favor… no, no, no… mejor un vodka solo, sin hielo.

No sé cuántos vodkas me tomé esa noche. A decir verdad, no tenía ninguna anécdota digna de contar, ninguna que marcara mi vida, menos la de otras personas. Aunque tal vez… mi vida fuera como la de George Bailey en *It's a Wonderful Life*… Ignoro hasta qué hora estuve allí sentado. Pero de lo que sí estuve seguro fue de que no conseguí respuesta digna al susodicho dilema. Nada me venía a la mente. Nada se me ocurría. Nada podía siquiera inventar. Mi juventud fue estándar; mis relaciones sentimentales fueron escasas y poco apasionadas, al menos de mi parte; el trabajo soso y sin sentido, pero bien remunerado; sin ningún reconocimiento digno de mi memoria; nada que hubiese mantenido el interés de mi interlocutor por más de dos minutos. Tal vez exagero, seguro menos de eso. Toda mi vida estaba enmarcada en el bajo perfil. No destacar, no llamar demasiado la atención, evitar las amistades asfixiantes y a los enemigos casuales. Pasar desapercibido para no necesitar y, sobre todo, para que no me necesitasen. Revisé en mi celular fotos para buscar memorias, pero nada, todas de paisajes, ni siquiera *selfies*, como si no hubiese estado allí. Vi a mi alrededor y aproveché y me tomé uno.

Fui literalmente expulsado del café con la excusa de que los mesoneros debían dormir. Caminé sin rumbo, descalzo por la playa, reflexionando una y otra vez sobre mi vida. ¿Acaso era yo uno de esos que vive su existencia sin vivirla, como si no hubiera nacido? ¿Sería yo uno de esos que por la ansiedad de llegar nunca se tomaba el tiempo de disfrutar el recorrido? Es como ganar en una competencia, el objetivo es la medalla, pero después de que la obtienes es solo un pedazo de metal con una figura en frente. Olvidas el esfuerzo, el entrenamiento, la ansiedad, los aplausos… —Tengo que volver a correr— comenté en voz alta.

Un loco, un pobre loco recostado a una piedra al borde del mar, me miró y preguntó.

−¿Quién disfruta más del camino, la tortuga o la liebre?

Lo miré y continué caminando. En eso Él se levantó y señaló al firmamento repleto de estrellas. Yo instintivamente volteé sin ver nada en particular. Se sentó de golpe diciendo.

−La mente es universalmente rica si se vive para cultivarla y el abstraerse en las estrellas es un inicio. Imaginarse la grandeza del Universo y la aparente ociosidad de los antiguos babilónicos, que dibujaron en las estrellas sus mitos y leyendas.

Le di las gracias, una moneda y continué mi camino, para seguir divagando sobre mi persona. Entonces recordé lo que acababa de pensar. Volteé a conversar con el "loco" pero ya no estaba. Me acerqué a la roca y noté que no había huellas en la arena. Allí estaba mi respuesta. He estado recorriendo mi existencia con gríngolas en los ojos, sin ver a los lados, sin poner atención.

En eso el anciano loco, desde lo alto de la roca me susurró.

−Eso no es una respuesta, es una condición.

−Pero yo solo pensé, no dije nada, ¿cómo escuchaste?

−La vida no se trata de logros, triunfos o fracasos. La vida es todo eso y mucho más. La vida está compuesta de buenas y malas decisiones, que con el paso del tiempo nos damos cuenta de cuál es una y cuál es la otra −continuó diciendo el anciano desde lo alto de la roca mientras alzaba los brazos al sol naciente.

−La vida es una mirada oportuna a una persona necesitada; unas palabras de aliento al desesperado; una caricia al que está triste; compañía al solitario; un minuto de tu atención al incomprendido. Tu vida no es tuya, es de todos y son esos azares insignificantes y menospreciados que no recuerdas, el aliento y la esperanza de otros. Es imposible que recuerdes anécdotas dignas de contar, ya que esas son de otros y no tuyas.

Una ráfaga de viento levantó un pequeño remolino de arena a mi alrededor y mientras me protegía mis agotados ojos, el anciano, que al parecer no estaba tan loco, desapareció. No sé cuánto tiempo estuve allí riendo de lo que acababa de suceder. Por primera vez en años reía. De rodillas frente al mar comencé a gritar. A lo lejos, unos pescadores me observaban y se burlaban de mí, yo que siempre me he cuidado de no hacer el ridículo, ahora no me importaba, estaba seguro de que, en el fondo, a ellos había ayudado.

Mientras regresaba al hotel, para dormir un poco antes de volver al tan esperado encuentro, una muchacha intentaba cruzar la calle y en el apuro se tropezó con un poste y cayó al suelo rasgándose el vestido. Corrí a su lado para ayudarla, dándole una mano amiga. Ella me miró algo apenada y molesta consigo misma. No aceptó la asistencia y se levantó por sus propios medios. Me miró abrumada y se marchó rápidamente, intentando taparse la rasgadura del vestido que mostraba casi toda la pierna. Una derrota gestual, pero un triunfo visual.

Estaba tan extasiado por mi conversación con el anciano que dormí profundamente más allá de la hora del supuesto encuentro. Me apresuré, pero en el camino entre las callejuelas, el sol ya se había ocultado. Al llegar, la mesa habitual estaba vacía. Fui a la playa y me senté recostado a la roca en donde la noche anterior me había encontrado con el anciano. A lo lejos observé cómo una silueta femenina caminaba en mi dirección. En un principio no le presté mayor atención, pero al llegar a la roca se sentó a mi lado. Intenté hablar, pero ella me colocó su delicada mano en la boca. Era la misma que se había rasgado el vestido.

—He recorrido los caminos del tiempo, he visto éxitos y fracasos, he participado en ellos. Me he dejado llevar por pasiones y en el torbellino de los eventos, me he sentido viva. Nunca olvidaré los momentos en que hombres solitarios, en su afán de búsqueda, han influido más en la humanidad de lo que nunca soñaron. Personas que sacrificaron sus vidas para ofrecer a los demás su ingenio y su creatividad. La lista es enorme e inmensa y es mi satisfacción de haberlos conocido. Algunos nombres me vienen a la cabeza, de conquistadores, tiranos, filósofos, artistas y científicos. Todos ellos cultivaron su vida a pesar de no haber necesitado a nadie para lograr sus objetivos; los conceptualizaron pensando en la humanidad, para bien o para mal, pero siempre creyendo que lo hacían por los otros, ya que nadie puede estar solo en el mundo, ni el objetivo es estarlo. Los que se empeñan, es porque a lo largo de su vida, decidieron ocultar sus rostros y ser anónimos. El peor egoísmo es el no querer ser partícipe y vivir en el olvido, tras bambalinas.

A medida que ella hablaba cruzaban por mi mente imágenes y sensaciones nunca antes vividas, como si una luz me transportara a otros tiempos. Intenté nuevamente pronunciar palabra, pero ella me detuvo.

—Una vez, caminando por el mercado en la isla de Samos, escuché a un filósofo decir a la multitud ansiosa de palabras sabias: "Vivan intensamente y justifiquen su existencia". Dos años después él murió intensamente... el pobre.

—¿Quién eres? —pregunté ansioso.

—Acaso no me reconoces —dijo ella muy sonriente.

—Creo sospechar, pero en verdad en estos días no estoy seguro de nada.

—Te creo.

Se levantó y caminó hacia el mar, sumergiéndose lentamente. No intenté detenerla. Solo observé. De pronto una voz a mi espalda me heló la sangre.

—Cómo añoro los días aquellos en que los hombres eran uno con la naturaleza. Días de adrenalina y guerra, donde la sangre se mezclaba con el agua, tiñendo ríos y lagos, pues fueron muchas las muertes que incentivé y muchas las vidas que salvé. Todo era salvaje, incluso hoy, ya que el ser humano es una bestia por dentro y un hipócrita por fuera. Hombres que claman amor y paz, pero se crecen de la miseria de los que les rodean.

Me volteé inmediatamente y allí estaba Él, sentado encima de la roca en dirección al sitio en donde se había sumergido la muchacha. Escruté en el mar y no veía nada. Me comencé a estremecer.

—Te gustaba verdad —preguntó Él.

No sabía cómo responderle, ya que estaba seguro, en mi mente loca, de que ella era Él.

—Lástima que ha muerto. Era buena muchacha, pero sola, muy sola.

Volví a mirar al mar sin lograr ver nada. Vi que Él se recostaba a disfrutar de las estrellas y simultáneamente al agua. Comencé a quitarme los zapatos para intentar salvarla.

—Será en vano, su destino era el suicidio —dijo mientras suspiraba.

—Pero yo pensé que eras tú.

—Hijo, tienes tanto que aprender de mí.

❝ *A veces quisiera ser caníbal, no por el placer de devorar a fulano o a mengano, sino por el de vomitarlo* **❞**

E.M. Cioran

—Aún como si hubiera sido ayer, recuerdo el día en que el primer hombre tomó barro e hizo a Dios a su imagen y semejanza, qué poética la ocasión y qué conveniente la Creación.

—¿Y no fue al revés? —pregunté incrédulo—. "Dios al hombre". —Él rió.

−¡No! −dijo enfático−. Créeme, fue el Hombre quien creó a Dios a su imagen y semejanza y por generaciones lo ha ido perfeccionando. Si no fuera tan modesto, te diría que yo incentivé tal hazaña, ya que el tiempo ha olvidado los nombres de aquellos hombres anónimos que sembraron la semilla de la fe. Esa fe que solo se puede sustentar en la continua y recurrente superstición humana. Es una imagen abstracta, pero a la vez tan poderosa, que realiza milagros, que con el tiempo se conformó e idealizó a nuestra semejanza. Porque ¿de qué otra forma, un grupo centralizado, en un pueblo joven, conformado mayormente por tribus, podrían controlar los actos de sus salvajes súbditos, sino a través del miedo por lo sobrenatural? Dioses omnipotentes. Ese hecho y las tarjetas de crédito son los medios más efectivos de controlar a las masas −dijo, mientras yo sonreí por el cinismo del comentario.

−Digamos la verdad: yo estuve presente mientras se daban formas a los "Amos" del Universo. Con el tiempo los mejoré, hasta que se mitificaron en religiones fascinantes como la egipcia, griega, romana y cristiana, donde cada mínimo evento de la vida diaria estaba bajo la influencia directa de dioses y semidioses que se interrelacionaban con el acontecer diario. Soy hijo de la Noche, hermano de la muerte, el sueño y también de Momo y la aflicción, así como de las vengativas Parcas y Keres, a la vez de Némesis, del fraude, el amor carnal, la vejez y Eris, y todo ello sin que la tenebrosa Noche, mi madre, tuviese relaciones con Dios o mortal alguno. Yo, el más anciano de todos soy desde hace tiempo un reflejo anónimo, un espejismo de todos los otros, más atractivos e "interesantes". Cosas del destino, antojo mío... el destino.

66 *Los humanos somos para los dioses...*
como las moscas para los niños juguetones;
nos matan para su recreo **99**

William Shakespeare

—¡Ahá! ¿pero quién?

—No me interrumpas con preguntas sin sentido o me marcho.

—Pero siempre regresas, al parecer tú estás tan interesado en hablar como yo de escuchar —comenté desafiante. Esa táctica me resultaba a veces en el trabajo.

Él me miró con desprecio desde lo alto de la roca. Esos segundos me parecieron eternos y la sensación fue aterradora. Pero asumí el reto y permanecí inmóvil observándolo fijamente, sin pestañear.

—Retomando donde estaba; en medio del pantano que hoy es arena, escuché a miles de hombres con sueños de unión y grandeza. Donde las mezquindades se dejaban de lado para construir una civilización y a través de ella, crecer. Lastimosamente, para poder subir a la cabeza de los hombres, hay que pisarlos. La pureza del pasado es solo una especulación. Esos hombres, rodeados de tal inmensidad, dieron con las bases de la urbanidad y el comercio. Pero como todo caminante, siempre se termina tropezando con otro en sentido contrario: la muerte se hizo presente. Civilizaciones entre dos ríos. Grandezas olvidadas.

Las escenas como en un torbellino vinieron a mí e inesperadamente me encontraba turisteando al fragor de una batalla. Hordas de jinetes salvajes se lanzaban sobre hombres con pequeñas lanzas que infructuosamente intentaban luchar. Entre todos uno destacaba. No podía asegurarlo, pero era Él. Me convencí cuando se abalanzó sobre mi persona, espada en mano y solo me rozó el rostro, como quien acaricia a un niño. Al abrir los ojos me di cuenta de que me encontraba solo.

Varios días pasaron sin tener otro encuentro con el extraño personaje que se hacía llamar Hijo de la Noche. Aproveché el tiempo en investigar y lo único que descubrí fue un nombre en latín que define el concepto del Destino: Hado. El bien y el mal que recae sobre cada ser humano.

Cada instante que pasaba, escrutaba los rostros de cada individuo, deseando que la mirada lo delatara y se viera obligado a continuar el fantástico relato de sensaciones. Lo que percibí fue que el hombre común evita el contacto visual. Me vi reflejado en ellos. En mi nueva necesidad de ver las caras de los que me rodeaban, pisé un papel que se adosó al zapato. Me detuve y lo arranqué, listo para botarlo cuando su caligrafía me llamó la atención y lo leí: "Como se sabe, el hombre culpa al vecino de los males que le aquejan, pero ¿cómo no ha de ser, si éste, su mayor rival, a su vez lo culpa a él? Y como la guerra es una necesidad, se buscan excusas". Miré a todos lados y no lo vi a Él. Al volver a ver el papel noté que el texto estaba escrito en latín, esa lengua muerta de la cual todos han escuchado, pero hoy casi nadie entiende. Al parecer la leí y en su momento la entendí, ya no más. Doblé el papel y lo guardé en el bolsillo.

Las vacaciones se acabaron y debí regresar al trabajo. Me marchaba con nostalgia, al verme obligado a abandonar una experiencia mágica, la cual estaba seguro cambió mi vida. Con el pasar del tiempo la expectativa por cruzarme nuevamente en el camino de Hado se desvaneció. Como en un romance no correspondido, uno va olvidando poco a poco el rostro de la persona amada hasta que la ansiedad muere y con ella la imagen. La rutina del trabajo y mi personalidad me convirtieron en lo que siempre fui, un solitario amargado.

La revelación

Ya pasado el tiempo, una noche vi con entusiasmado interés un programa en la televisión que hablaba de un rey en Mesopotamia de nombre Sargón II, fundador de la ciudad de Khorsabab en el año 710 a.C., en lo que es hoy en día Iraq. Era evidente que solo iba a encontrar ruinas, pero con el trascurrir de los días, el ir, se transformó en una obsesión. Averigüé todo lo referente a la visa y la permisología requerida para visitar ese convulsionado y polémico país, debido a los acontecimientos de los últimos años con el resto del mundo, y para mi sorpresa, no fue traumático... un poco a mi riesgo, pero factible.

Con ansiedad contaba los días para marcharme de vacaciones. En esta oportunidad estaría todo un mes. Quería recorrer varias ciudades del Medio Oriente. Este insólito interés por civilizaciones antiguas era una novedad. Hasta el momento siempre había sido un hombre de parajes solitarios en las montañas o islas remotas con rocosas playas y lo único que sabía de Historia era que algo, en el pasado nuestro, había ocurrido.

En el trabajo todos se burlaban de mí. Ellos planeaban un viaje en grupo a Cancún. Yo en cambio buscaba sol, arena y ruinas de ciudades que hacía milenios habían dejado de existir y muchas de ellas aún hoy yacen escondidas en la arena, para que algún afortunado arqueólogo las descubra.

A pesar de haber visto el programa, no revisé ninguna otra información. Mi filosofía era que el lugar debía llenar todas las lagunas y transportarte a épocas remotas. Qué lejos de la realidad. Allí estuve todo un día, recorriendo masas de ladrillos aglomerados, resecos por el ardiente sol que para mí, a decir verdad, no significaban nada. Me recriminaba el no haberme preparado, leído más. Ningún palacio se elevaba frente a mí. Ninguna voz del más allá me guiaba a través de un pasado desconocido. Nada. Miraba con detenimiento el folleto turístico de la ciudad intentando dilucidar cómo estos arqueólogos habían imaginado la capital de Sargón II a partir de ladrillos dispersos.

De pronto, milagrosamente y con la puesta del sol, un murmullo lejano comenzó a descifrar pistas. Empecé a entender lo que todo aquello significaba.

Los muros, en mi imaginación, se empezaron a elevar y sin más apareció una guía con un grupo de turistas con shorts, camisas floreadas y todos con sus teléfonos grabando todo, el mismo patrón, pero distintos turistas. No hablaban en mi idioma natural, pero lo entendía, a pesar de que ella, pronunciaba terriblemente. Allí, frente a mis ojos estaba lo que hasta ahora me había hecho falta: una guía, información, conocimiento. Definitivamente uno recorre la existencia sin entender nada, por desconocer lo que le rodea. La ignorancia hace que las barreras sean infranqueables.

Estratégicamente me uní al grupo a pesar de que mi apariencia contrastaba con respecto al resto de sus integrantes. Llegamos a un área en donde hacía siglos se había construido un Zigurat. Estaba en territorio conocido ya que cuarenta y cinco minutos antes había recorrido esas mismas ruinas y me pareció una montaña de ladrillos desgastados. Ahora, con la explicación de la guía se erigía en mi mente una majestuosa construcción de siete niveles, base cuadrada, en forma piramidal. Era un templo. Estos babilónicos buscaban acercarse a los dioses, al cielo y rendirles culto. Ella hizo una similitud con respecto a la imagen iconográfica del Zigurat a la Torre de Babel que se cita en la Biblia. Por supuesto los judíos no tenían en muy alta estima a los babilonios, sobre todo cuando Nabucodonosor, dos siglos después de Sargón II invadió a Jerusalén, destruyó y saqueó su Templo y los exilió a su territorio. Sin darme cuenta me aislé del grupo y permanecí recostado a uno de los muros. Minutos después la guía se me acerca para invitarme a continuar. Yo la observé abstraído. Ella me vio y dijo: –¿Por qué me vienes a buscar, pero cuando yo voy de visita, me ignoras? Quedé extrañado con la pregunta. Mi cara debió haber sido de un total idiota. Ella continuó: –Será que me reconoces mejor es así. Y frente a mis ojos la muchacha sufrió una metamorfosis y se transformó en aquella imagen casi olvidada del año anterior.

–Todo este tiempo he estado hablando sola. No has escuchado palabra. He tenido que llegar a ti a través de la televisión.

Sigo insistiendo, debí parecer un idiota. Las piernas se me debilitaban y preferí sentarme en el suelo. Caminó hacia mí, nuevamente como la muchacha y me extendió la mano para ayudarme a levantar. Instintivamente se la di.

–Sigamos el recorrido –dijo ella–. Qué tiempos aquellos cuando se construyó esta fabulosa ciudad. Era lo más grandioso del momento. Era la Nueva York de hoy en día, con sus dos torres gemelas, por supuesto. Bohemia, dinámica, poderosa. En esos días de locura me divertí cortando cabezas, ya que la vida, o más bien el hombre, no tenía ningún valor, era solo un siervo, un animal para servirnos. Solo los de arriba, los poderosos, eran por momentos indispensables, mientras nos fueran útiles. No sé por qué, aún hoy en día, eso me suena conocido. Las familias de estos hombres no derramaban lágrimas por sus muertos, ya que la vida para ellos era un castigo y no una bendición. Cualquier sacrificio por su Rey y su civilización era bien justificado. Aquí tenemos el resultado de esa grandeza –señalando las ruinas.

–Esto es lo que queda de las conquistas mongoles, nada: ruina y destrucción. No construyeron nada, no les interesaba, ese tipo de responsabilidad los hubiera atado a algún sitio y les hubiera limitado su libertad de recorrer y conquistar. Luego, con el pasar de los siglos, cuando los intelectuales humanizaron la vida y le otorgaron un valor "real" a la muerte, es cuando finalmente se obtiene la dignidad humana y las lágrimas comienzan a correr. Los romanos otorgaron a sus habitantes el título de ciudadanos, más por razones políticas que por sentimiento, ya que el poder de la plebe resultó ser más fuerte que el de la aristocracia. Sin duda la civilización ha madurado más por golpes que por méritos.

Todavía anonadado, como quien siente que una experiencia vivida no es real sino un sueño absurdo, miré a mi alrededor.

—Pero si esto es solo un conjunto de ladrillos desgastados.

—Qué falta de imaginación —me dijo la amable muchacha— Observa mejor. Ve a tu alrededor. Intenta darle vida a cada uno de esos ladrillos. Llena el espacio que te rodea y déjate llevar por una realidad que está pero que te resistes a ver. Roza los ladrillos, siéntelos, absorbe su energía. Siente en él el trabajo de quien lo hizo y de quien lo colocó. Toda esa energía está aún allí… o al menos eso es lo que me gusta a mí creer. Dale, tócalo.

Casi instintivamente lo hice, extendí mi mano y los toqué.

De la nada los muros se comenzaron a erigir. El zigurat se alzó a lo alto, intentando llegar a Dios, para comunicarse con él o más bien rivalizarlo. Entendí la soberbia con la que los babilonios fueron juzgados por los judíos, pero capté que no era un reto, era sumisión, a falta de montañas, ellos debían construirlas para alzar en lo alto un templo en su honor. La sensación fue mucho más allá de la arquitectura. Sentí el tumulto, el día a día, la bulla de la gente circulando por la ciudad más en boga del momento. Los olores entremezclados de sus comidas. Estas ruinas eran la modernidad. Sentí que iba de la mano de un dios.

—El tiempo, como dicen algunos, es relativo, ya que lo que es hoy la punta de lanza en varios siglos, solo será el mango o el sucio de este. Pasado, ruinas. Porque el error de todo hombre a través de su historia es el pensar en el presente sin tomar en cuenta que sus hechos tienen repercusión en el futuro. Un futuro que lo elogiará o condenará. Lo malo es que las acciones a futuro no benefician a los que en el presente las toman, ni a los que a su alrededor se encuentran. Y ese es el error de muchos gobernantes del presente, ¡son populistas! Solo dan lo que la gente espera de ellos, dan, pero no construyen, a excepción de algunas obras efímeras, sin cuerpo y alma, a diferencia de los romanos… "pan y circo" pero con el Coliseo incluido. Obras que trascienden milenios. Solo los filósofos se han tomado el tiempo de generar los caminos de la igualdad sin un aparente beneficio. Ellos han sido la mente de la humanidad, su conciencia, su perdición. Hoy se hace más difícil morir, gracias a ellos, por el valor ficticio que se la ha dado a la vida −se tomó una pausa, abstraído en sus pensamientos y su rostro expresó melancolía− … ahora toda vida es importante… ¿Quién extraña a los miles que murieron por hacer de este imperio lo que fue? Son apenas cifras. Especulaciones. El dolor por los desaparecidos dura mientras alguien los recuerde, después se desvanece en la tierra donde yacen. Y te aseguro que puedes cavar profundo y no encontrarás muchos huesos. Estos muros, al igual que todos los que existen se han levantado más por sangre que por esfuerzo. Admira. Disfruta lo que ves ya que eres privilegiado… ¡disfruta!

A decir verdad, yo sí era privilegiado al poder ver y sentir lo que allí había sucedido siglos atrás. Dos mil setecientos, para ser un poco más exacto.

−¿Por qué yo? −pregunté embriagado por la visión y los comentarios, mientras me tomaba una rudimentaria cerveza, en verdad nada especial, un poco dulce y caliente. Hubiese preferido, con este calor, estar tomándome una cerveza helada, con lúpulo. Pero cómo me iba a quejar, estaba yo en el mismo lugar donde hace milenios se inventó, saboreando una de las fórmulas originales. Pero me distraje de la pregunta inicial así que se la volví a formular a ella (Él).

—¿Qué me hace especial?

Ella sonrió.

—Lo que te hace especial es lo insignificante que eres. Sentí que debía ayudarte.

Esa frase me cayó como un rayo en el cuerpo. Sabía que era verdad, pero a nadie le gusta escucharla y menos de una mujer, que yo sé es Él, pero igual está en forma de un ella. De inmediato ella se transformó en Él y repitió la misma frase.

—Lo que te hace especial es lo insignificante que eres. Te la repito como hombre...

Me quedé mudo, vacilante, confundido.

—Crees que no puedo leer tu mente —enfatizó Él.

Me tomó unos segundos recuperar mi ego. Tomé otro sorbo del agua de jazmín y vi a mi alrededor. Al parecer nadie había notado la metamorfosis de mi acompañante.

—Por cierto —prosiguió Él— yo también puedo...

Metió su dedo en mi cerveza rudimentaria y la transformó en una helada, la más divina que me haya yo tomado alguna vez.

—Milagro 2.2... el vino es más fácil —expresó con sarcasmo.

—¿A qué te referías antes cuando dijiste que el año pasado tú me habías buscado reiteradamente? —pregunté—. Tú nunca me buscaste. Nunca me visitaste. Yo no te he ignorado. Del evento del año pasado hasta llegué a pensar que había sido un sueño, una alucinación. Incluso estuve evaluando la posibilidad de visitar a un psicólogo.

—Mejor a un psiquiatra. Ya sabes, los medicamentos —expresó Él sarcásticamente.

—¡No me has respondido! —repuse enérgicamente.

—Aclaremos y precisemos algo: tú eres una circunstancia en el tiempo, mi tiempo, un accidente temporal, yo en cambio soy un ser poderoso, eterno e inmortal —repuso Él.

—Puede que sea verdad, pero creo que tú me necesitas más a mí que yo a ti. O al menos lo mismo… una especie de alianza bíblica. Tú sabes, dando y dando —expresé tímido ante el cambio de tono que Él había tenido. Y estoy seguro de que en apariencia también. Se veía más intimidante.

Hubo un silencio sepulcral y sentí cómo el tiempo fue pasando frente a mí, en un impresionante vértigo, deteriorando todo lo que nos rodeaba hasta situarnos en nuestra realidad. Existía la sensación de una confrontación. Ninguno cedía en su posición. A decir verdad, yo no reaccionaba por no saber qué hacer o decir. ¡Él!, no sé. De pronto rió a carcajadas, al punto que me contagió.

Me tomó de la mano y continuó diciendo como si nada hubiese pasado.

—Pero a mí, joven al fin, me atraía más la aventura y la sangre ajena, que lo que pudiera estar en sus cabezas, así que de un espadazo se las quitaba.

Seguirle a Él su cadena de pensamientos no era cosa fácil, pero sin decir palabra, me dejé llevar… que hablara. Yo fascinado con escuchar.

—… Era la razón y la venganza en la mente de los líderes. Guié sus manos al pecho del enemigo, ya fuera por beneficio o lujuria. Me encontré frente a frente con todos y cada uno de los dioses del momento y los derroté. Prueba de ello es que yo aún estoy y ellos no. Levanté monumentos para vanagloriar el ego de los líderes e intrigué para derrumbárselos —y señalaba todas las ruinas que nos rodeaban—. Es imposible que exista el bien sin el mal, lo positivo sin lo negativo, la luz sin la oscuridad, yo sin mí… —sonrió—. Todo está allí y son uno. La diferencia la hacemos nosotros. Lo que para mí está bien, para otro es terrible. Cada uno escoge su "bien". Razón ésta por la cual "hombres sabios" han desglosado las siete virtudes y sus respectivos pecados capitales, ya que para el hombre es imposible desprenderse de sus instintos naturales y como es lógico, yo pasé por todos. Después te cuento… –me miró y continuó hablando, pero ya no estábamos en el mismo lugar. Él me había transportado a otro, espectacular, magnánimo, en pleno atardecer.

–Monte Nemrut… Expresé sin aliento.

–Sí –y prosiguió–. Me recuerdo con claridad introduciendo la esperanza en la caja de los males que Zeus le regaló ingenuamente a Pandora. La esperanza, el peor de todos los males, el único que con su melosa fonética nos empalaga e inhibe de tomar decisiones, dejándole esa responsabilidad a terceros, otros que intercedan por nosotros y que nos beneficien, –pensó unos instantes para luego continuar–. De no haber nacido ayer, sino hoy, y no ser quien soy, sería todo lo que soñé y haría todo lo que no pude ser. Pero no nací hoy sino ayer y he sido lo que soy y por eso odio y mato, ya que amo la pasión y la muerte. Observa este paisaje. Lugar digno para construir un monumento a la memoria de los Grandes.

Miramos alrededor todas esas cabezas gigantes, hoy ya en ruinas.

–Ninguno estaría aquí sin mi ayuda.

❝ *Es más fácil hacer leyes que gobernar* **❞**

Tolstoi

Pero tan rápido como había venido, igual nos regresamos. Otra vez en Khorsabad, antigua capital del rey asirio Sargón II.

Llegamos hasta donde estaba el resto de los turistas y ella me alzó el brazo y dijo: –Lo encontré –otra vez era ella… Todos aplaudieron, e incluso me tomaron fotos. De pronto yo era la sensación. Todos ignoraban quién era realmente el personaje que los guiaba a través de estas ruinas. A decir verdad, ni yo sabía. Por el resto de la visita me ignoró por completo. Habló, rió y jugó con casi todos los integrantes, pero yo, como si no existiera.

Estaba molesto y algo celoso pero, a decir verdad, me gustaba ahora más que era mujer, ya que al final de cuentas, a las mujeres, nunca las había entendido. Razón de mi empedernida soledad. Mi experiencia ahora, siendo Él, de sexo femenino, tenía sentido. No entendía nada, pero justificadamente.

Me entretuve viendo unas tallas y no me di cuenta cuando los turistas se montaron en su autobús y se marcharon. Nuevamente solo. Caminé por horas, a la luz de la luna en dirección al pueblo, en territorio desértico. Un vehículo del ejército iraquí se acercó y luego de dilucidar por varios minutos a dónde iba, gracias a la brecha idiomática, ofrecieron llevarme.

Les di las gracias como pude y entré en el hotel. Al solicitar la llave escuché nuevamente la voz de la muchacha y me acerqué al grupo que cenaba entretenidamente, mientras observaban un espectáculo de danza folklórica local. Me aproximé a ella y le pregunté al oído la razón de abandonarme. Ella en un principio se sorprendió y luego, extrañada, me dijo enfáticamente que no me conocía. Ese fue un instante de gran confusión y vergüenza. Inmediatamente subí a mi habitación a recostarme y reflexionar mientras bebía un whisky que había llevado de contrabando, en vista de que los islámicos, al menos en sus países, tienen prohibido el tomar alcohol. Fue en ese momento que decidí comenzar a escribir mis experiencias con este extraño ser o mis experiencias con esta mente creativa que me estaba haciendo trucos. De cualquiera de las dos maneras, valía la pena escribir para recordar, ya que intuí que se pondría más interesante y complicado.

> **❝** *Cuando vivo en turbulencia añoro la calma* **❞**
>
> **Yo**

Los días sucesivos fueron de tensa calma, ya que esperaba a cada instante la visita de "Él", en cualquier tipo de morfología, pero hasta donde supe o intuí, no se apareció. Definitivamente Él tenía un raro modo de proceder. Lo extrañaba, requería de su soberbia, pero sobre todo de sus puntos de vista. Me agradaba cómo recreaba el entorno, largo tiempo ya desaparecido, frente a mí.

El resto del viaje fue normal. Conocí lugares y culturas que ni sabía existían. Pero como ya era costumbre, desde una perspectiva distante. No estoy seguro de la razón en particular, de arrastrarme hasta las ruinas de Khorsabad en la antigua Mesopotamia, para luego abandonarme el resto del camino. Los dioses no son confiables, están con uno solo cuando a ellos les interesa y te generan agobiantes calamidades cuando ellos necesitan que les adoren y adulen. Si en el exceso de calma no les rezan, te mandan un terremoto, una tormenta o una plaga, para que sintamos en carne propia lo vulnerables que somos los seres humanos y lo poderosos que son ellos.

En mi viaje, ya que estaba cerca, me animé y fui a Egipto para conocer las benditas pirámides. La única maravilla del mundo antiguo que aún existe.

El Cairo en todo su caos tiene un atractivo imperial. Otrora una de las civilizaciones más importantes y largas de la historia, mientras que en la actualidad lucha constantemente por mantener una posición de supremacía en el mundo islámico, y como eje de influencia en el convulsionado Medio Oriente. No es de extrañar que mientras uno recorre sus calles sienta una atmósfera antigua. Una ciudad construida con la misma piedra que una vez cubrió a las pirámides. Piedras que en el pasado fueron saqueadas de su contexto original para construir la pujante ciudad.

Las pirámides son como un oasis, insertas en una metrópolis. Ubicadas en el oeste del Nilo, donde se pone el sol. El lugar ancestral dedicado a todos los muertos y a su descanso eterno. Esa antigua obsesión ha sido sustituida por el culto al dinero, a costilla de un pasado, que lucha por mantener su dignidad en una metrópolis que ya la rodea. Sus dioses fueron sustituidos, hace ya tiempo por Alá, quedando ellos, solo como piezas de museo y curiosidad: Ra, Osiris, Isis, Horus y hasta el mismo Set fueron largamente olvidados, y no existe, por lo que he aprendido últimamente, peor castigo para un dios que el ser ignorado. Es su condena, su fin. Solo viven del ego de sentirse poderosos y necesitados.

Desde la habitación de mi hotel podía ver a lo lejos, por encima de la extensa ciudad, las tres majestuosas pirámides. Realmente, me preguntaba, qué había motivado a estos tres faraones a construir tan magníficas tumbas en un lugar en ese entonces desierto.

Mientras me servía la merienda, sentado en un café muy cerca de las pirámides, un anciano literalmente me obligó a realizar un paseo a camello, con el argumento de sentir la verdadera sensación del desierto. A regañadientes acepté y el anciano me dio un precio, pero como es costumbre aquí regateé y él se negó. El raquítico animal, que de milagro logró levantarse, caminó a paso muy lento, y al contrario de lo que yo me imaginaba, recorriendo el desierto al galope del dromedario, como beduino en busca del oasis de la felicidad, el viejo, nunca soltó las riendas. A los pocos minutos el infeliz animal colapsó exhausto, rehusándose a continuar con el paseo. Discutí con el hombre que intentó cobrarme, no solo el costo de todo el paseo, sino al animal. Al final accedí a pagarle las piastras que me pedía, ya que el sitio del descanso forzado resultó ser mágico. El sol se ocultó justo por detrás de la pirámide de Keops, delineando la grandeza de voluntades. Su sombra se acercaba a nosotros a medida que se ponía el sol.

—Nosotros construimos esa maravilla —dijo el anciano extasiado.

En un primer instante me alegré al pensar que Él se podría estar manifestando a través de este hombre, pero luego al preguntar el porqué decía eso, me decepcioné.

—Me refiero a que fuimos nosotros, los egipcios, de propia voluntad y no los esclavos.

—El poder de unos pocos —me apresuré en decir.

—¡Unos pocos! —exclamó sorprendido el viejo—. Veinte mil voluntades trabajando por veinte años para la inmortalidad de nuestro faraón y a través de él, la nuestra. Su monumento nos recuerda, aún hoy, su grandeza. Lo que somos capaces de hacer, si estamos motivados e inspirados. Aunque no todos nuestros antepasados son dignos de esfuerzos. Hay muchos que piden más a sus pueblos de lo que ellos están dispuestos a dar. Los seres poderosos, que han regido y regirán los destinos de la humanidad deben sacrificar sus vidas por el bien de ésta y no utilizar su poder como medio por el cual endiosarse y vanagloriarse. Por suerte para todos, a pesar de que las civilizaciones, históricamente, han tenido líderes débiles, mediocres y tarados, de vez en cuando llega uno talentoso que logra proyectar a su pueblo a destinos antes no imaginados, y en ese momento es cuando se desarrollan las artes y las ciencias, se realza el espíritu y se conquistan territorios. Aún estamos esperando…

—… Y nosotros también… Siempre a la espera de un Mesías —expresé.

Yo sonreí instintivamente, sin intención de ofender a mi interlocutor, pero Él me miró muy enfadado.

—Disculpa —me apresuré en decir—. Lo que sucede es que en los últimos tiempos algo absurdo me ha estado ocurriendo. Cada vez que alguien expresa algo profundo o filosófico, resulta que es un personaje, no sé si real o imaginario, el que me lo dice. Sé que suena esquizofrénico, pero es real. Como si mi otro yo, el culto, deseara darme lecciones de vida.

El viejo me observaba incrédulo mientras acariciaba la cabeza de su enclenque camello. En eso, justo detrás de mí escuché una voz conocida.

—Aún no entiendo por qué te escogí a ti. Entre tantos que me necesitan. Pierdo el tiempo contigo, eres patético.

—¿Por qué? también pregunto yo —inquirí sorprendido al descubrir que, en efecto, el anciano no era Él …

Se generó una larga e incómoda pausa. Yo no entendía la razón de su reclamo. ¿A qué se debía? De pronto Él comenzó a reír a carcajadas.

—Hijo mío, a decir verdad, se trata de una apuesta, una jugosa apuesta —añadió, poniéndome su brazo encima de mis hombros—. Nosotros los dioses también nos aburrimos.

—¿Conociste a Ramsés? —pregunté rápido para esquivar la verdadera razón de su interés por mí. Resultaba ahora que, en apariencia, no era por mis virtudes, sino por mis defectos, el beneficio de su compañía. ¿Una apuesta con quién? No me atreví a preguntar. No es bueno ser el objeto de juego de dioses. En la mitología griega hay cientos de ejemplos donde los hombres nunca terminan bien cuando los dioses interfieren con ellos.

—¿Cuál de todos?

—¿Ah? Estaba distraído con mis elucubraciones.

—¿Cuál de todos los Ramsés?

—¡No sé!… el grande —dije, improvisando mi curiosidad.

—A decir verdad, los conocía a todos, pero solo uno fue digno de mi admiración. Ramsés II, fue un gran amigo, y uno de los privilegiados, que además de procrear intensamente, le ofreció a su país setenta años de prosperidad, real e imaginaria, en la mente de sus súbditos. Eso sí es talento. No todos, por supuesto, contaron con la suerte de tener a esos grandes hombres, guiando sus destinos, muchas veces llegaron tarde y otras veces, los mataron en el camino, o peor aún, creen hoy día serlo… En definitiva, estoy envejeciendo, ya que yo me crecía en la incapacidad de quienes gobernaban, pues un inútil es cien veces más vulnerable a mis adulaciones y presa fácil de sus supersticiones. Él (Ramsés), por el contrario, resultó ser amigo. Uno de los pocos que realmente he tenido. Aun así, es inmensa la lista de los que pudieron ser y no fueron, ya que el "destino" –sonriendo– les jugó una mala pasada y cayeron víctimas de las intrigas de los que les rodeaban, porque no hay peor castigo para un ser ambicioso que exista otro que lo opaque. Sabias palabras –comentó satisfecho.

Nuevamente estaba aturdido. Palabras muy profundas para alguien a quien le acababan de decir ¡imbécil! tú eres la excusa, no el premio.

–Odio ser, por no haber aprendido que la existencia misma en este mundo fue generada por aquel, que odió ser desobedecido, y como castigo les dio la vida. De haber sido otros y no los que somos… ¿qué seríamos? ¡La historia es una vaina!… condena eternamente. De generación en generación, permanecen en nuestras mentes las glorias o los errores de los que nos precedieron. A lo largo del tiempo, solo se escucha la versión del que la cuenta o la escribe, manipulada por las convicciones o temores de la época. Nunca con parcialidad se puede hacer referencia de un evento, ya que la opinión particular siempre deja huella. Vivo mi eternidad condenado por lo que hice, y aún hoy, tantos años después, es recordada mi "hazaña", pero por los que no están. No me arrepiento; de tener que volver a hacerlo, lo haría, solo que en esa oportunidad mataría al "historiador" que me condenó… e incluso al que me olvidó. Pero lo que me satisface, es que ese hombre no escribió otras tantas cosas que también hice, buenas y malas, y por su omisión, su grandeza es limitada. Muchas de ellas se mantienen en el anonimato, debajo de arenas incandescentes, revueltas por el viento y la sequía. En varias oportunidades seduje a algún ignorante que ingenuamente se dejó engañar, y mató por mí. Otras tantas, solo fui testigo. Pero la historia está conformada, en líneas generales, de asesinatos, envidias, hambre, pestes, ira, soberbia, lujuria, represión y guerras así que, en algunas, o en todas estas categorías, he participado. Soy uno más de la masa y la masa es una conmigo. Añoro, cuando en la hoy en día llamada Prehistoria, el futuro no cuestionaba el pasado, aunque en ese pasado se conformaba el futuro. Me imagino que, por la ausencia de un lenguaje escrito, ya que en esos tiempos igual había mucho chismorreo. Tú sabes, "En pueblo chiquito infierno grande" —volteó a verme y esperó de mí algún tipo de comentario, pero ¿quién puede interrumpir a un ser que no para de hablar y no tienes ni idea de qué es lo siguiente que va a decir?

—Interesante —me apresuré a decir. Él se volteó y continuó su conversación.

—En esos tiempos existían luchas entre tribus por un pedazo de tierra, acceso al agua o la simple piel de un animal, muchas veces humanas. Donde las sucesiones y los cargos se ganaban o perdían a punta de garrote y el más fuerte, no el más inteligente, triunfaba. Siempre ha sido así. El erudito se dedicaba era a manipular a través de la superstición del espíritu y lo sobrenatural al sanguinario jefe, para lograr así el respeto que su intelecto merecía. Épocas pasadas que, aunque posteriormente escritas, hoy yacen bajo la arena y el olvido, pero que todas ellas, como gotas de agua, conformaron el mar que es hoy en día nuestra civilización.

—Pero no importa qué tan malo haya sido el pasado, es el que nos ha traído al futuro —dije casi sin pensar.

—¡Excelente! —dándome un espaldarazo.

Observábamos el conjunto de las pirámides de Giza a la distancia. Los cientos de turistas subiendo y bajando de los autobuses como hormigas en la arena. El anciano recostado a su camello continuaba allí, abstraído, viendo el horizonte, más allá de las pirámides, hacia el desierto que estaba tras ellas.

—Mala hora —prosiguió Él— en la que el humanismo se elevó sobre todas las cosas y pretendieron guiar la conducta y las naciones. Pero el hombre aún envuelto en esa antigua ilustración, siempre ha sido y será un animal de caza y el llamado de la sangre es más fuerte que el llamado de la mente. En situaciones extremas respondemos por instinto y corazón. Todavía hoy somos los mismos salvajes de ayer y las muertes continuarán llenando huecos, por los cuales avanza el progreso.

—¿Contestada tu pregunta?

—¿Qué fue lo que te pregunté? —dije aturdido de tanta palabrería— Y ¿cuál fue la hazaña por la que estás condenado?

—Todavía no, con el tiempo todas tus dudas serán despejadas y miles más se aglomerarán en tu mente cuando yo ya no esté para responderlas. La pregunta era si había conocido a Ramsés II.

—Espero que estés poniendo atención a cada palabra que digo, de lo contrario..., sí, sí lo conocí.

—¡Ah! Excelente.

—Ven, te voy a mostrar algo —dijo de pronto y se puso de pie extendiendo su mano para ayudarme a levantar.

No hay duda, sus paseos son lo máximo, pero siempre generan una ansiedad a lo desconocido. Como cuando uno se monta en una montaña rusa con los ojos cerrados. Bueno, yo lo hago.

Me tomó de la mano y me vi inmerso en un torbellino de ruido y calor. Llegamos a un sitio tortuoso, desagradable y atormentante, en donde miles de seres sufrían agonías aterradoras. Ni en mi peor pesadilla me pude haber imaginado lugar como ese, pero Él se movía como amo del lugar, saludando a todos, conversando, ofreciendo sugerencias, a los torturados y a los torturadores.

Entendí de inmediato lo que significa "dantesco", y al igual que Dante, recorrí el infierno, pero no de la mano de Virgilio, sino de la de Él...

Aquello era una inmensa galería, infinita en dimensiones, oscura, aglomerada de maquinarias atemporales, vapor, humo y dolor. Masas de hombres y mujeres, despojados de sus ropas, conducidos a uno u otro lado y un quejido constante, y esporádicos gritos de dolor complementaban la peste sulfurosa que cubría el lugar. Nunca en mi vida podré describir el terror que sentía tan solo por estar allí, a pesar de que Él no me soltaba de su mano.

A lo lejos un trono. Caminamos hasta él y allí sentado estaba un hombre, bien parecido, satisfecho con todo lo que veía. La panorámica era del más allá. Un área infinita donde una masa inquieta era castigada por "pecados", muchas veces asignados por mi acompañante.

Fui presentado al señor del trono, quien sonrió al saber que era yo.

—¡Ah!, ¿es él? —señalándome.

Un escalofrío me recorrió el cuerpo cientos de veces al percatarme de que ya era conocido en los bajos fondos... literalmente. No tengo palabras para describir lo que allí vi. Pero por lo que sé, todo lo que se hacía, no era de derecho exclusivo, todo eso, en algún momento de la historia y por las razones absurdas que hayan tenido, lo había hecho el hombre un poco más arriba... si es que estábamos aquí abajo. Parecía un cuadro gigantesco del Bosco, y yo en medio de él.

Él interrumpió mis pensamientos para decirme:

—Estamos acá arriba, ni siquiera te puedes imaginar lo que hay allá abajo.

El señor del trono sonrió sarcásticamente cuando capté que, si este no era el de abajo, entonces era el de arriba.

—No te sientas mal, todos los hombres, no importa cuáles hayan sido sus acciones, son castigados, no porque nosotros morbosamente queramos, sino porque ustedes consideran que se lo merecen. Aquí solo se complace.

Miré aterrado a mi alrededor.

—¿Me quieres decir, que esto que veo es lo que las mismas personas creen se merecen y, por ende, lo padecen?

Él sonrió y le comentó al que estaba en el trono.

—Te dije que el muchacho tiene madera.

—No es buena madera, pero es lo que hay —le respondió el otro sonriendo irónicamente—. Retomando la conversación, pero ahora conmigo:

—Los peores personajes no están aquí. Ellos están en lugares maravillosos, ya que no tienen consciencia de que sus actuaciones merecieran castigo. Así somos nosotros y así son ustedes. Por cierto, yo no soy quien tú te imaginas, yo solo soy... como un capataz —y puso su mano sobre el hombro de Él, mientras yo miraba desde lo alto el sufrimiento ajeno. Él, —señalando instintivamente hacia arriba— todavía no quiere hablar contigo.

Estaba abrumado, incluso para captar lo que este personaje me había dicho.

A lo lejos vi a una niña vestida de azul que estaba arrodillada entre las masas humanas que se desplazaban de un sitio al otro. Me solté de la mano de Él y caminé hasta ella, abriéndome paso entre la multitud. Cuando le fui a hablar todo se obscureció. Volteé a donde se encontraban ellos. El del trono se puso de pie y me dijo:

—¿Por qué te empeñas en mantener tu pequeña vida pequeña? Aprovecha el tiempo que te he dado, haz algo digno de ser contado.

—✃—

La creación

66 *El asombro es la base de la adoración* **99**

Thomas Carlyle

Aún sin salir de mi extrañeza, estábamos nuevamente de regreso en las Pirámides de Giza. Ya era de noche y el camello yacía en la arena dormido o muerto. En realidad, no me importaba. ¿Acaso había conocido a Dios, a su hijo u otro? Era tan joven. ¿Era el cielo una fase de tortura y sufrimiento elegida por el hombre? ¿para qué? ¿O sería que el apestoso olor del camello me había drogado y mi mente inquieta inventó lo sucedido?

Los cientos de turistas ya estaban de regreso a sus hoteles recreando sus fantasías egipcias y las pirámides se veían distintas, majestuosas. Sin todos los autobuses turísticos que las acosan día a día. Por supuesto, no podía olvidar que yo también era uno de ellos, un turista, pero con un amigo poderoso, con contactos en el más allá.

—¿A quién fue al que acabamos de ver? ¿Dios o Cristo? —le pregunté a Él, pero Él ya no estaba, solo el anciano, que me miró confundido y me respondió.

—Yo solo conozco a Alá. A tu Dios no.

—¿Y a Alá sí?

—Alá se siente, él te llena, no lo ves. Nunca lo ves. Ustedes los paganos tienen un empeño de humanizar a su dios. Lo pintan y lo esculpen. Tienen que adorar a una imagen.

Son incapaces de adorar lo abstracto. Hay mucha mitología en su religión. Solo es una versión actualizada de la romana, incluso de la nuestra —señalando a las pirámides, refiriéndose a la egipcia.

—¿Nosotros los paganos? —inquirí molesto y desafiante—. Gracias a esa actitud es por la cual nunca se van a acabar las guerras. Al menos las verdaderas. Las religiosas. No importa lo civilizada que la humanidad se sienta que esté, la religión siempre será razón suficiente para la guerra. Nadie quiere entender que es un mismo Dios al que se le aproxima de tres formas distintas. Cada cual con sus métodos o tradiciones —comenté molesto, dándome cuenta de que, en verdad, uno se molesta cuando la gente cuestiona o critica sus creencias, o al menos las creencias heredadas de los padres.

Volteé por todos lados, buscándolo a Él y no lo veía.

—¿En dónde está el hombre que estaba aquí junto a mí? —pregunté al anciano.

—¿De qué hombre hablas? Hemos estado nosotros solos por horas, y tú, todo el tiempo murmurando. Y por cierto, yo cobro por hora.

—Pero ya te he pagado… y estoy seguro de que de más —repuse molesto, por tener que retomar ese tema.

—Tú no me pagaste completo. Además, con tu exagerado peso, creo que mataste a mi querido Ibrahim —refiriéndose al camello.

—¿Mi exagerado peso? ¡Yo siempre me consideré una persona de contextura normal!

—Ustedes los occidentales, con todos sus excesos creen que son normales —respondió el anciano molesto.

Resignado, decidí claudicar en esta discusión absurda, cuando a mí lo único que me interesaba era saber si al que acabábamos de ver era a Dios o al Diablo y, a fin de cuentas, ¿quién era el que estaba arriba y quién era el que estaba abajo?

Sentía la necesidad de afinar mis arquetipos. De modo tal que decidí pagarle lo que él inicialmente me cobraba.

Una vez pagado, la sonrisa le retornó al rostro al anciano... y la vida al camello. Era un acto digno de un circo.

—Escala la pirámide, es una experiencia única en la vida. —dijo el anciano.

—¿Tú la has escalado?

—¡No! Esa experiencia es más importante para ustedes los occidentales que para nosotros. Nosotros las construimos y ustedes tienen una necesidad absurda de escalarla. Será para probar que su cultura actual es más grandiosa que la nuestra. Ustedes cambian a cada instante, pero nuestra civilización logró permanecer intacta por tres mil años. Anda, escálala. Siéntete grande y poderoso. Conquista.

—¿Qué es lo que te pasa? ¿Por qué la agresividad?

—Te faltó una rupia —respondió el anciano fríamente.

—¿Y no está prohibido escalarla? —pregunté intrigado.

—Sí, pero a esta hora nadie se va a dar cuenta. Aprovecha la luz de la luna —insistió.

Ya el camello, Ibrahim, estaba nuevamente a punto de desfallecer, cuando saqué la rupia faltante y le pagué al anciano. Me levanté y caminé hacia la pirámide. A decir verdad, tenía un gran impulso por conquistarla y sentirme en la cima del mundo, como había predicho el anciano. Al menos una cima construida por el hombre. De lejos se veía más fácil de lo que era. Cada piedra era enorme. Los dos millones de piedras que conformaban esta maravilla de la humanidad.

La luna cubría con su luz todo el entorno. Demasiado para mi gusto, ya que podía notar a los escorpiones. A pesar de que me aterraban, el impulso de coronar la cumbre era más grande que yo. Estaba en una aventura, haciendo algo prohibido.

Con gran esfuerzo, empeño y obsesión, me encontraba a un tercio de la altura, cuando noté, al escrutar el horizonte, pero no con mayor asombro, que el anciano se había marchado. Debí haberle hecho caso al canadiense del hotel que me insistió en que siempre regateara y nunca pagara completo, al menos hasta el final del recorrido.

Resignado al abandono de mi "guía" continué la subida. Estoy seguro de que el tiempo del recorrido había sido mucho mayor al imaginado, rebosante de adrenalina. Ya en la cima podía ver la grandiosidad del desierto de un lado y a la gran ciudad de El Cairo del otro. Me dejé llevar por la imaginación e intenté recrear el proceso de la construcción de estas maravillas, cuando de la nada un hombre apareció y se empeñó en sentarse, también, en mi piedra. Casi muero del susto. Lo miré desafiante y le espeté:

—¡Eres tú!

—Me alegra que aprendas rápido.

—Hubiera preferido que hubieses sido una mujer —sugerí del fondo de mi corazón.

—Lo intenté, pero me cansé a la mitad del recorrido —contestó irónicamente Él—. Tu vida íntima es más patética de lo que me imaginaba. Pero no te desanimes. Si al final de la jornada no pagas tú, te invito yo.

Estaba muy cansado para argumentar y menos aún cuando Él tenía razón.

El paisaje desde arriba era fabuloso. Desde ahí me sentía superior.

—Y pensar que por el ego de un hombre (Kefrén), se construyó esta maravilla —dije extasiado.

—No fue por ego, sino por convicción —repuso—. Estos hombres creían, que la labor de un faraón no terminaba en vida, sino que continuaba tras su muerte. Su tumba era tan solo un vehículo para poder estar con los dioses e interceder, con ellos, por sus súbditos. Él seguía trabajando tras su muerte. Estos súbditos construían estas tumbas con alegría y devoción… además, les pagaban.

–La tumba era como una especie de escalera al cielo –inferí...

–Más bien como un ascensor –respondió Él sonriendo.

Parado en lo alto, hice un paneo con la cámara de mi teléfono de lo que observaba. A nuestro lado, la pirámide de Keops y más alejada, la de Micerinos.

–La grandiosidad o pequeñez del hombre solo depende de su objetividad –dijo de pronto Él. Fue como un trueno que quebrara el silencio absoluto que nos rodeaba. –Créeme, –prosiguió– he conocido a hombres más brillantes que Aristóteles, pero de una gran sencillez. Personas que puedes considerar inferiores, por su "intelectualidad", pero con una grandeza interior que los hace más grandes que cualquiera, sin el beneficio de la fama. Unos "Sócrates" cualquiera, pero sin un Platón escribiendo todo lo que decían. La simbiosis: ¿sin Platón hubiésemos conocido a Sócrates?

–¿Fue Dios al que vimos hace unas horas?... ¿Como es él?

–Lo que a ti te puede parecer un segundo, para otros son años. El tiempo es una ficción. Te voy a contestar como los antiguos le respondían a sus contemporáneos: mintiendo, fabulando e inventando...

Y el silencio absoluto nuevamente. Pasaron horas y ni una palabra salió de Él. Me abstraje al paisaje, a mis pensamientos y a la sensación de estar al lado de alguien poderoso, sobrenatural. De pronto dijo:

–Hubo una temporada algo confusa, la emoción de la incredulidad del pasado me tuvo poseído y disfrutaba alegremente de la locura humana. La espontaneidad del ser humano, que a pesar de ser pocos, se empeñaban en estar todos juntos –se abstrajo–. Mejor así, ¿de qué otra forma la esencia humana hubiese podido salir a flote? La lucha por el poder, la envidia, el deseo ajeno, y como consecuencia, la guerra. Pero por supuesto, siempre hay algún visionario, que vio en lo sobrenatural el negocio de las almas. Temerosos por todo lo desconocido, que para entonces era casi todo, la explicación "lógica" y conveniente era lo místico y espiritual. En un principio se desarrolló la creencia *pantoteica*, todo tenía características divinas: las nubes, las hojas, los ríos, las montañas, los animales, todo. Al final, los dioses nos cansamos y exigimos más poder para cada uno y exigimos ser menos. Nos abrazó la ambición y fuimos complacidos, ahora éramos más poderosos, y por la propia voluntad humana. Cada uno sumó algo del que desaparecía. ¡Más rezos, más poder! Simples matemáticas. Lo único que realmente ha temido el ser humano, incluso hoy en día, y en siglos por venir, es lo desconocido, lo etéreo. El temor es indirectamente proporcional al intelecto del individuo; por supuesto, en esa época los dioses que quedábamos, ahora más poderosos, éramos seres altamente respetados, pero siempre con un enemigo omnipresente: el conocimiento. El conocimiento es el principal enemigo de la fe —se encogió de brazos, como para darme a entender que eso lo sabe todo el mundo—. Al menos todas las instituciones de fe. Los únicos beneficiados, eran un pequeño grupo de hombres, a los cuales les tocaba la "desagradable" tarea de manipular a las masas con amenazas divinas, marginando al intelecto e incentivando la superstición. Al principio era divertido, ya que estos dioses eran tan folklóricamente humanos, repletos de pasiones, deseos y pecados… eran uno más del montón, solo que con un título divino y la inmortalidad de su lado. Yo por mi parte, me fui separando de ese grupo, aislándome y pasando desapercibido, pero siempre como "una espada de Damocles", allí, amenazante.

Se volteó a verme.

—¡Damocles!… ¿Sabes?

Asentí con la cabeza.

—La fantasía —continuó— es tan real en la mente del que la cree que, juntos, los otros dioses y yo, hicimos y deshicimos. No lo dudes, en mi época disfruté de ese título divino, al menos mientras duró. Yo era una versión primitiva e incluso más salvaje, pero muy superior, que el futuro Ares, quien, a pesar de su crueldad, en comparación conmigo, fue un bebé de pecho, malcriado y llorón. En cambio, yo lo era a conciencia. En esos primeros siglos me emborraché en el Olimpo, filosofé con Zoroastro, guerreé con Gilgamesh y amé a Afrodita, esa puta traidora que me sustituyó por mi aprendiz, otorgándole a él, gracias al escándalo que hizo Hefesto, el centro de atención que, por derecho adquirido, me pertenecía. Un escándalo... –de pronto divagó– a todos en sus vidas les hace falta un escándalo. Solo la farándula lo ha sabido utilizar a su favor. El resto vive para evitarlo.

–¿Pero Dios? –pregunté curiosamente.

–No interrumpas. Habla cuando se te diga –soltó bruscamente, y entonces continuó–. Gracias al hombre, mi existencia tuvo sentido, salí de mi rutina anónima, para mezclarme con lo divino y demostrar mis cualidades con un igual. Fue una época emocionante, éramos todos contra todos y los hombres eran juguetes baratos que se adquirían y desechaban a nuestro antojo. Primero los de oro, luego los de plata, después los de bronce y finalmente ustedes, los de hierro. Conflicto continuo con Prometeo, que se empeñaba en defender a la raza humana. Pero he de confesar: él preparó el terreno para una existencia más emocionante. A la larga uno se aburre de matar "hormigas". Al igual que Lucifer, quien siempre se preocupó por el hombre, y a diferencia de tu querido Dios, que solo lo veía como un animal superior, pero dócil. Hoy el pobre Lucifer tan desprestigiado y subestimado. Un icono al que hay que rescatar de las profundidades y devolverle su merecido sitial... "dador de Luz", eso significa su nombre.

–¿Pero Dios? –volví a preguntar.

–¿Qué tiene que ver con esto? Él, la unidad, la singularidad, es solo un sindicato de dioses, una confederación, que prefirió unir fuerzas, sacrificando su identidad, para enfrentar los nuevos cambios que el mundo solicitaba; la madurez religiosa, "Uno" es mejor que muchos, dicen ellos. Los que no se unieron se diluyeron en el olvido y los otros, desde ese momento en adelante decidieron ser conocidos como Dios. Ese jolgorio de dioses irresponsables no resolvía, individualmente, los problemas terrenales. Lo que hacía uno lo destruía el otro. El hombre evaluó y se convenció de que uno solo, todopoderoso, era mejor que muchos con ciertas cuotas de poder. Además, es más sencillo saber a quién echarle la culpa. Yo por mi lado, nunca he sido jugador de equipo y me arriesgué a mantenerme por separado, pero aferrándome al instinto más básico del ser humano, el miedo a lo desconocido: su destino.

Lo observaba intentando dilucidar toda la información.

–Ahora, –continuó– ellos se regodean de su "creación", mientras acá estoy yo embarrándome las manos con ustedes. Yo construyo y destruyo y a "Él" lo alaban y adoran. ¿No te parece injusto?

–Tú lo dijiste, al unirse concentraron más devoción y al final de cuentas eso es lo que fortalece a un dios. Pero ¿por qué no te rebelas y exiges tu cuota de crédito? Al menos eso es lo que haría yo.

–Lo que harías tú. ¿Acaso tú no te has visto en el espejo? Tú eres un fracasado. No sabes vivir la vida. Te escondes del mundo, te escondes de ti. ¿Acaso quieres que continúe?

–¡No! –respondí de inmediato. Ya era bastante humillante saberlo, para que de paso, otra persona me lo dijera. Respiré profundo y busqué la manera de cambiar de tema–. ¿Cuál es el misterio de estas construcciones?, ¿quiénes las hicieron?, ¿cómo las hicieron? –pregunté resignado.

–Los egipcios lo escribían todo. Todo excepto esto. Es gracioso cómo el hombre moderno ha removido cada centímetro en busca de la respuesta y no ha logrado dar con ella. Los sitios más seguros son los más improbables.

—¿Y cómo eran estas tumbas?

Él me tomó de la mano e inmediatamente sentí un vacío en el estómago, como si estuviese cayendo a las profundidades de la tierra. Del trayecto, lo que puedo recordar son las moles de piedras que estábamos traspasando, como si de aire fueran, hasta que llegamos a la cámara mortuoria. En verdad aún no me acostumbro a esta modalidad de traslado.

Me tomó unos segundos reponerme y entender en dónde me encontraba. El lugar era impresionante. Todo a mi alrededor estaba intacto, recién preparado para recibir el sarcófago del faraón Keops. Los tesoros se acumulaban por cientos en sus pabellones. Parecía una película de Cecil B. De Mille, con toda la grandiosidad hollywoodiense de la época. Yo estaba mudo. Lo único que atinaba a hacer era tocar cada objeto: los tronos, las vasijas, las joyas, las estatuas de animales. Insólito el ser testigo de un evento que ocurrió cuatro mil quinientos años antes de yo nacer. Poder ver algo que más nadie nunca vio, exceptuando a los saqueadores. Parecía un niño en una dulcería… aunque es un decir, ya que a mí no me gusta el dulce. Él sonreía.

—Quieres sentirte como todo un faraón. Al menos uno muerto —señalando la tumba donde en pocos minutos iban a colocar el sarcófago del faraón.

Vacilé unos instantes, pero qué tenía que perder. Nada malo me debía de pasar. Total, yo ya estaba "muerto", antes de que Él llegara. Me subí a la mole de piedra y me deslicé hasta el fondo, acostándome a lo largo. Me sentía como un niño. Una sensación de grandiosidad me embargó. De pronto la maciza piedra se comenzó a cerrar dejándome encerrado y a oscuras. La sensación fue aterradora. Grité como un desesperado, pero era inútil, solo yo podía escucharme. En definitiva, era un torpe. ¿Cómo podía confiar en un ser, que se jactaba de haber causado más calamidad a la humanidad que el mismo "diablo"? Me acurruqué en una esquina temblando de pánico. En esa oscuridad lo único que resplandecía eran las manecillas de mi reloj. Por suerte la tumba era lo suficientemente grande para no asfixiarme. El silencio era absoluto y el tiempo se hacía eterno. Una y otra vez repasé en mi mente todos los sucesos relevantes de mi vida, y lo que más tristeza me daba, era que los más interesantes habían sido de la mano de Él.

Dos horas y treinta y seis minutos después, la gran piedra fue removida y mis ojos, afectados por la "intensa" luminosidad de varias lámparas de aceite y algunas antorchas. Mi primer impulso fue saltar fuera de allí, pero tampoco deseaba ser descubierto. Tuve que resignarme a confiar mis esperanzas en Hado, si es que aún estaba por allí.

A contraluz, la primera silueta que vi fue la de un chacal que pronunciaba unos rezos en una lengua desconocida. De inmediato relacioné que ese debía ser el Sumo Sacerdote encargado de presidir los rituales religiosos del faraón. Asomé cautelosamente mi cabeza y pude observar a otras personas más, con la indumentaria típica del ritual funerario del antiguo Egipto. Como si yo supiese cómo es esa indumentaria. A decir verdad, pensándolo mejor, creo que en mi generación nadie sabe cómo eran. De la tercera dinastía no hay registros, no se hacían pinturas, o al menos no han sobrevivido. Volví a asomar la cabeza para ver con más detalle y tratar de hacerme una imagen mental. De pronto me acordé de que tenía mi teléfono y lo asomé para registrar en paneo del evento desde la protección momentánea del sarcófago.

No entendía nada de lo que se hablaba, pero en el fondo se escuchaban unos cánticos. Abstraído, grabando el ritual, no capté otras cosas que en simultáneo también estaban ocurriendo. De pronto noté que la luz se puso más tenue, hasta que quedé nuevamente a oscuras. Miré hacia arriba y vi con terror cómo al gran sarcófago de madera con incrustaciones de oro, lo estaban descendiendo a la tumba en donde yo me encontraba.

Desesperado intenté salir. No me quedaba ya mucho espacio para hacerlo, pero justo cuando estaba a punto, el Sumo Sacerdote se volteó hacia mí y se quitó la gran máscara de chacal. Para mi sorpresa, el gran sacerdote era Él, pronunciando los rezos del rito fúnebre. Quedé paralizado, lo suficiente para que la urna del gran faraón Keops me bloqueara la salida. Ya me sentía aplastado cuando milagrosamente mi cuerpo, como si no fuese físico, traspasó los otros dos sarcófagos (madera y oro), uno dentro del otro y quedé acostado al lado de la momia del faraón. Se pueden imaginar que fue una sensación muy extraña. Instintivamente le tomé una foto.

En eso una mano me jaló de allí y retornamos nuevamente sobre la gran pirámide, al aire libre, a la oscuridad de la noche. Fue extraño, a pesar de la gran ira que sentía, estaba agradecido en el fondo por haber tenido el honor de experimentar tan bizarra experiencia. Además, no tenía a quién reclamarle nada, ya que, como era costumbre, estaba solo.

Tomé varias bocanadas de aire fresco y me dispuse a bajar. Con mucha cautela, ya que la percepción de subir no es la misma que la de bajar. El descenso da vértigo.

Unos veinte minutos me tomó llegar hasta tierra firme y caminé de allí hasta mi hotel, recostándome en mi cama ya al amanecer. Intenté dormir un poco, pero un ruido proveniente del baño no me lo permitía. Me levanté malhumorado y fui al baño para ver qué era lo que pasaba. Allí me encontré a una bellísima muchacha, totalmente desnuda frente a mí, tomando una ducha. Sonreí y le dije: "Así es que te prefiero ver". Ella gritó y de inmediato entró un tipo grande que se me abalanzó y me golpeó hasta dejarme inconsciente.

Cuando finalmente recuperé el conocimiento me informaron que me tenía que retirar del hotel. Al menos había descansado durante la inconsciencia.

Los días transcurrieron con mucha ansiedad, pero sin rastros de Hado. Me imagino que yo no era el único infeliz al que Él visitaba. Quién sabe, tal vez yo era uno de esos sacrificios que deben hacer algunos dioses o héroes para conmutar algún pecado o falta.

En esos días un avión con ciento ochenta y nueve personas a bordo se estrelló en una población en Sumatra. Posiblemente Él estaba en ese vuelo haciéndoles cosquillas a los pilotos.

Mi última noche en Egipto la decidí celebrar en grande y fui a uno de esos lugares donde hacen la danza del ombligo. A decir verdad, era una taguara cercana al hotel, una pocilga, pero como dicen, ya me habían botado de mejores lugares. Solicité la bebida típica del lugar, *Amar al-din*, un zumo de albaricoque sin alcohol, un poco dulce para mi gusto pero que, al segundo o tercer trago, hasta lo dulce de la bebida sabía bien.

No estaba de ánimo para estar solo y con gran esfuerzo me acerqué a un joven que estaba en la barra, quien también tenía una actitud de fracasado como la mía. Al principio conversamos de banalidades turísticas, luego de los trabajos que cada uno y al final, con más de seis vasos de la infusión, hablamos de la vida y lo complicada que esta era. Estoy seguro, de que algo de alcohol el *bartender* le ponía, porque cada vez que me servía uno me guiñaba el ojo.

Este personaje con el que conversaba de pronto me dijo:

—No me vas a creer lo que me ha pasado en estos últimos días. Unas experiencias de lo más extrañas. No vayas a pensar que estoy loco, pero si no lo cuento, estoy seguro de que voy a terminar en un manicomio.

Mi curiosidad se estaba mezclando con una cierta decepción. Aparentemente yo no era el único al cual Él visitaba. Lo peor de todo era que lo hacía por zonas.

—Estaba yo el otro día en Luxor y de pronto un anciano se me acercó con la intención de darme un tour por las ruinas. Al principio me negué, pero él no se me separaba, contándome la historia de cada relieve antes de que me diese tiempo de ver lo que significaba en el libro que me había comprado. Fue tanta la insistencia que acepté su oferta y le pregunté cuántas rupias cobraba por darme el paseo.

—¿Tenía un camello? —pregunté sarcástico.

—¡Sí! ¿cómo supiste?

—Y seguro que se llamaba Ibrahim —continué diciendo.

—Él no sé, pero el camello sí —dijo el joven sorprendido.

—Existen dos probabilidades: o todos los camellos en Egipto se llaman Ibrahim o el mismo anciano que me llevó a las pirámides se trasladó río abajo para ser tu guía.

—Eso no es todo —insistió él sin escuchar lo que yo había comentado—. Cuando le pagué, me tomó de la mano y sentí la grandiosidad de la ciudad como fue hace miles de años. Vi todo, su gente, su arquitectura, el pasado en el futuro. Fue maravilloso.

—No sigas, que no quiero seguir escuchando —comenté deprimido.

—Pero si el cuento se pone mejor.

—No me interesa —respondí bruscamente.

Era ilógico pensar que yo fuese el único, pero uno siempre alberga la esperanza. Y en mi caso, yo que nunca hablo con nadie y de pronto, con el primero que lo hago, también ha vivido la mejor experiencia de "mi" vida.

Resignado le insistí en que continuara con su relato. En un principio se negó, ofendido, viéndome entonces yo, en la obligación de invitar la siguiente ronda. Pero no se habló más del tema.

66 *El todo es mente; el universo es mental* **99**

El Kybalión

En el vuelo de regreso, vía Roma, tomé la decisión más improvisada de mi vida. Tenía mis ahorros, el trabajo lo podía adelantar desde donde yo estuviera. No había nadie que dependiera de mi regreso, así que me bajé en Roma. Llamé a la oficina y les informé que me quedaba. Ellos me respondieron que estaba bien y me agradecieron por avisarles. Eso fue todo.

Quería recorrer, deseaba aprender y estaba ansioso por volverme a encontrar con Él. Estar, aunque fuera de vez en cuando, acompañado por un dios, es embriagador. Ahora solo debía esperar a que hiciera su aparición, si es que aparecía. Al menos me tenía pendiente y con los ojos bien abiertos.

Mi primera parada una *trattoria*, comida y vino.

Los primeros días lo que hice fue caminar. Recorrí por fuera cada rincón de Roma. Repetía, pero en otra escala mi estilo de vida; todo por fuera, nada por dentro. El primer lugar en el cual rompí la barrera de acceso fue el Panteón Romano. Una construcción impresionante, sobre todo cuando uno no se imagina lo que hay adentro una vez franqueado el pórtico griego. Una bóveda de concreto de casi cincuenta metros de diámetro tanto vertical como horizontal. Un monumento dedicado a todos los dioses (*Pan*, todos; *theon*, divinidad) y hoy convertido en Iglesia: Santa María de los Mártires.

Me preguntaba, si en la antigüedad, cuando se construyó esta maravilla, pensaron en él como uno de los doce dioses a los que se lo dedicaron.

Me paré debajo del haz de luz que provenía del óculo. Deseaba un milagro. La luz me saturó y perdí referencias del entorno. En eso escuché conversaciones en latín y sentí una gran curiosidad. Me aparté de la luz y vi, para mi gran asombro, a siete romanos vestidos con togas caminando por el panteón. Uno de ellos, el que hablaba, tenía una copa dorada de vino, la cual sorbía de vez en cuando. El resto escuchaba atentamente. No entendía ni una palabra de latín, pero tampoco entendía el italiano, así que mucho menos una lengua muerta. En ese instante entraron dos centuriones y se acercaron con reverencia al grupo. En definitiva, debían ser personajes importantes, tal vez senadores o quién sabe si el mismísimo emperador. La magia se rompió enseguida cuando detrás de los soldados entraron dos personas con cámaras de video grabando la parodia.

Una mano se posó en mi espalda y al voltearme vi a un hombre que me dijo.

—Vas mejorando, pero aún necesitas de mí para llegar. Me sorprendió mucho, debo ser sincero, la osadía de sacrificar tu rutina por aventurarte y buscar experiencias.

—Tenía la esperanza de encontrarte —respondí tímidamente.

—Me siento halagado, pero allá también estoy, solo que como no me esperas, tampoco me buscas —y sin quitarme la mano de la espalda dijo:

—Vámonos de aquí, esta gente no dedicó ni una piedra o loza de mármol a mi memoria. Y tanto que yo hice por ellos. Tantas victorias, tantas anécdotas, tantos buenos emperadores que les asigné: Calígula, Nerón, Cómmodus.

—Todos ellos fueron unos locos desquiciados —repuse de inmediato.

—Sí, es verdad, pero uno a veces se tiene que divertir, no todo puede ser trabajo serio. Pero qué tienen ellos de malo, dos mil años después y hasta tú los conoces, en cambio si te hubiese nombrado a Diadumenianus, Decius, Florian o Carus, no hubieses tenido ni idea de lo que hablaba.

—Sí, efectivamente, pero conozco a Augusto, Tiberio, Claudio, Tito, Trajano, Marco Aurelio, Séptimo Severo, entre otros.

—No los conoces, has oído hablar de ellos, tal vez hayas leído algo o viste algún documental o película, pero no los conoces.

—Y me imagino que tú sí.

—¿Por cuál quieres comenzar? Espera, te tengo una sorpresa.

Caminamos como si estuviésemos en una densa neblina y en un instante entramos en una lujosa edificación, enmarcada entre grandes estatuas de políticos y oradores. Al fondo se escuchaba un intenso murmullo, pero nada que definiera en dónde estábamos. Un tumulto humano me sacudió por la espalda y al voltearme vi llegar al mismísimo Julio César, rodeado de varios de sus asesores más cercanos. Su paso era firme, su porte y su actitud eran impresionantes. En definitiva, un hombre recio y decidido. Nos pasó por el lado sin siquiera voltearse a ver. Hado me empujó para seguirlo, a medida que se abría paso en el senado. En eso una multitud de senadores lo rodeó aislándolo del grupo de asesores con los que había llegado. Casio sacó de entre sus ropajes una daga y se la clavó en el cuello. Inmediatamente todos los que estaban a su alrededor hicieron lo mismo, uno tras otro lo apuñaleaban, tanto por el frente como por la espalda. Él intentó defenderse, pero fue inútil. Sesenta hombres lo rodeaban. Yo estaba pasmado, una cosa es leerlo y otra muy diferente es verlo en persona, y no con cualquiera, sino con uno de los hombres más importantes de la civilización romana. Sus fieles acompañantes estaban petrificados sin saber qué hacer. Una de las dagas ensangrentadas cayó al piso cerca de mi pierna derecha y Hado me entusiasmó a levantarla.

–Tómala, aprovecha y siente lo que es ser parte de un evento sin precedentes.

–Pero yo...

–El hombre igualmente está ya muerto, eso no lo puede cambiar nadie y tú solo estás de paso. A mi lado nada malo te va a ocurrir.

Instintivamente agarré la daga y caminé empujado por mi acompañante hasta el moribundo dictador, levanté la mano, dispuesto a clavarle el cuchillo, cuando Julio César lo vio a Él y le dijo.

—Tú. ¡Eres acaso uno de ellos!

Quedé impactado con esas palabras, pero de igual forma proseguí con la ejecución. Es indescriptible la sensación de estar traspasando un cuchillo a través del cuerpo de un hombre. Una vez clavada, solté la daga que permaneció en su pecho y la vista de Julio Cesar se cristalizó y cayó encima de Hado. Él lo colocó en el piso, pronunciando unas palabras que, a pesar de la inmensa algarabía, las escuché perfectamente.

—Esto fue por Vercingetorix, amigo mío.

Todos huyeron de la escena del crimen, tanto amigos como enemigos, dejando el cuerpo abandonado en el frío mármol blanco.

¡Vercingetorix!, un nombre que también había leído, en los comics de *Asterix y Obelix*, pero no importa cuál es la fuente, lo importante es el conocimiento.

Salimos de últimos, ya que no teníamos ningún apuro. Al poner un pie afuera, todas las majestuosas edificaciones se transformaron en ruinas. Unas cuantas piedras, algunas columnas y muchos turistas.

—¿Fuiste amigo de él? —pregunté algo alterado.

—A decir verdad, fuimos muy buenos amigos.

—Entonces ¿por qué permitiste que lo asesinaran?

—Los hechos de la historia no son nunca fáciles ni lineales. El mortal común desconoce las razones, por desconocer las implicaciones del futuro. Al final todos se preocupan de su bienestar inmediato y no por el de la colectividad. Si Julio César no hubiese muerto, Octavio nunca se hubiera convertido en Augusto y el Imperio romano hubiese sido una marioneta egipcia, de mi querida Cleopatra y de su hijo con César: Cesarión. El tiempo de Egipto ya se había acabado, tres mil años son muchos, ahora le tocaba el turno a una creciente nación.

—Y Vercingetorix ¿qué papel juega en esa historia?

—Fue un gran líder que luchó en contra de Julio César en la campaña que este realizó en Galia, antes de enfrentarse a Pompeyo en el Rubicón. Durante su encarcelamiento en Roma, donde fue conducido como trofeo de guerra, se ordenó su ejecución. Yo me opuse enérgicamente, ya que me había encariñado con el pobre gran celta, pero César insistió y la ejecución se llevó a cabo.

Caminábamos por las ruinas del Foro Romano y pensaba en lo ocurrido. Yo había sido una de las 23 puñaladas que habían matado a Julio César, pero ¿cómo? ya que nunca antes había vivido en esa época. Este era mi tiempo: ayer, hoy y mañana. En definitiva, había interpretado el papel de Marco Bruto, y las últimas palabras del gran dictador debieron ser para mí, pero Él decidió robarse el último aliento de Julio César, por venganza.

—¿Qué tal si vamos a una bacanal? —dijo de pronto Él, sacándome de mi trance—. Hace tiempo que no asisto a una fiesta como esa. Extraño a mi amigo Baco. Uno de los pocos, como yo, que no se unió al sindicato de dioses para crear a Dios. Por eso la iglesia, con el tiempo, le quitó su fastuosa fiesta para sustituirla con otra, asignando a esa fecha el nacimiento de Cristo. ¡Qué ridiculez! Jesús no nació en diciembre.

—Nunca he ido a una. A decir verdad, no he asistido a muchas fiestas.

—No me interesa tu patética vida pasada, aunque de haber sido algo más interesante, no estuvieses aquí.

Fuimos hasta la colina del Quirinal en taxi y nos bajamos frente a un muro rodeado de árboles. Traspasamos la reja y caminamos a una antigua villa. Unos personajes muy simpáticos nos dieron la bienvenida, pero a mí me apartaron y me introdujeron en una habitación escueta, sin ventanas, solo una silla en el centro. Una vez trancada la puerta, todo el jolgorio y la algarabía desaparecieron. Estuve allí solo, incomunicado por horas. En todo momento me imaginé que Él llegaría y me rescataría de esa extraña pesadilla, pero no fue así, nunca vino.

Esa ansiedad, por lo inesperado, se transformó con las horas en rabia, en desesperación y en ira. Pero yo sentado en mi silla, en el centro de la habitación esperando. Uno aprende, poco a poco, muchas veces de las maneras más insólitas, y sin saber cuál es el procedimiento ni la metodología, pero sobre todo se ignora el porqué o el para qué, pero se aprende. Eventualmente me dejaron salir.

De regreso en mi hotel, me senté frente a la ventana, no hay como ver el horizonte, el cielo, la multitud caótica que se desplaza en patrones ilógicos. Los que viven en el este, trabajan en el oeste; los que viven en el oeste trabajan en el este, y los que viven en el centro… no trabajan.

Aparte de desvariar no sabía cuál debía ser mi siguiente movimiento. Intenté concentrarme en el conocimiento adquirido y sin proponérmelo llegué a la retórica conclusión, de que el exceso de conocimiento es una amenaza a la fe. Al menos para la mía. Ya de por sí tambaleante. No sabía en qué o quién creer y ¡Él! definitivamente no era confiable. Me recosté y me dormí.

❝ *Cuando se está demasiado tiempo con las moscas,*
uno se deja seducir por la mierda **❞**

Yo

El hombre

66 *Si he de caer, caeré por mi propio pie* **99**

Yo

Siento que dormí por décadas. Amanecí rejuvenecido y decidido a enfrentar un nuevo día. Al salir del hotel me detuve frente a la calle sin saber qué camino tomar. Entonces me dejé llevar por la masa, por ese patrón casuístico que uno ignora si no se conoce al personaje que uno sigue. La ruta puede ser errática, ilógica y vacía; como también puede ser precisa y llevarme directo a un lugar a donde no me interesa ir. Varias de las personas a las que seguí se sintieron acosadas e incómodas, otras seducidas y amables, pero la gran mayoría me ignoró por estar absortos en sus pequeños mundos o por preferir estarlo antes de demostrar algún interés aparte del que sienten de ellos mismos, sumidos en sus teléfonos mientras caminan. Yo nunca he logrado hacer eso.

Estoy en la metrópolis histórica de Occidente, donde la historia brota en cada esquina, pero los lugareños se empeñan en transitar por los lugares más aburridos de esta espléndida ciudad. Preferí seguir a los turistas.

Llegué a la explanada de grama que hace siglos fue el gran Circo Romano. Los saqueadores no tuvieron la delicadeza de dejar ni una sola piedra.

—Fue aquí en donde una vez escuché… o dije, "lo nuestro es nuestro y lo de los otros, nuestro puede ser". La esencia de mi espíritu innovador. De la nada, como siempre, apareció Él.

—Ese acertado comentario, en este mismo lugar, impulsó al gran Rómulo a secuestrar a las sabinas. ¿De qué otra forma se podría haber forjado la semilla de esa gran civilización, sin mujeres? —dijo, mientras escrutaba toda la zona baldía, imaginándose cómo fue en esa época.

—¿Por cierto? —me preguntó de pronto— ¿En dónde te metiste la otra tarde?... Qué fiesta, una bacanal digna del pasado glorioso. Baco hubiese estado orgulloso.

—¿Cómo lo haces?, ¿cómo logras, hacerme enloquecer de ira y luego, sumisamente perdonarte y ansiar compartir contigo?

—Sencillo, mi querido amigo: soy muy superior a ti. Tú solo eres una sombra y yo soy la luz, sin mí no existes. ¿Alguna otra pregunta? —mientras extendía sus brazos mirando al Sol.

—¡No!... —dije abrumado.

—Cuéntame, ¿qué has hecho hoy? —poniendo su brazo en mis hombros.

—He recorrido todos los caminos y en ellos me he cruzado con infinidad de personas, seres de rostros ajenos que no levantan la vista del suelo, para no tener que intimar, conversar o al menos sonreír.

—También yo. Me he cruzado cientos de veces con ciegos de mente que deambulan sin objetivos, a la espera de que el camino se acabe para poder morir. Siento una gran amargura por esa gente que vegeta anónima, en épocas de cambio. Siento una gran decepción cuando a esa gente se le pide y no hace, ya que nada los motiva, nada los emociona. Seres carentes de pasiones. Hombres que no existen, pero están. Polvo en la arena. Cuando la muerte les llega en vida y no hay motivos para existir, es preferible quitarse del medio, para que los que sí van, lleguen.

—Sí. —interrumpí— Idéntico.

—Siempre han existido ese tipo de humanos, solo que en otros tiempos yo creaba alguna revuelta para matarlos. Pero en líneas generales, te doy la razón, este deambular sin objetivos o metas, está creciendo y la apatía existente en cada uno de ellos, frustrando los deseos de los demás. Así que, si te encuentras con uno en tu camino, que te obstaculice, apártalo y continúa. En otros tiempos, esta raza de seres no era nadie, como paja en el camino, masa inerte e inexpresiva, en otras palabras: no existían, y no porque no estuvieran, sino porque no eran nadie.

—¿Tú siempre eres así o solo me estás tratando de impresionar?

—Hace un par de años, tú eras uno de esos hombres a los que yo me refiero; hoy en día tú te impresionarías hasta de una hoja en su suave caída hasta el piso, porque en el fondo piensas que puedo ser yo. Te di vida, te separé de los muertos. Ven, acompáñame…

Cada vez que Él toma una iniciativa así, me da ansiedad, pero como ya era costumbre, me agarró de la mano y me dejé llevar como un borrego al matadero; siempre sin saber mi destino inmediato, ni mis experiencias futuras. A decir verdad, no tenía nada mejor que hacer.

A medida que caminábamos por el terraplén que antes fue el Circo Romano, el ruido de la muchedumbre se incrementaba, a cada paso la inexistente estructura se conformaba ante mis incrédulos ojos en todo su esplendor. El mármol era de un blanco impecable; las esculturas de héroes, dioses y emperadores rodeaban al gran circo y al doblar la esquina, cinco cuadrigas se abalanzaban encima de nosotros. Nos tuvimos que apartar para no ser aplastados por los caballos. El polvo nos envolvió y al salir de él, estábamos frente a la tarima del Emperador Calígula. La guardia pretoriana se apartó ante nuestra llegada y nos sentamos lado a lado del Emperador. Él habló largamente con Calígula mientras yo estaba cautivado con el espectáculo. A cada giro, alguna carreta perdía el control y rodaban caballos y jinetes por la arena. La multitud rugía con los accidentes y con gran trabajo los hombres trataban de ponerse a salvo. Algunos lo lograban y otros no. Estaba, no sé, viviendo la película *Ben Hur*. En cada vuelta me parecía ver a Charlton Heston guiando a su cuadriga de caballos blancos. La bebida era continua y sobre todo en el palco de honor, ya que este colorido emperador no paraba de tomar. De vez en cuando el emperador se volteaba a donde yo estaba, me decía algo en latín, me acariciaba la cabeza y seguía conversando con Él. De pronto un estruendo, y me volteé para ver otro accidente: ahora solo quedaban dos cuadrigas. Al regresar la mirada noté con pánico que Él ya no estaba. Me había abandonado al lado de este polémico personaje que no hacía más que acariciarme la cabeza y susurrarme palabras al oído. Todos los hombres a mi alrededor me miraban con celo y envidia. Estaba seguro de que esa tarde iba a ser la "mujer" del emperador, su emperatriz o peor aún, su adorado caballo: *Incitatus.*

Una mano se posó en mi hombro izquierdo y al voltearme suspiré de alivio al ver que era Él.

—¡Me extrañaste!

—¿En dónde estabas? —pregunté aliviado.

—En el baño. Por cierto, el Emperador te quiere esta noche. Yo te ofrecí a cambio de un favor. Tú sabes, una antigua deuda...

—¿Cómo? Estás loco.

—¡Shuuu! —me puso la mano en la boca—. Él cree que eres mudo y si te escucha pensará que te has burlado y no creo que disfrutes una de sus iras. Sé amplio, no sabes qué sorpresas te pueden deparar. Acuérdate, existen los hombres que vegetan y los hombres que viven. ¿Cuál quieres ser tú hoy?

—A decir verdad, prefiero no ser ninguno —repuse alterado. El corazón me latía a millón.

—... Disfruta —dijo Él y se diluyó entre la gente.

Estaba tan estresado que no me di cuenta de quién ganó. Al finalizar la carrera, los hombres se lanzaron a la arena a vitorear al ganador y a levantar los escombros y los cuerpos de los caídos. La Guardia Pretoriana hizo un círculo de honor y el triunfador entró en él. Calígula se puso de pie y le lanzó una corona de hojas de olivo. Mientras el público lo aclamaba a él, al emperador. Este comenzó a lanzar cientos de monedas de oro a la muchedumbre y la masa agradecida le retornaba con flores. Todos estábamos de pie presenciando ese gesto altruista.

> **❝** *Lo que hasta aquí he dicho cuadra con un emperador; las cosas que de aquí en adelante he de contar son obra más bien de un monstruo* **❞**
>
> **Suetonio**

A mí me tocó el inesperado "honor" de acompañar en su carruaje al emperador hasta su palacio. Deseaba a cada instante que no fuese ese el día del asesinato de tan extravagante personaje. Me consolaba la vaga idea de que, si moría estando en el pasado, siempre volvería a vivir en mi presente, lo que me aterraba era la experiencia o el sufrimiento que esa supuesta muerte me pudiese causar y nunca estaba seguro de si en el momento justo aparecería Él a rescatarme o permitiría un poco de dolor en mi aprendizaje.

Durante todo el trayecto Calígula ignoró mi presencia abocado al rito de ser admirado por un clamoroso pueblo. Ese mismo pueblo que deseaba su muerte pero que a su vez besaba las huellas de sus pisadas. Ese mismo pueblo incapaz de manifestarse, a la espera, de que su terrible existencia fuera resuelta por otros. Preferían ser sumisos a ser valientes.

Al llegar a palacio el emperador me tomó del brazo y me llevó a su paso casi a rastras. Su caminar era rápido y decidido. Gritó unas frases al aire y tres sirvientes dispusieron de mí. Tanto mármol blanco a mi alrededor me tenía abrumado y embriagado.

Se me asignó una habitación en donde fui bañado por dos esclavas de manos delicadas y tez marrón, seguramente provenían de África. Qué más decir, estaba enamorado. Ambas estaban a mi disposición y antojo. Al finalizar el baño descansé y fui interrumpido por dos guardias que vinieron a buscarme. Caminaba al lado de mi escolta y noté cómo todas las personas que se cruzaban en nuestro camino se inclinaban respetuosamente ante mí. Con cada paso me percaté de que entendía las palabras que la gente hablaba. El latín se transformó en mi única lengua. Alejado de ese aislamiento idiomático, sentí que esa noche me iba a divertir.

Llegamos a un gran salón con mesas perimetrales y se me asignó el segundo diván de la mesa a la derecha. Yo instintivamente me recosté, a pesar de que todos los asistentes estaban de pie. En ese momento mi ánimo se transformó y me petrifiqué. Miraba por todos lados, pero no lo encontraba a Él en ningún lado. Todos extraños y todos extrañados por mi presencia. Al abrirse la puerta del fondo, hasta el silencio se hizo mudo; entró Calígula, el emperador, pero dos palmadas de éste bastaron para dar vida a todos los asistentes. Inmediatamente se recostó y cada uno de los presentes hizo lo mismo. A cada lado mío se recostaron dos muchachas preciosas, delicadas y sublimes; luego me enteré de que eran dos de las tres hermanas del emperador: Drusila y Agripina… la madre de Nerón. Una "joya" de mujer.

Una vez servido el vino y probado, en estricto rigor por los sirvientes, el emperador levantó su copa e hizo un gesto con la cabeza hacia mi persona. El susurro de los asistentes con respecto a mi persona era continuo. Seguro en sus mentes se preguntaban ¿quién es ese? ¿Por qué el emperador le ofrece a sus hermanas?... y más aún a Drusila, su favorita.

Durante casi toda la velada me concentré en cada plato que traían a la mesa y comí como si fuera mi último día, intentando no ver a nadie para no tener que entablar conversación alguna. Cada una de las hermanas me hablaba y se esforzaban en seducirme a las órdenes visuales de su hermano. Agripina demostró en mí mucho más interés que la otra. Me dejé llevar, no fue difícil.

Entendía todo lo que se estaba hablando, pero yo no estaba seguro de si al yo hacerlo, qué idioma iba a brotar de mi boca, al intentar decir palabra. Dudaba de si sería en latín o en alguna extraña lengua que los presentes ignorarían, además el emperador pensaba que yo era mudo y no deseaba perturbar su ánimo, creyendo que me había burlado de él, pero la educación es más fuerte que la mayor de las convicciones y al ser servido la tercera o la cuarta copa de vino le di las gracias al sirviente. Debo haber sido muy elocuente ya que el salón se silenció de pronto y todas las miradas recayeron en mi persona. Tragué grueso y sonreí. Los segundos se hicieron horas y la risa de un hombre diluyó mi angustia, era la del emperador. Instante seguido la cena continuó como si nada.

Yo no soy chef para describir los sabores o los olores que percibí en esa fastuosa cena, pero cada plato era exquisito y exótico. El simple hecho de comer con las manos le daba una gracia no sentida antes. Solo me pareció un poco incómodo el hacerlo recostado en vez de sentado. Pero como dicen: "en Roma haz como los romanos."

Ambas hermanas, Drusila y Agripina me hipnotizaban con su belleza y delicadeza. Esa noche iba a ser gloriosa. Pero qué lejos de la realidad estaba cuando se presentó el entretenimiento de la noche.

A ritmo musical entraron varios hombres atados de pies y manos, a los cuales se les acusaba de haber desobedecido de pensamiento al emperador. Amordazados los hombres, les era imposible hablar para defenderse. Calígula exigió la muerte de los acusados y los comensales aceptaron la moción con aplausos. La cena continuó mientras la primera víctima era forzada a arrodillarse en medio de la sala. Uno de los verdugos esperó la señal de la máxima autoridad y bandeó su espada por el frágil cuello del hombre, cuya cabeza rodó hasta los mismísimos pies del emperador, que la pateó juguetonamente para alejarla de sí. Esta fue a parar a los pies de otras personas y cada una de ellas la pateaba como si se tratara de un juego de fútbol. Mis ojos aterrados no se apartaban de la siguiente víctima que esperaba su turno. Agripina me susurró al oído que Clodio, el muerto, era el marido de una de las comensales; de hecho, la que más reía, ya que tenía prohibido llorar o su cabeza también sería juguete de los cortesanos. Y el otro, Lucio, era el mejor amigo de su hermano, que había disentido públicamente del emperador a una crítica teatral.

La escena que se desarrolló a continuación no podía ser descrita en proceso digestivo, pero en vista de que el emperador no detenía su alimentación, el resto de los presentes debían continuar con su comida.

—Por las graves ofensas proferidas al excelentísimo emperador: Cayo Julio César Augusto Germánico (mejor conocido como Calígula), al juzgar erróneamente la obra de teatro en cuestión, se le condena a Lucio Vero a callar de por vida.

El verdugo, con la ayuda de dos hombres le abrieron la boca a la fuerza y le extrajeron la lengua, cortándosela desde la raíz entre un grito desesperado.

—Por las graves ofensas al percibir erróneamente la obra de teatro en cuestión se acusa y se condena al ciudadano Lucio Vero a la oscuridad eterna.

El mismo verdugo, con una precisión increíble, le vacía ambos ojos al condenado, que finalmente dejan tirado en el piso revolcándose en su sangre y su dolor.

Yo estaba impactado, sobre todo al ver la pasividad de todos los presentes. Calígula estaba extasiado. Su sonrisa era inmensa y brindaba a la distancia con todos, levantando su copa. Con lo ocurrido, su mensaje a todos los presentes, era eficaz… nadie contradice al emperador. La semana anterior Lucio había estado a su derecha, hoy, retorciéndose del dolor en el piso.

La cena continuó como si nada pasara. A los pocos minutos de finalizar ambos castigos ejemplares, arribaron los postres. Para relajar mi evidente tensión y salvarme de algún acto de extrema crueldad, Agripina rozó mis genitales con su mano y los acarició hasta que mi libido estuvo por encima de mi impacto. La lujuria se me subió a la cabeza y deseaba poseer a esa mujer delante de todos los presentes; dicho y hecho, ella se sentó encima mío y comenzó la orgía. El sexo era desbocado. Finalizada una, esta se rotaba de puesto y venía la otra, así una tras otra, todas las hermanas del emperador le abrieron sus piernas a este, su humilde narrador.

A la mañana siguiente me encontré en una cama rodeado por varias mujeres y varios hombres. No podía asegurar todo lo sucedido, pero me apresuré en tantear mis nalgas solo para estar seguro de que nada que no debiese entrar lo hubiera hecho. Podía estar tranquilo, aún era virgen por ese lado. Una vez superada mi angustia personal, medité largamente lo sucedido la noche anterior. No me afectaba ya lo sucedido, sino la reacción que sí había tenido después. Dejándome llevar por los más bajos instintos, sintiéndome superior a muchos y no afectándome el asesinato por la simple razón de no conocer a las víctimas y, sobre todo, el justificar el hecho. ¿Acaso es tan insignificante para mí la vida de un hombre? ¿o es que somos moralistas por el simple hecho de que la inmoralidad se cuestiona y se castiga?

¿Actuamos por convicción o por represión? Estaba asqueado conmigo mismo. Pero no duró.

Al asomarme al balcón del palacio percibí la grandeza de Roma, era un imperio que aún podía soportar las locuras de éste y otros emperadores antes de que se desmoronara en sus cimientos. Pero me preguntaba si me iría a quedar anclado en ese lugar un tiempo o Él vendría a buscarme. Todas mis otras experiencias habían sido rápidas, instantáneas, nunca tan explícitas y largas como esta.

—Solo basta con desear —escuché de una de las mujeres que estaba en la cama—. Nadie está atrapado en ningún lado, solo creen estarlo.

—¿Eres tú?

—Siempre deseaste una mujer fácil, anoche tuviste a muchas.

—¿Eres tú? —insistí.

—Sí, soy yo.

—¿Me acosté contigo? —pregunté asombrado.

—Sí y no creas que fuiste ninguna maravilla. El hombre moderno no se da cuenta de que, en la búsqueda por su satisfacción personal, olvida el disfrute de su pareja.

—No lo puedo creer —dije incrédulo—. Desapareciste toda la noche, sin un gesto, una palabra y ahora apareces en mi cama, como una mujer.

—¿Qué tiene de insólito? Yo me he presentado ante ti casi siempre como un hombre, ya que, en tu limitado concepto de ser humano, te es más creíble que si hubiese sido una mujer. No soy ninguno y soy todos, soy lo que deseo y hago lo que me provoca.

Él se acercó a la cama y con una daga degolló a las cuatro personas que permanecían acostadas y enseguida me lanzó el cuchillo a mí para que lo atajara, cuando en eso se abrió la puerta y entraron dos guardias. Él (Ella), inmediatamente gritó de pánico señalándome y los hombres corrieron a mí y me sometieron. No intenté resistirme ya que mi fuerza comparada con la de ellos era ridícula. Inmediatamente fui llevado ante el emperador. En su habitación estaba rodeado por sus tres hermanas: Drusila, su preferida, Agripina, mi preferida y Livila, la menor de las hermanas, y por lo que recordaba haber leído alguna vez, una virgen vestal. Las tres se esforzaban en complacerlo a él con todas las caricias posibles.

Los hechos ocurridos en mi habitación fueron narrados por Ella (Él), con mucha imaginación, descripción y malicia. Los castigos que pedía por los crímenes cometidos eran indescriptibles, solicitándole a Calígula que me torturaran. A lo que el emperador complementó.

–Herirle de tal manera que se dé cuenta de que muere. ¡Hijo! –continuó diciendo–. No dudo que hayas tenido tus razones personales para degollar a esas personas, pero se te olvida que el que ordena las muertes aquí soy yo. Me robas ese placer.

–Pero yo juro que no he hecho nada –grité en mi defensa–. Fue Ella quien lo hizo –señalándola con la cabeza ya que mis brazos estaban tomados por los soldados de la Guardia Pretoriana.

–Has perdido mi favor, y aquí eso es perderlo todo.

Ella (Él) sonreía. No había forma de que le pudiese ganar. Tenía a su favor toda la experiencia y el poder del mundo, yo solo era instrumento de su diversión. Decidido me volteé y dije:

–Deseo irme.

–Te voy a complacer. ¿A dónde deseas ir? ¿A quién quieres conocer?

–De aquí nadie se va si yo no lo permito –expresó en voz alta Calígula, mientras daba la orden con su mano para que sus guardias apresaran también a la mujer– ... y como es lógico, no se me antoja dejarlos ir.

Ella, Hado, estiró la mano derecha y ninguno de los hombres estuvo en la capacidad física de moverse. Caminó hasta el emperador, que estaba aterrado y le susurró algunas palabras al oído.

—Cuídate del nueve de calendas de febrero, cerca de la hora séptima, ese será el día de tu muerte y no por uno sino por treinta. El mundo te recordará por tu locura y no por tus méritos. Te convertiste solo en una sombra perversa de lo que pudiste haber llegado a ser.

—Pero eso es mañana —dijo ansioso el emperador.

—Pero no te he dicho de cuál año.

Y con la misma se volteó a donde estaba mi preferida: Agripina.

—El hijo al que tanto amas (Nerón), traspasará un día tu vientre, con una daga, a causa de tu ambición desmedida.

Caminó al centro de la sala, miró a todos los presentes y continuó con su recriminación.

—Todos ustedes son la vergüenza de sus padres —señalando a cada uno de ellos. Su dedo se detuvo a Drusila…

—A ti te queda muy poco tiempo de vida. Morirás cuando tu hermano— señalando a Calígula— se entere de que estás esperando un hijo de él.

Hado nunca me dejaba de sorprender, la frase correcta en el momento oportuno. Sé que para Él todo esto era normal; tiempos ya vividos, y yo el turista casual. Caminamos hacia la puerta y nadie nos detuvo.

La transformación de Él se comenzó a dar en el camino. Yo lo miré extrañado.

—Estoy seguro de que te sientes más cómodo siendo yo un hombre que una mujer. Además, no voy a soportar la idea de que a cada momento que me veas creas que has tenido sexo conmigo. Tu inmadurez me enferma.

—Yo no he dicho palabra —repuse de inmediato.

—Puedo leer tu mente.

—Y yo pienso que estoy en la obligación de llamarte por un nombre, —dije— no me puedo seguir refiriendo a ti como Él, aun y cuando a veces te transformes en Ella.

—Pensaremos en eso. He sido llamado de tantas maneras que todavía no decido cuál es mi nombre preferido. Ya nos inventaremos uno y luego lo cambiaremos; no soy egocéntrico. Para mi felicidad, el nombre no tiene por qué estar grabado en mármol ni repetido en rezos. El nombre por el cual nadie me conoce ya lo sabes.

—¡Hado!…

—Exacto, aunque a mí no me gusta.

—¿Has sido olvidado? —pregunté insidioso—. ¿Acaso el tiempo, tu herramienta, te jugó una treta? ¿Por eso me buscaste a mí, para impactarme y asombrarme con tus habilidades y asegurarte de que al menos uno te va a recordar?

—Un dios es inmortal, solo el olvido de los que alguna vez creyeron en él puede destruirlo. Yo soy la creación y el destino; el principio y el fin. A veces se vive en gloria y otras en el más inclemente anonimato. He tenido mis altas y bajas.

Caminamos fuera del palacio a través de un jardín irreal. No me atrevía a preguntar, pero estaba seguro de que ya no nos encontrábamos en Roma.

—Una vez dije: —prosiguió Él— todas y cada una de las criaturas de este mundo obedecerán mi voluntad y me adorarán como a un dios, ya que yo soy Dios. Servirán a mis propósitos, complacerán mis caprichos y omitirán mis errores, pues yo, sobre todas las cosas soy el amo. Por supuesto, este es un sueño recurrente que nunca se podrá volver a materializar, conozco mis limitantes y ya no existo para ser obedecido, ni adorado, por el contrario: mi objetivo actual es el ser odiado por mis errores y los que infrinjo en las mentes débiles que me escuchan. Soy el equilibrio en un mundo perfecto, soy el caos, soy la vida misma. Los hombres son mis herramientas, son mis ratas de laboratorio, son mi razón, mi condición y mi inspiración. En ellos yo dibujo mi rostro, en ellos yo delineo mis vicios, en ellos yo expreso mis temores. Son mis máscaras y mis juguetes. Existo y ellos a través de mí. Yo soy

Adán, Eva y la serpiente, yo soy Abel y su asesino Caín, yo soy todas esas fantasías y más. Al igual que Narciso, me enamoré de lo que fui, ciego a una triste realidad. Soy la sombra del pasado, un pasado lejano e irrepetible; una obsesión: la mía.

El hombre ha recorrido esta tierra, la ha sudado, la ha llorado y la ha fertilizado, y yo, de vez en cuando, se la he orinado; también tengo necesidades… Estos seres con sus vidas han generado las pasiones que los distinguen de las otras bestias. Pasiones capaces de construir o destruir con la misma facilidad; pasiones capaces de transformar la vida en muerte; pasiones capaces de traicionarme, incluso a mí, que los amo por odiar, los amo por vivir sin restricciones, los amo por amar. Condición única que yo no he logrado concretar para mí. Seres que, como buenos hijos, traicionan a sus padres, al igual que estos, los padres, decepcionan también a sus hijos.

Mi posición no es radical, solo sincera. Un país no se desarrolla por las intenciones que posee, sino por las crisis que sufre. Se lucha por crecer y las limitantes son solo obstáculos dignos de superar, no importa el método, ni el sacrificio. Esa es la esencia del hombre, no limita sus ambiciones para obtener los resultados deseados; ejemplo: el recién vivido. Allí entro yo, tomando partido por el "bien" de la causa o el mío propio. El "Fouche" del oportunismo. Ciclos eternos, donde la única variante son sus protagonistas y sus métodos, pero en el fondo todo se reduce a lo mismo, matar antes de ser asesinado, robar antes de ser robado. Una orgía de vicios, una masa perdida en el espiral de los antepasados, cometiendo los mismos errores. Avanzando para más adelante retroceder. El hombre es un hipócrita, censurando los excesos del prójimo, cuando en realidad solo desea ocultar los propios. Criticando a sus vecinos por sus propias faltas, arrepintiéndose ante los dioses por los pecados que ha de cometer. Un saco de defectos, con forma humana y con poder. Esa es mi criatura y yo su reflejo.

Estaba ansioso por dar mi opinión, pero no encontraba el momento adecuado y, en definitiva, no quería interrumpir. Pero aparentemente lo hice.

Él se volteó a verme y dijo.

—Soy la ambición máxima de logros y caracteres. En todo lo que existe en el mundo, bueno y malo, estoy yo presente. Aunque la gente haya olvidado mis nombres, existo. Y seguiré existiendo...

El jardín se convirtió en desierto, el día en noche y nosotros continuábamos caminando. Yo no me atrevía a interrumpir; no lo deseaba. Ansiaba saber todo y Él continuaba.

—En un futuro incierto, las rutas son las mismas que en el pasado conocido y el hombre, rutinariamente, tropieza cien veces con la misma piedra, que una y otra vez le atravieso enfrente, solo para el beneficio de su aprendizaje. Pero después de tantos años me estoy aburriendo de su torpeza, a pesar de que esa torpeza, años atrás era mi inspiración y mi regocijo. Hoy simplemente son tropiezos. Estamos en una era aburrida y apática. Nada complace. Hacen falta algunas crisis que unan o separen. En cambio, navegamos en un mar sin viento, sin emociones. Negocio con Dios un porvenir interesante para ambos. Sé que Él también se aburre. Él me insiste en que vivimos en una época ecléctica, donde nada nos sorprende. Los principios se comercializan. Yo no estoy por el comercio, no soy del credo de que cada cosa tiene precio; lo sé y lo acepto, pero los hombres están sumidos en un mundo donde la pasión se paga y el amor se compra. Antes, como salvajes se abalanzaban por lo que creían, antes eran otras épocas o yo era más joven e idealista. Tal vez el hombre esté en el camino adecuado y sea yo quien se estancó en las memorias de antaño. Puede ser que la apatía que me carcome se la transmita a estos seres necesitados de un Mesías, otro, el verdadero, que por cierto nunca ha de llegar. Ni a mí ni a Él le conviene. Dejemos que el hombre cree a quien considere que necesita. A mí, que me apasionan los excesos, hoy existo sin ellos. Tal vez me dejé llevar por estos seres que en tiempos pasados manipulaba caprichosamente; yo que jugaba con sus vidas y sus destinos para complacer mis deseos, mis glorias, mis defectos.

—Eres como Shiva —opiné casi sin pensar.

—Soy Shiva, Brahma y Visnú… todos. La *trimurti* total: el creador, el destructor y las transformaciones. Ciclo de Vida.

Sonreí satisfecho.

—El presente es solo el reflejo del pasado que ha de venir —continuó—. Debo retomar energías, fijar mis objetivos y volver a mis andadas, arrastrando conmigo sueños, anhelos y vidas, —se volteó y me miró fijamente— solo así la humanidad podrá sobrevivir a este aburrimiento que la destruye y podremos avanzar. La Tierra reclama y yo la complazco. Al hombre le queda el doble del tiempo que ha vivido, para que sea reemplazado por otra bestia; capricho de dioses. De no hacer lo que he de hacer, tal vez ese tiempo sea más corto y mi existencia será reemplazada por el dios de la bestia que vendrá. Una vida sin emociones no es una vida, sino tiempo desperdiciado. Por mi propia supervivencia he de agitar a los habitantes de este Planeta. La emoción de estar vivos debe correr por sus venas. Y su corazón agitado debe enloquecer para oxigenar su cerebro adormecido por la monotonía de sus simples vidas. Construimos nuestros propios límites y nos satisfacemos con pequeños detalles. Vidas ordinarias.

Suspiró y puso su mano sobre mi hombro, mientras observábamos el paisaje árido, que Él, en verdad, no miraba, abstraído en sus pensamientos.

—Los dioses se aburren, y se aburren rápido. No te olvides nunca de eso —a lo lejos unos ríos.

—Allí se originó la civilización —señalando—. Vamos para allá, lo vas a disfrutar.

Me imaginé que esos ríos eran el Tigris y el Éufrates, ya que la civilización, hasta donde yo sé, se generó allí, entre sus aguas, en Sumeria.

Cambiamos de rumbo y Él retomó su monólogo.

—A veces lamento mi inmortalidad. Muchos colegas y compañeros que pensé me iban a acompañar en esta larga travesía a través de los siglos, desaparecieron, me abandonaron, dejándome a mí solo con la entretención de la humanidad y su lánguido destino. Al perderse la idolatría del hombre, el poder de nosotros disminuye y eventualmente desaparece. Seguimos allí porque somos inmortales, pero como uno más, anónimo, pero por toda la eternidad. Menos mal que yo me crezco con las pasiones humanas, me adoren o no. Esa es mi cualidad.

—¿Y los otros?

—Por allí, por todos lados, son cientos… un día te los presento. Cada cierto tiempo nos reunimos para conversar; Hermes siempre se las ingenia para reunirnos a todos. La llama La Cena de los Dioses. Una especie de evento anual.

—… La Cena de los Dioses… buen nombre —dije—.

—Ni se te ocurra, ese libro ya lo estoy escribiendo yo.

—Solo me preguntaba qué tipo de comida se le sirve a un dios.

El me miró como recordando y se sonrió para sí mismo, pícaro, aunque con un destello malévolo.

—No me distraigas… para continuar. En retrospectiva, mil años no son nada, como dice el bolero. Solo las leyendas, anécdotas y recuerdos permanecen. Al principio era el infinito, no alcanzaban los dedos de las manos para contar, hoy en día son mil años más. Veo mi cuerpo cubierto de cicatrices, tantas como mi memoria recuerda y siento cómo la vida, la vida de otros, se me va de las manos.

Se levantó su túnica y me mostró algunas de sus cicatrices. Nunca se me hubiese ocurrido que un dios mantuviera las cicatrices hechas por humanos.

—Son cicatrices hechas por humanos, pero con armas hechas por dioses, es la única forma por la cual te queden las marcas.

Aún no me acostumbraba a que Él me respondiera con el solo hecho de yo pensar en una pregunta.

—No soy la sombra de lo que fui y eso me perturba —continuó—. Me he contagiado de ustedes y navego sin rumbo. Busco desesperadamente mi Norte, aunque sea el Sur de la humanidad, pero tendré que estar alerta, animado y jovial. El ser humano se cree autosuficiente, pero depende de la acción y es esclavo de sus pensamientos... en esencia es débil y mezquino. Se conforma, pero en realidad es una bestia con algo de cerebro. ¡Habrá seres superiores! ustedes solo son una etapa de transición, a menos que me hagan caso. He visto a los árboles crecer y hay más vida en ellos que en la mayoría de los humanos. Unos cuantos se desgarran apasionadamente y los demás lo ven cómodamente desde sus televisores, sus computadoras o sus teléfonos, lejanos y ausentes. Eso no es vida, es ser espectador. Como lo eras tú.

Instintivamente asentí con la cabeza.

—Tú representas el epítome de todo lo que yo rechazo, pero hay que cumplir cuotas, pagar deudas, hacer sacrificios… y en eso estoy —se quedó viéndome.

꩜

La guerra

❝ *Tengo mucho que enseñar para todos aquellos*
que deseen aprender **❞**

Yo

Viva la guerra... la esencia de mi existencia –exclamó, mientras alzaba los brazos–. No me cuestiones, a todos les gusta. Hasta a los más pacifistas les encanta un buen libro o una película de guerra.

Nos tomábamos un café frente al río Tigris. Era fuerte y cargado, negro como la tinta, pero después de todo, agradable al paladar.

–No hay mayor evento generador de tantas pasiones como la guerra. Hace brotar en todos nosotros lo mejor y lo peor. La guerra es la base de la historia. No habría nada que escribir si no fuera por ella. El listado es eterno y aún no hemos visto nada. Lo que ha de venir es impresionante. Tanto así, que mi voz enmudece. No importa qué tan maduro se considere el hombre, siempre hay razones para matarse entre sí. Cuando no es por agua, es por tierras, cosechas, montañas, credos, razas y mujeres. ¡Ay! Helena, la bella Helena. Incluso por café.

No paraba de hablar, me di cuenta de que, después de Dios, los dioses o el sindicato de dioses, éste, la guerra, era su tema preferido. Contaba innumerables anécdotas de batallas peleadas al lado de Napoleón, Lafayette, Washington, Bolívar o más difícil de pronunciar, como Senaquerib. Quien lo escuchara pensaría que estaba loco, recorriendo los años, las décadas y los siglos como si se tratara de minutos y segundos. No hay duda, yo estaba fascinado y deseaba poder estar cerca de Él, oír sus historias y aprender.

> **66** *Los cobardes mueren muchas veces*
> *antes de morir* **99**
>
> **Shakespeare**

—Se han escrito odas, se han levantado monumentos, se vanaglorian héroes y se entregan medallas. Es una competencia, son las olimpiadas de la muerte. Vence el que más mata. Yo, modestamente no deseo premios, solo colecciono las memorias de los muertos que se asesinaron por objetivos loables. Amo a todo aquel que pensó que la solución de sus "conflictos" era la eliminación de estos. Empujé espadas a través de pechos desprevenidos y deshice esperanzas de gloria. Cabalgué abanderado con hordas de destrucción. Maté ilusiones débiles y realcé a las que consideré dignas de ser contadas. Le di a la tierra la sangre que necesitaba para germinar de ella, civilizaciones, muchas de las cuales ya han desaparecido, junto con los héroes que han escrito las páginas de la Historia. La gran mayoría anónimos, seres insignificantes que por el ideal de otros sacrificaron sus vidas. ¿Quién ha dicho que la guerra no es la razón de la existencia? Todos mueren por ella o escriben de ella. Amo tanto que no amo a nadie. Hasta el más opuesto de sus detractores es seducido por la pasión que ésta genera. La adrenalina que brota al enfrentar al enemigo vitaliza la apatía de una vida sedentaria y monótona. La pobre Tetis no solo perdió su tiempo sino a su adorado hijo, al verse obligada a implorarle a Zeus que lo salvara. Pero el mismo Zeus, el dios supremo de todos los dioses griegos, se vio limitado en su poder infinito, al mío. Aquiles escogió y yo lo complací, al enfrentarse al dilema de tener una vida larga y feliz, que al final, por supuesto, sería larga y aburrida, o morir en la gloria. Él escogió pelear y morir por la gloria, otorgándole así a la narrativa de Homero su ansiado héroe. ¿Tú cual de las dos posibilidades hubieses escogido?

—Ah... yo... —titubeé por unos instantes para estar seguro de dar una buena respuesta, al menos sincera—. No soy hombre de guerra y, si se me otorga la posibilidad de ser feliz, aunque fuese por poco tiempo, creo que escogería esa opción.

—Cuidado con lo que desees y más diciéndomelo a mí. Tal vez te complazca y se te haga realidad, pero con mi naturaleza irreverente, de seguro te beneficiaría con unas semanas de felicidad antes de extraerte el alma de tu cuerpo. Total, para una persona que ha tenido una vida tan patética como la tuya, dos semanas de aparente felicidad pueden parecer una eternidad.

—Reformulo: una larga y feliz existencia, con suficientes elementos excitantes para que nunca pueda ser aburrida. Claro está, no todos nacemos para ser héroes, pero tampoco deseo ser un cobarde. Al final todos vamos a morir, incluso tú.

—Sabias palabras, pero errada tu conclusión —dijo Él sonriente mientras tomaba el último sorbo de café.

Unas barcazas navegaban por el río, ese río legendario, originador de civilizaciones. Él extendió la mano a lo largo del horizonte, mudo, como si estuviese imaginando algo, un recuerdo o un hecho por venir. Luego la bajó y continuó hablando.

—Me he parcializado tanto por héroes como por mártires, pero en muchos casos he preferido una causa a la otra, sin importarme los deseos de dioses o demonios. Tanto en la Biblia, la Torá o el Corán, el mismo Dios ha ordenado a sus seguidores la aniquilación absoluta de sus rivales. No me malinterpretes –volteándose a verme–. Yo disfruté cada momento. No es por vanagloriarme, pero quién crees le puso en la cabeza a Él de generar un diluvio…

Yo lo señalé instintivamente.

–¡Exacto!… ¡yo! Y también Sodoma y Gomorra, pero esa historia te la cuento más adelante.

–En esencia, –continuó– la guerra existe y el hombre la ha venerado e idolatrado. Se tiñen los valles de muerte y destrucción con el solo propósito de dibujar la silueta del triunfo. Se matan sueños de grandeza con la certera estocada de una espada anónima, la mía por supuesto. Buscamos en la muerte ajena ocultar las debilidades de la razón y por ella creemos en las convicciones que nos impulsan a tan semejantes proezas. Lástima que solo se levanten estatuas de aquellos hombres que ayudé para realizar sus anhelos mezquinos, sedientos de excusas, disfrazadas en gestas. Sean cuales hayan sido mis razones o mis antojos del momento, las guerras, infinitas ellas, son el credo de toda civilización, ya que ninguna prospera si no destruye al vecino y yo, al igual que otros dioses o demonios, no tendríamos razón de ser si estas matanzas colectivas no se dieran constantemente. La gente nos necesita en momentos de crisis.

> 66 *Esta guerra, como la que venga después, es para poner término a la guerra* 99
>
> **Lloyd George**

–O sea, ustedes las crean para mantenerse vigentes –pregunté, sobre todo para poder tener la oportunidad de conversar y convertir este monólogo en diálogo.

—Es una semilla que sembramos, ustedes la hacen florecer. Es divino cómo la creatividad humana evoluciona al crear sofisticadas formas de aniquilar. Qué mérito el de los hombres que desarrollan métodos más eficaces de extinción, al punto, que han desmaterializado al átomo para extraerle la fuerza capaz de destruir al mundo; varias veces. Pero, aunque queden solo dos, a menos que apenas quede uno, ellos buscarán tarde o temprano la forma de matarse. La sangre fue creada para ser derramada. Observa hacia allá e imagina el galopar de la caballería por las praderas, el jadear de las tropas de tierra, con sus lanzas, estandartes y espadas, la mente enfocada en matar y sobrevivir. La adrenalina como un halo resplandeciente en los ojos de los combatientes, y al final el choque entre dos masas humanas, seguras, cada una, de su causa y sus motivos.

Volteé para donde Él señalaba y ante mí se comenzó a materializar lo que describía.

—Caos, gritos, polvo y miembros esparcidos por el campo de batalla. No hay nada como blandir la espada y generar su peculiar sonido de acero contra acero, detener un ataque o acertar en el objetivo. Allí es donde obtuve la mayoría de mis cicatrices… Guerras las de antes, diría un abuelo. Ahora son misiles y bombas y una que otra esporádica bala. La espontaneidad de las batallas antiguas no tiene comparación. Pero los tiempos cambian y uno debe cambiar con ellos, además ya estoy viejo para cabalgar con jóvenes nobles, príncipes, reyes y uno que otro Papa. Es preferible, a mi edad, apretar un botón y destruir una ciudad.

❝ *No tengas piedad de la debilidad de tu enemigo, porque él no la tendrá de la tuya* **❞**

Saadi

—Los romanos con sus disciplinadas legiones, los mongoles con sus hordas bárbaras y Alejandro que, gracias a su carisma, conquistó al mundo esparciendo su cultura y destruyendo los vestigios de la anterior. Claro está, sin destrucción no hay conquista. Con las cenizas del vencido se puede construir el futuro del vencedor. Quien piense lo contrario está equivocado. Es como si el enemigo real fueran las construcciones. Dresde, en la Segunda Guerra Mundial, recibió más carga destructora que Hiroshima con su bomba atómica. Londres fue arrasada por cuatro años seguidos, su población predominantemente civil fue el objetivo. Esa guerra fue dirigida a matar civiles, no a soldados. "Zapatero a su zapato", los soldados son la razón de la guerra... Yo tiendo a ser justo, es un juego entre ejércitos, los civiles son observadores y dolientes, no el objetivo. Se pierde un poco la mística, el romanticismo. Hay que retomar los objetivos primarios. Como dije antes, esos eran otros tiempos.

—En algún momento te habrás equivocado. ¿Acaso te has dejado llevar por instintos errados?

—A lo largo de mi existencia he tenido millones de detractores por mis convicciones, muchas veces me he equivocado. El errar no es el problema, sino ignorar el haberse equivocado. La polémica es mi objetivo y la manipulación mi herramienta. Al final de cuentas soy una creación humana, solo un efecto con mente propia. He luchado por unos y por otros, sin ideales en mi mente, por el contrario: yo, esos ideales los siembro en las cabezas de mis víctimas. Sin ellos nadie movería un dedo. Sin una razón no hay guerra, así que debe ser creada, sembrada en los hombres y mujeres para que deseosos vayan ciegos a satisfacer sus más profundos instintos, matar, saquear y en el fondo, morir. De todas las causas, la más evidente, pero por la que casi todos se dejan seducir es el "patriotismo", el ser humano es básico. Confunde patriotismo con patronazgo, siendo el líder el poseedor y único beneficiario de las verdaderas razones para atacar, y no siempre son tan románticas como el defender la tierra de fuerzas extranjeras.

> ❝ *El deber de un soldado patriota es el no morir por su patria, sino hacer que el otro muera por la suya* ❞

George S. Patton

—La mayoría de las causas son ambición de poder, lujuria, deseo, locura y envidias. Allí es donde yo siembro la semilla de la discordia, a veces tuve la ayuda valiosísima de dioses que satisfacían sus mundanos deseos, guerreando o intrigando a favor o en contra de otro colega. Hoy en día es el mismo Dios quien incita la lucha a causa de sus distintos nombres, aunque las bases de sus creencias sean todas iguales. A veces me toca luchar solo, por el simple deseo de luchar. El fragor de la batalla es como hacer el amor. Pasión, frenesí, agresividad y como objetivo la conquista… Al final, un cigarrillo.

—Cuéntame, ¿son todos los héroes valientes? —pregunté mientras disfrutaba de las exquisitas bocanadas de mi pipa de agua. Me sentía como un general evaluando las consecuencias de la próxima batalla.

—Ser héroe no es una condición: es el resultado en el momento adecuado. He conocido a muchos cobardes que bajo ciertas circunstancias han realizado actos heroicos; algunos vivieron para contarlo y a otros ni siquiera se les otorgó medalla alguna, ya que murieron sin tener testigos que recordaran su hazaña.

—Eso significa que incluso yo podría llegar a ser un héroe si la ocasión es apropiada para sacar de mí la valentía que ignoro que poseo.

—Hasta tú podrías llegar a serlo. No desesperes, tu futuro te puede enfrentar a situaciones en donde demostrarás grandes habilidades de valor e incluso de cobardía. Vamos.

—¿Vamos a dónde? —pregunté capcioso. Una cosa era hablar de guerra y otra estar en ella. Y como ya estaba perfilando a mi interlocutor, me imaginaba con terror a dónde me iba a llevar— ¿Pero a cuál?

Instantáneamente estaba en una oscura y húmeda trinchera usando un raído uniforme inglés. Constantes explosiones se escuchaban por doquier. Una densa nube negra con olor a sangre y pólvora invadía cada rincón del campo de batalla. Mi corazón empezó a latir tan fuerte que podría asegurar que hasta el enemigo lo podía escuchar. Defino el término precipitado de considerar al otro como enemigo, ya que le tocó a Él estar de un lado y a mí del otro. Eso siempre pasa, uno no tiene enemigos, el concepto es creado por los que lideran la guerra. Lo busqué a Él desesperadamente por todos lados, pero estaba aterrado de alzar la cabeza por encima de la trinchera. Nunca habré peleado en una, pero sin duda sabía del destino de la mayoría de los que sí estuvieron. A mi lado estaba un muchacho no mayor de dieciocho años, acurrucado en el piso con lágrimas en los ojos. Me acerqué para averiguar en dónde estábamos. El muchacho me miró extrañado ante esa pregunta tan obvia para él, pero tan intrigante para mí. Con mi aparentemente absurda intriga, sin duda logré distraerlo, al menos por unos segundos, de sus preocupaciones inmediatas para satisfacer las mías.

—Francia —dijo con voz entrecortada.

—¿Francia? —pregunté, y encogí los hombros, necesitaba más.

—¿Acabas de llegar? —inquirió el joven soldado.

—¡Sí! —grité para que me pudiera escuchar.

—Estamos en el Somme y al frente están los alemanes.

—Estamos condenados —dije en voz alta, sin pensar en el ánimo que infundía al niño.

Sabía muy bien lo que el Somme significa en el argot de la Primera Guerra Mundial; la peor de las estrategias aliadas y la muerte a diario de miles de hombres por la incompetencia de sus líderes. Un cabo pasó entre nosotros explicando la siguiente estrategia. Al escuchar el silbato y la orden oficial todos saldríamos de nuestra trinchera y caminaríamos al frente disparando a diestra y siniestra, esquivando balas y cañones, e intentaríamos con nuestra carga avanzar hasta las trincheras enemigas y matarlos. Lo único que me pasaba en esos momentos por la mente era saber dónde estaba Él y por qué había cuestionado la diferencia de un héroe o un cobarde. No hay duda de que estas pruebas implantadas al azar por Él serán grandes anécdotas al final de mis días, cuando rodeado de todos mis nietos les cuente cómo un ser me llevó de la mano a lo largo de los eventos más relevantes de la Historia y me dejaba solo para lidiar con mi locura. Eso es lo que todos van a pensar, si alguna vez tengo el valor de contar mis experiencias actuales.

Ordenaron colocar la bayoneta y en eso se escuchó el silbato y la inmediata orden de atacar. El ruido de la artillería se hizo ensordecedor, tanto de un lado como del otro. Vi impresionado, cómo los soldados se lanzaban a la muerte segura, sin cuestionar el valor de sus vidas presentes. Las siluetas se mezclaban entre la humareda e instantáneamente los cuerpos sin vida comenzaron a caer. Dudé varios segundos hasta que me di cuenta de que un oficial caminaba por la trinchera disparándole con su revólver a todo aquel que se resistía a salir. Subí por la escalera y comencé a caminar torpemente por ese campo de destrucción. Los cráteres ocasionados por la artillería eran enormes, muchos hombres estaban esparcidos y desmembrados alrededor de ellos. A los pocos metros, la alambrada era superada por hombres que se lanzaban sobre ella para que los demás caminaran sobre ellos y cruzaran al área enemiga. Uno tras otro caían los soldados, muchos de ellos muertos al instante y otros cientos heridos o mutilados.

El ruido ensordecedor ahora estaba acompañado por los gritos ahogados de seres pidiendo ayuda. No había avanzado ni veinte metros cuando se escuchó la orden de retroceder. Muchos más murieron en un intento desesperado por retornar a la "seguridad" de la trinchera. La masa desordenada ahora corría por sus vidas. Muchos hombres heridos quedaron olvidados atrás y nadie regresaría a buscarlos sin arriesgar sus propias vidas. El soldado que se lanzó sobre la alambrada para abrirle paso a su grupo quedó atascado por los alambres de púa y estoy seguro de que la buena fortuna no lo iba a ayudar. A duras penas me deslicé a la trinchera. Estaba vivo y no había disparado ni una bala, nunca visualicé al enemigo. La artillería cesó su furia, pero el vacío fue llenado con gritos de auxilio y dolor. Más de siete mil hombres murieron en una sola carga de tres minutos que no logró ningún objetivo. Día tras día se repetiría la misma estrategia sin un resultado claro ni una victoria certera. Él esperó hasta el amanecer del séptimo día para hacer su llegada triunfal. Se sentó sobre una caja de municiones y encendió un cigarro.

Me aterré. Irónico sería si después de nueve cargas de infantería, moriría por la imprudencia de Él al fumar sobre pólvora.

—Como he dicho siempre, —comentó Él mientras miraba a su alrededor— el ser humano es carnívoro y por razones básicas de su constitución genética, seguirá luchando y buscará guerras donde no las haya o inventará razones para generar alguna.

—¿En dónde estabas? —pregunté ansioso—. Siete días aquí solo en esta lucha absurda.

—¿Solo siete? Perdí la cuenta. Regreso en otro momento.

—No, no. No te vayas —dije de inmediato.

—Entonces no interrumpas, —dijo pausadamente Él— estoy inspirado.

—Estamos en el alba de la destrucción —prosiguió—. A medida que pasa el tiempo hay más gente en el mundo, más gente que enviar a los frentes de guerra, más gente dispuesta a morir por una causa "justa" que morir de hambre sin poder hacer nada. El resultado es evidente, la Tierra no posee la capacidad física de mantener a tantas personas vivas. El agua no es suficiente para calmar la sed de tantos, menos para regar el alimento necesario para sobrevivir. Unos tienen todo y otros no tienen nada. Los que no tienen nada van a buscar en sus vecinos lo que a ellos les falta para subsistir. Claro está, si logran tener la vitalidad necesaria para cruzar sus fronteras. O el vecino, quien, ante la posible amenaza, ataque y los destruya antes de que lo destruyan a él. Pero allí, a los ojos de todos, la escasez de alimento será una de las razones principales de las guerras del futuro. Una guerra de conquista, no por poder, no por creencias religiosas, no una guerra de mercados, sino una guerra de hambre, como en el alba de la civilización. La necesidad genera la razón.

Tiró el cigarro al húmedo barro y subió por la escalera para ver el paisaje. Apenas elevó la cabeza fuera de la trinchera comenzaron los disparos. Todos los hombres que estaban cerca le gritaban para que se protegiera, pero Él ignoró todas las sugerencias. Caminó de un lado al otro y el silbido de las balas pasaban por encima de nuestras cabezas, pero ninguna dio en el blanco. No había duda, era inmortal. Bajó muy calmado. Los hombres del batallón lo miraban como si se tratara de un loco con suerte o una premonición de pronta victoria.

—Orino la tierra que bajo mis pies traicionó la causa, el ideal y la esperanza por la cual luchamos tantos años. Tantos muertos, tanta sangre derramada, tanto dolor por una meta no lograda. Camino desconsolado entre los cadáveres inertes. Sé que este sentimiento habrá desaparecido mañana y nuevos proyectos girarán en mi cabeza, lástima que todos tengan que ver con batallas y guerras. Pero es mi esencia, mi naturaleza. Hoy parece inútil, sin sentido. ¿Pero qué sería de mí sin una razón para matar? Cientos de jóvenes, muchachos, que por la mera aventura se lanzaron a esta lucha por la pasión y el heroísmo que la muerte trae consigo. Nunca imaginaron que fuera tan larga. Magnánimo me agacho al lado de uno de estos valientes soldados y observo su rostro. La fragilidad del cuerpo humano es evidente cuando es perforado por cientos de balas. La voluntad es inquebrantable. Ellos siempre mueren y yo eternamente he de ver sus rostros. Inspiran mi ego.

Cómo me dejé convencer, cuando teníamos todo en nuestra contra. Esa obsesión humana por las causas imposibles. He de revisar mis estrategias, no me puedo dar el lujo de estas derrotas. Odio las derrotas. Dios debe estar feliz por su triunfo; al menos el de ellos. Lástima por Ares, Atenea y los demás que se han desvanecido en el tiempo. Había algo místico en aquellos tiempos. Había algo humano en esos dioses. Estoy consciente de que las derrotas me ponen melancólico. Pero las debilidades humanas son contagiosas. Sobre todo, cuando uno se deja llevar por sus ridículas pasiones. Esta batalla fue inútil, solo muertos, aquí y allá, ninguna victoria. Un metro o dos de tierra y de regreso a estas atormentantes trincheras. En los tiempos de ocio, entre bala y bala, recuerdo otras batallas, como fue la de Kadesh, en donde el faraón Ramsés II luchó en contra de los hititas de Muwatalli, y a pesar de haber sido derrotado, retornó a Egipto y mandó a construir un monumento, vanagloriándose por un "triunfo" no obtenido y engañó de este modo a la Historia por más de 3.000 años. Hoy en día ese despiste no es posible, o al menos no de una forma tan evidente. Otras épocas, otras reglas... el que añora se revuelca en su actual mediocridad.

Se puso nuevamente de pie y subió por la escalera. Arriba extendió sus brazos como Cristo en la Cruz y cientos de balas fueron disparadas. Él miró a su alrededor y les gritó a los hombres abandonados en el campo, imposibilitados de retornar por las heridas recibidas.

—Basta de tantos lloriqueos.

Se volteó a donde estábamos nosotros y continuó.

—No es la primera vez que veo vidas desperdiciadas, lástima que me es imposible hoy construir monumentos a una batalla que todos saben que se perdió. He de concentrarme en nuevos proyectos, desperdiciar más vidas a futuro y asegurarme de obtener triunfos.

Se me quedó viendo por varios segundos sin pronunciar palabra. Me intrigaba por lo que podía pasar por su mente, este personaje era peligroso y creativo, dos cosas extremas.

—¿La experiencia vivida respondió tu pregunta?

—¿Cuál? —pregunté incrédulo.

—¿Eres un valiente o un cobarde?

—Hasta los momentos afianzaría mi convicción de ser cobarde.

—¿Estás seguro?

—No hice nada heroico, y en todo momento deseaba regresar con vida sin siquiera ayudar a los caídos.

—Yo no estoy tan seguro. Saliste cada vez al lado de tus compañeros y avanzaste a lo que pudo ser una muerte segura, siguiendo órdenes absurdas y regresaste con vida. Yo más bien pienso que fuiste un tonto con suerte, como lo son la mayoría de estos hombres, pero no cobarde.

—Tenía la certeza de que no me abandonarías a una desgracia —dije convencido.

—Es lo mismo que piensan todos, pero el resultado no es igual. No cuentes con mi cuidado. Acuérdate: los dioses abandonan a los hombres a sus destinos, no importa qué tanto reces o qué tanta fe poseas, si te vas a morir, mueres.

Se volvió a sentar encima de la caja de pólvora y sacó una botella de whisky irlandés. Se tomó un trago y me pasó la botella. No dudé ni un instante en agarrar lo que me ofrecía, tomándome la mitad de la botella. Los hombres a nuestro alrededor observaban la botella como venida del cielo y se las di una vez finalicé. Él quedó sorprendido de mi impulsiva generosidad, pero extrajo otra botella de su sobretodo.

—Hay que saber cuándo detenerse y disfrutar de la vida. Hay momentos de reposo y razonamiento. En la exaltación de la conquista se debe reflexionar cómo se ha de ser victimario antes de volver a ser víctima. Ninguno se salva, todos estamos condenados a sufrir la amarga derrota, la derrota del ego, de creernos vencedores y resultar siendo los vencidos. El que triunfa sin antes haber perdido, no disfruta igual de la victoria. Ya que solo en el esfuerzo constante por una meta, el hombre es capaz de crecer. Estos hombres —señalando a los que allí estaban— algún día disfrutarán de esa victoria, no aquí y no ahora, pero es gracias a esta masacre y las futuras, que sabrán apreciar el éxito.

Todos los soldados allí reunidos se vieron las caras y después de mí pretendían respuestas a estas intrigantes palabras. No es bueno desmoralizar a la tropa en el medio de la batalla.

—Qué absurdo el haberse imaginado que esta guerra iba a durar tres meses —dijo—. Yo amo a la vida, ya que sin ella es imposible que haya muerte. Algún día, no hoy, quizás el hombre aprenda a vivir en paz y junto a mí. Tal vez ese día nunca llegue, tal vez sí. Pero hoy, ninguno de los dos estamos preparados para vivir en paz. Básico en toda batalla, es el respeto por el enemigo, ya que él, al igual que nosotros, lucha por lo que cree correcto. Al final se impone el vencedor, pero no se pueden desmeritar las "razones" por las cuales miles de hombres, de ambos bandos, decidieron entregar sus vidas. Las de ellos pueden ser tan o más válidas que las de ustedes.

Todos los hombres miraban anonadados a este personaje que apareció de la nada, se enfrentó a las balas sin recibir rasguño y ahora les daba whisky, mientras hilaba palabras de victorias y derrotas. Una leve llovizna disipaba el humo que aún brotaba del suelo y de vez en cuando algún olvidado lograba regresar maltrecho a la trinchera.

—La lista de amigos y enemigos, dignos de ser respetados y admirados es infinita. Hombres que lograron destacar en el campo de batalla por ideales propios o colectivos. Si mi mente no me falla, nombres como el de Atila, Espartaco, César, Hammurabi, Ramsés II, David, Asurbanipal, Sun Tzu, Rommel, Cortés, Nabucodonosor, Garibaldi, Bodicea, Alejandro, Miranda, Darío, Pericles, Patton, Yamamoto, Saladino, El Cid, Mitridates, Constantino, Carlomagno, Shapur, Juana de Arco, Pedro El Grande, Suleiman, Carlos Martel, Bizancio, Bolívar, Carlos V, Gengis Kan, Napoleón, El Che, Tokugawa, Sucre, entre otros, además de los que, equivocadamente, dieron pie para que estos personajes se destacaran. Siempre uno bueno y uno malo, uno recordado y otro olvidado. Cuántas civilizaciones se ha tragado la arena de mi memoria y sus nombres hoy desconocemos, o sus méritos reales han sido opacados por mezquinas envidias de triunfadores, entre los cuales he de confesar, en muchos casos me cuento. La victoria es ciega, hay que ser digno para reconocer los méritos de nuestros conquistados y aceptar sus razones. Pero en el fondo, de haber sido ellos y no yo el triunfador, ¿quién me asegura que se iban a respetar mis razones o motivos? Estamos en un mundo que lucha por su supervivencia, matar o ser asesinado. Ya lo dijo Darwin: "dos especies con un mismo estilo de vida no pueden vivir juntas, una de las dos debe desaparecer para que la otra crezca y se desarrolle."

—Araré la tierra con los cuerpos de los derrotados, sembrando en ella los sueños frustrados de una victoria no lograda y la regaré con la sangre derramada para que germine el ego de mi triunfo —dijo uno de los hombres que estaba sentado alrededor.

—Brillante —respondió Él.

Una sensación de envidia me envolvió debido al halago que Él le había hecho a ese soldado desconocido. Frases brillantes se me ocurrían a mí a cada momento, pero no siempre conseguía el momento oportuno de decirlas y me las callaba, quedando luego en el olvido por no haber sido nunca escuchadas. Intenté hablar, pero Él me detuvo.

–Hay momentos cuando el silencio es más importante que una frase inoportuna –dijo–.

–La historia se construye con guerras; somos el producto de la sangre derramada por otros, esperemos estar a la altura de tal sacrificio –en verdad no me pude contener y la solté, la dije para que todos la oyeran, no solo yo. Él me miró, miró a los demás y sonrió–.

De nuevo se escuchó la orden de ataque a la señal de costumbre, el silbato. Él se puso de pie, se acomodó el uniforme y se asomó a ras del suelo. Mi corazón latía tan fuerte que creí desmayar. Estoy seguro de que todos los que estaban a mi lado estarían más asustados, ellos sí sabían que iban a morir.

Él me miró y me dijo: –¡Ven!

66 *La guerra vuelve estúpido al vencedor y rencoroso al vencido* **99**

Nietzsche

El amor

66 *El corazón tiene razones que la razón ignora* **99**

Pascal

Me encontré de pronto solo caminando por un bosque nublado, la brisa era suave y fresca, el sol se ocultaba, los tonos anaranjados conquistaban poco a poco al cielo. El único sonido era el viento a través de las hojas de los árboles. Sentía una absoluta paz.

Llegué a una construcción antigua desgastada por el tiempo. Parecía un cuadro de Caspar David Friedrich, el artista romántico alemán, cuyos paisajes siempre me han inspirado. Me acerqué al acantilado y por horas observé el mar. Allí, ante la inmensidad, sentí nostalgia. Casi podía palpar la melancolía de amores deseados, pero no vividos. La cercanía de la mujer amada tan cerca y tan alejada. En ese momento solo percibía el sentimiento y una imagen unificada o idealizada, pero no definida; ningún nombre me venía a la cabeza. Nunca he tenido el valor de enfrentar el amor, prefiero estar tras la barrera protegido, a distancia para no sentir la vulnerabilidad del rechazo.

—Paris murió por su Helena. —Escuché a mis espaldas la voz de Él, rompiendo el etéreo silencio.

Me volteé asustado ante la sorpresa. Él caminaba entre los árboles caídos vistiendo una casaca negra.

—Aún no he encontrado a mi Helena —dije con cierto desgano.

—Nunca te has permitido hacerlo. Y te pido no me hagas describir tu vida amorosa, nos podemos roer del aburrimiento. No te sientas mal; Apolo, el mismísimo Dios del Amor, sufrió constantemente y ni siquiera los engaños o las amenazas que profirió, lograron acercarlo al amor verdadero, pero eso no lo detuvo y te aseguro, él no solo era músico y poeta, además era el más hermoso de todos los dioses olímpicos, era el Dios Sol.

—Gracias por el ánimo, pero ¿acaso tú te has enamorado?... ¿verdaderamente? Y no confundas el amor con la lujuria.

—Yo no he de morir, por no tener a nadie por la cual sacrificar mi existencia. Es imposible para mí amar. Es el sacrificio que he de sufrir por ser quien soy. En la oscuridad de esta noche me es difícil describir, aunque el recordar es eterno. Tantas pasaron por mis brazos, pero dejaron en mi boca un sabor amargo, vacío, por lo efímero de mis sentimientos. Nunca, he de reconocer, he conocido el amor. Esa pasión desbocada, cegadora, enloquecedora. Ese sentimiento me ha esquivado a cada instante. En el pasado, por la actitud irresponsable de mi conducta; en el presente, por la velocidad de los sucesos. La culpa debe ser mía y el resentimiento merecido. El tiempo para ellas es real y para mí es relativo. Estoy siempre demasiado concentrado en mis proyectos. Merezco lo que tengo y sufriré las consecuencias de mis actos. Aunque viejo para muchos, juventud es lo que me sobra. Generación tras generación he visto pasar, luchar, construir y destruir, pero yo sigo pasivo ante esta necesidad de amar, tan humana, tan decadente. Tal vez por temor de ver nacer y morir un sentimiento. En definitiva, lo más humanamente enviciador que existe. Puede ser que más que víctima por la escasez de amor, sea bendito por no haberlo sufrido. Cientos, algunas de corte histórico, otras anónimas, pero no menos importantes para mí, pero yo esquivo el compromiso, solo me dejo llevar por la pasión del sexo, de lo efímero, de lo temporal. ¿Cómo he de amar a quien sé que voy a ver morir? ¿Cómo he de ser, cuando sé quién soy, pero no tengo lo que anhelo? Cómo he desperdiciado momentos por no aceptar lo que siento. He estado rodeado de poetas que cantan interminables sonetos a este sentimiento debilitador, pero mis oídos no han prestado atención por estar aturdidos entre halagos pasajeros de mujeres fáciles, banales, etéreas. Ignoré sabios consejos. Enmudecí ante la oportunidad. Creer que la oportunidad se repetiría fue mi condena. Ahora solo puedo arrepentirme por lo que dejé de sentir. La ansiedad por la falta es peor que la escasez misma.

–O sea, ¡no! –dije enfático mientras lo miraba directo a los ojos.

> 66 *Amar no es mirarse a los ojos, sino mirar juntos hacia la misma dirección* 99
>
> **Saint Exupery**

–Uno de esos "amores" que recuerdo, fue hace ya siglos, casi 20. Comencé a sentir ese hormigueo en el estómago, por una reina celta de la tribu de los icenios: Bodicea. Ambos sentíamos lo mismo, pero ella estaba más enfocada en derrotar a los romanos en Britania, que en dejarse llevar por un sentimiento.

–¿De ella no hay una escultura en Londres? –pregunté intrigado.

–¡Sí! –dijo enfático–, pero nadie la ve.

Me tomó del brazo y nos alejamos del acantilado cruzando el bosque. Ya me veía yo en la Inglaterra celta al lado de Bodicea. Pero no, solo caminamos… al menos por ahora.

–Solo una vez luché a su lado en contra de las legiones romanas. A setenta mil soldados y colaboradores matamos durante la lucha, pero al final los romanos se impusieron y la bella Bodicea se quitó la vida con veneno, no pude evitarlo, estaba yo demasiado obsesionado por la derrota sufrida, habiéndonos dejado llevar por la euforia de un triunfo seguro. Desarrollé por ella, por su ausencia, una pasión platónica que me cegó ante una realidad evidente, catastrófica. Un triste final para una gran causa. Rápidamente busqué otra batalla para olvidar un amor que nunca fue o que nunca pudo haber sido. Desde ese entonces, no volví a luchar a favor de ninguna otra mujer, más por el temor de involucrar los sentimientos y desconcentrarme en mis deseos de lucha: mi único y verdadero motor. Tampoco puedo olvidar a Afrodita, a quien siempre he deseado y nunca poseído. Miles de veces coqueteamos con la mirada, aún hoy lo hacemos, pero al final, ella siempre se obsesiona por algún humano débil, pero poderoso, al cual pueda manipular o por el impulsivo e imprudente Ares.

—¿Aún hoy? —le pregunté inquisidor.

—Sí, todo el tiempo, ella vive en París… "La ciudad del amor".

—Las mujeres al final siempre prefieren fuerza y la apariencia sobre la inteligencia —expresé con tono resentido—.

—¡Exacto! —enfatizó—. Ares no es más que una masa de músculos con forma humana repleta de ira y salvajismo. Pero un día, al igual que en otras oportunidades, perdí el interés. Me confieso hoy, que recuerdo, ya cuando son sombras, fantasmas de un pasado glorioso y no temo a la ira de Atenea, a la cual también deseé y tampoco tuve, ya que, en su caso, por el contrario, su intelecto opacaba a su pasión. Me hubiese encantado haber poseído a esa pretenciosa virgen y engendrado con ella un hijo para disfrutar el ver el rostro de Zeus ante el nacimiento de su sustituto; el heredero del Olimpo, cumpliendo así los designios del Destino… el mío. Aún puedo intentarlo.

—Tú un día te levantaste y decidiste enfrentar a todas las religiones organizadas —comenté sarcástico.

—Yo un día me levanté y me di cuenta de que los otros habían usurpado mi territorio, mi cuota de adoración, dejándome un simple templo al que solo se le conocía como "El templo al Dios desconocido". Esos griegos no deseaban dejar a ninguno por fuera, aunque "no lo conocieran". A mí, que rijo cada instante de sus vidas, cada hora y cada minuto. Todos ellos se levantan a la mañana siguiente porque yo decidí no quitarles la vida durante la noche, y me construyen un simple templo, sin imagen, sin rostro, sin nombre.

—¿Pero...?

—¡Silencio!

Nos quedamos mudos, viendo las estrellas entre el ramaje del roble, iluminados solo por la luna creciente y su cortejo de constelaciones. A lo lejos, en el horizonte, un barco surcaba la mar. Él levantó el dedo y lo señaló, en eso un destello de luz resplandeció de la silueta de la solitaria embarcación y un estruendo se escuchó. En medio de la mar comenzó a arder y unos pocos minutos después había desaparecido, solo unas humeantes tablas permanecían a flote. Yo estaba mudo, aterrado.

—Mañana las mujeres llorarán la muerte de sus hombres. ¿Cuántas de esas lágrimas serán verdaderas y cuántas serán falsas? El amor es una enfermedad contagiosa que afecta al cerebro y a la convicción. Aunque le debo dar algo de crédito, es la primera generadora de muertes apasionadas que, en noches lluviosas como esta, me alegran la vida.

Miré el cielo y estaba completamente despejado, pero en seguida comenzó a lloviznar. Definitivamente, había sido un error haberle asignado un solo templo a este personaje; desconozco el poder de los otros, pero por lo que he leído, los procedimientos sobrenaturales llevaban un poco más de tiempo y, sin duda, la suma de voluntades de otros dioses para que cada uno hiciera su trabajo sin interferir con los intereses de los otros. Entre ellos es muy delicado ofender, al final esas consecuencias las pagamos nosotros los humanos.

De regreso a la "civilización", más bien un caserío con una posada y un bar de mala muerte, decidimos tomarnos un trago; más bien Él decidió y yo obedecí.

No se podía definir ni el lugar ni el tiempo; con todo este recorrido tan impulsivo de lugar en lugar ya había perdido la noción de la realidad. Intenté deducirlo por la vestimenta o por las señas reconocibles, marcas, relojes, idioma, etc., pero ninguna era evidente. Sabía que no era mi tiempo, sino en el pasado.

—República Dominicana —dijo de pronto Él.

—¿Qué? —pregunté instintivamente.

—Estamos en República Dominicana.

—¿Por qué?

No contestó de inmediato, pero lo deduje a medida que se desarrolló la velada. En esa taguara nos sentamos y Él ordenó el ron de la casa. Yo en cambio, pedí un escocés en las rocas y el pobre hombre no entendió a lo que me refería. Imagino ahora yo, que debió pensar en un escocés montado en una roca.

—¡Ron! —me apresuré en decir, imitando a mi compañero.

Nos sirvieron un ron puro, que realmente era ardiente; después del segundo era sabroso. Nos trajeron una barra de pan y un plato de frijoles para cada uno. Mientras comíamos una muchacha entró en el local. Él levantó la vista y no dejó de observarla. En un principio no le di mayor importancia y continué comiendo, pero Él estaba embrujado.

—¿Quién es ella? —pregunté calmado.

—Cristina —dijo él sin quitarle los ojos de encima.

—Ajá. ¿Cristina?...

—El amor de mi vida, —dijo de pronto Él.

De inmediato dejé de comer para poner atención a lo que ocurría.

—Ella ha sido la única mujer por la cual yo no he matado por el deseo de poseer, ha sido mi musa de mis últimos doscientos años.

Por un instante me dio risa aquella situación, un ser tan poderoso como lo era Él, tan inteligente y obviamente recorrido, y estaba obsesionado por una mujer, sin duda hermosa, pero simple. Él notó mi sonrisa y me intimidó con su mirada.

—Cuando luchaba por la causa de Bolívar, vine acá en busca de apoyo y por casualidad entré en este lugar y allí estaba ella. Yo quedé absorto por su belleza y embelesado por su femineidad, nos miramos. Fue un instante, pero sentí como si hubiesen sido horas, y en eso Simón me interrumpió.

Y de inmediato Simón Bolívar entró en la posada y lo llamó para tener una reunión de emergencia. Él se puso de pie y me dijo al oído.

—Nunca más la vi, solo la veo en mis recuerdos.

Yo me quedé en mi mesa, muy interesado en lo que Simón Bolívar y Él pudieran estar hablando, cuando de pronto ella pasó por mi lado y me preguntó si deseaba algo más. A decir verdad, era una muchacha de aspecto sencillo, pero de una belleza extraordinaria. El resto del tiempo que estuve allí continué observándola sin notar que Él me veía.

66 *El primer beso, sabedlo, no se da con la boca,*
sino con los ojos **99**

Sarah Bernhardt

El sexo

Esa mañana desperté de nuevo en el pequeño hospedaje en Roma. Noté en seguida que era el presente al ver frente a mí un televisor, el cual por las dudas encendí y entre canal y canal busqué uno al cual entendiera. Estos viajes a través del tiempo, ya fuesen en mi mente o en la mente de Él, eran maravillosos, íbamos a cualquier lugar en cualquier época y el idioma no era una barrera, lo podía entender todo, incluso las lenguas antiguas. Yo hablaba poco o no me expresaba nunca, por mi timidez, y no por desconocimiento. Cada personaje con los que nos topábamos eran históricamente inmortales y yo, un simple peón de mi tiempo; hasta un campesino me hubiese intimidado. Es irónico, incluso después de haber apuñalado a Julio César, cómo tiembla mi pulso al tener que enfrentarme a cualquier extraño y, más aún, a una mujer; otro no cabría en sí y el ego lo abrumaría. Pienso que Él está perdiendo su tiempo conmigo o le falta mucho para lograr su objetivo, cualquiera que este sea.

Me asomé por la ventana e intenté distraerme con el poco paisaje que podía observar, pero una muchacha en el balcón de enfrente me distrajo de mis pensamientos. Limpiaba afanosamente su apartamento y llevaba puesto un camisón no muy largo, que de vez en cuando dejaba ver sus nalgas. Estaba demasiado cerca como para no notar mi presencia, así que decidí esconderme detrás de la cortina y espiarla a través de un pequeño agujero. La posición no era nada cómoda, pero la visión bien valía la pena el sacrificio. El tiempo transcurrió y tuve que negar, en varias oportunidades, la insistencia de la señora que intentaba limpiar la habitación.

Una vez finalizadas las labores de la casa, la muchacha fue al cuarto de baño y se desvistió para luego introducirse en la bañera. Esa imagen fue más de lo que mi imaginación estaba en capacidad de crear y sin darme cuenta comencé a masturbarme. Sé que era algo viejo para tales prácticas adolescentes, pero sin la posibilidad de esos recursos manuales, que drenaran mis ansias sexuales, estoy seguro de que hasta mi voz me hubiese cambiado a soprano. Esta práctica tan clandestina ha estado envuelta en un asombroso tabú, a pesar de que la medicina moderna la ampara y la recomienda; porque si es de conocer mi cuerpo y sentirlo, yo lo conozco mejor que la palma de mi mano, pero como es típico masculino, al acabar, todo el interés que tenía por la muchacha se disipó y pude entonces concentrarme en el paisaje.

Salí con la intención de disfrutar de un agradable día, en el presente, sin saber qué nueva aventura del pasado me deparaba en el futuro, si es que volvía a presentarse Él. Apenas puse el pie en la acera y Él se acercó. Siempre tenía un rostro distinto, pero la energía que emanaba de Él era la pista, ahora que lo conozco, que lo delataba y Él lo sabía.

–¿Disfrutaste de la belleza frente a tu ventana? –preguntó insidioso y sonriente.

Siempre buscaba la manera de sorprenderme con sus sagaces preguntas, pero ésta en particular, me hizo sentir vergüenza.

–¡No me veo tan mal cuando me lo propongo…! –dijo Él con sarcasmo–. Pero no te avergüences: toda expresión sexual es válida. Si muchos hombres hubiesen afrontado sus fantasías sexuales a tiempo, sin complejos y sin inhibiciones, el mundo sería un lugar mucho más agradable.

–¿Freud?

–¡No! el Marqués de Sade.

—¿Tú has tenido fantasías sexuales? —pregunté muy interesado en la posible respuesta que este personaje me pudiera dar.

—Sí, constantemente —dijo.

Un silencio abarcó toda la calle, no podía creer que eso fuera todo lo que me iba a decir, yo necesitaba más, deseaba mucho más. Casi temeroso volví a indagar. Y la respuesta fue aún más escueta, solo una sonrisa. Por ese gesto me pude imaginar millones de cosas con miles de distintas mujeres, famosas y anónimas a lo largo del tiempo, a través de su inmortal existencia.

—Muchas veces en el silencio se es más creativo que en la conversación —dijo mientras caminábamos a la panadería para desayunar—. ¿Cuál es tu mayor fantasía sexual?

—Mi más constante fantasía es... —comencé a decir, antes que Él interrumpiera mi final.

—No me la cuentes, vamos a vivirla. Piensa, concéntrate y transpórtame.

Quedé mudo y lo miré extrañado; yo estaba acostumbrado a que me llevaran y no llevar yo a nadie. Caminamos unos metros y poco a poco la fantasía en mi mente fue tomando forma y mi total atención, al punto que todo a mi alrededor se disipó. Allí me encontraba yo, frente a la casa de mi mejor amigo, Marcos, cuya esposa, Isabel, yo siempre había deseado. La antigüedad, la tradición y la costumbre era lo que mantenía esa amistad, pero yo me sentía íntimamente atraído: física e intelectualmente a Isabel. Era mucho más que el desearla, tenerla y poseerla, yo la necesitaba, me sentía completo y medianamente desinhibido al lado de ella, y en lo más profundo de mi ser estaba seguro de que era mutuo. Al tan solo pensar en ella, me venía también a mi mente, siempre, la canción de Rick Springfield: *Jessie's Girl*.

Abrí la puerta y entré, caminé por la sala, subí las escaleras y me detuve frente a su cuarto que tenía la puerta semiabierta. Allí estaba ella acostada entre sus sábanas blancas. La observé por unos instantes. Ella se movía incómoda, como si estuviese, inconscientemente, segura de que alguien la observaba. La pierna izquierda quedó al descubierto y pude verla desde sus pies descalzos hasta casi los glúteos. Traspasé el umbral que la moralidad me inhibía y llegué hasta el borde de su cama. Con mucha delicadeza le quité la sábana y la dejé completamente desnuda. Para mí era como una diosa. Siempre me la había imaginado desnuda, pero ahora la podía ver, sentir y tocar. Ella estaba de espaldas, pero el tenerla allí era sublime. Me agaché, acaricié su cabellera negra y le despejé el cuello, besándola sutilmente en la base de la nuca muy cerca de la oreja. Ella se volteó y sonrió al verme.

En eso toda la imagen se borró y allí estábamos caminando calle abajo.

—Eso no es una fantasía sexual —dijo Él parcamente.

—¿Entonces qué es?

—Eso mi querido amigo, es amor.

Yo no pregunté más y Él no dijo más. Desayunamos en silencio, pero mis pensamientos estaban totalmente dedicados a ella, a Isabel.

Ese día recorrimos la ciudad como dos turistas, sin aventuras, sin elucubraciones filosóficas, sin máscaras. Éramos dos amigos conociendo Roma. A decir verdad, era la primera vez que yo la veía en el presente, ya que la conocía muy bien en el pasado. Aún esta ciudad, a pesar de sus ruinas, mantiene su carga imperial, majestuosa. En el recorrido Él siempre me echaba un cuento, una anécdota de cada lugar, a lo largo del tiempo.

Por la noche Él me llevó al Vaticano. Caminábamos a lo largo de la columnata de Bernini, y en ese momento retomó la conversación que teníamos pendiente desde la mañana.

—No quiero frustrar tu "adorable" fantasía, solo quiero aclarar la diferencia entre el amor sacro y el amor profano, aunque al desear a la mujer de tu mejor amigo, ni siquiera la de tu prójimo, estás ofendiendo uno de los mandamientos básicos de casi todas las religiones sindicalizadas del mundo… –me miró sonriente–. Finalmente veo en ti una esperanza. Estaba tan aburrido de tu persona que me veía obligado a entretenerme con la mía. En una fantasía sexual no hay sentimientos involucrados, solo deseo carnal, pasión e impaciencia. En ella se deben romper todos los tabúes que te han inculcado, ya que de no existir estos, el sexo es solo rutina. Lo prohibido, lo íntimo, la profanación de todas las barreras, el puro instinto animal que todos llevamos por dentro, es lo que conforma una buena fantasía.

–Pero...

–Ningún pero. Basta de limitantes. Para empezar, déjame mostrarte las fantasías de aquellos que pusieron los límites a las tuyas, y no hay mejor lugar para empezar que en el mismo corazón de la Iglesia Católica, esa institución tan digna y a la vez tan perversa.

Caminamos entre una arboleda y al atravesarla, noté enseguida que ya no estábamos en la misma época. Con Él dos pasos podían ser mil años, bueno quinientos y pico, para ser exactos, como me enteré minutos después. Entre callejuelas nos dirigíamos a un gran palacio. Eran tiempos violentos. Cualquier transeúnte descuidado podía convertirse en víctima del crimen.

–Si me preguntas a mí, en cualquier ciudad y en cualquier época; la noche es cómplice de muchos excesos –susurré.

–Sabias palabras, pero como pronto verás, la noche también puede ser cómplice de lujuriosas fantasías.

–¿En dónde estamos?

Justo en ese momento llegamos al borde del río Tíber.

–Continuamos en Roma –respondí mecánicamente.

–Allí tienes tu respuesta.

Aunque el aspecto generalizado de la ciudad se mantenía, su perfil era muy distinto. Cruzamos el Puente de Los Ángeles y no estaban las esculturas de Bernini, ni su columnata, ni la cúpula de la Basílica de San Pedro diseñada por Miguel Ángel. Por el contrario, una basílica antigua, bastante deteriorada. Hacia allá nos dirigimos.

Parecía un niño. Este personaje me sorprendía, con toda su divinidad, experiencia y recorrido, se comportaba como un infante fuera de control. Cruzamos el puente y nos dirigimos a un palacio, o más bien a una gran villa. Todo el contexto a nuestro alrededor estaba siendo remozado, hasta el empedrado de la calle. Ya era tarde, así que había pocos transeúntes. Y los pocos con los que nos cruzábamos, le hacían a Él una reverencia. Me volteé a ver y noté, ya no con sorpresa, que mi compañero estaba vestido de Cardenal.

Él extrajo un manojo de llaves de su vestimenta y escogió una. Al ver el manojo titiritante, comenté:

—Pareces San Pedro.

—A veces lo he sido —respondió Él sin titubeo.

Abrió la puerta y entramos a una especie de palacio. En su gran *hall*, colgaban tapices medievales que representaban gestas caballerescas; unos mesones largos y repletos de envases orientales, y al frente, un gran cuadro del Papa Alejandro VI. Lo reconocí al instante, porque su biografía siempre me ha parecido muy interesante: Rodrigo Borgia.

—Uno de los papas más vilipendiados de la historia moderna —comentó Él— y no porque haya sido el peor, sino por no haber sido italiano.

Subimos las escaleras y nos metimos en una habitación suntuosamente decorada, al menos para la época. Él recorría los espacios como si ya hubiese estado ahí antes.

—No tiene mal gusto la muchacha... No está mal —dijo.

Se acercó a un anaquel y comenzó a ojear varios libros, casi todos manuscritos, con iluminaciones, a pesar de que para la fecha ya se había inventado la imprenta, hacía unos cuarenta años.

Durante la espera reconocí la habitación por sus pinturas, todas elaboradas por Pinturricchio: *La disputa de Santa Catalina*, donde el artista incluyó en la obra a la hija del papa: Lucrecia; *La resurrección*, donde está incluido el Papa Alejandro VI y *La Madonna con el Niño*, en la que el rostro de la virgen es el de la amante del papa y madre de Lucrecia: Julia Farnesio.

De pronto capté que estábamos en los aposentos papales del Vaticano.

Mientras esperábamos no sé qué, ni a quién, tomamos vino de una jarra que estaba en la mesa. Yo me estaba impacientando.

–¿Acaso tienes algo mejor que hacer? ¿Tal vez una cita?

–No, tú sabes bien que no –respondí resignado–. Lo que pasa es que, en estos viajes en el tiempo, yo casi siempre sufro algún tipo de penuria. Me pregunto cuál puede ser esta vez.

–¿Prefieres que me transforme en mujer y tú fantasees con el tan solo ver mi espalda? –repuso burlonamente.

Bastó que pestañeara para que Él se transformara en Isabel. Su risa era sarcástica y en verdad me estaba comenzando a excitar, pero el saber que se trataba de Él hacía que toda la libido se perdiera.

–Vamos, aproxímate; ya tuvimos sexo una vez, ¿o es que acaso lo olvidaste? Tú eres como todos los hombres: el único objetivo es acostarse con una y luego, a la siguiente. –Él, ahora como Isabel, disfrutaba hacerme perder la razón–.

–Yo nunca me he acostado contigo –respondí tajante y resignado.

–Conmigo, siglos atrás, en este mismo lugar –dijo Él, observando a su alrededor–, aunque no en este mismo palacio.

Mi rostro confundido debió haber sido para Él pura diversión.

–Luego me degollaste –continuó.

La memoria me vino de inmediato. Durante la época de Calígula.

—Yo no te degollé, fuiste tú, a esas muchachas. Y esa vez que me "acosté" contigo no sabía que eras tú.

—Y tú pretendes tranquilizarme con eso —dijo Él, aún con aspecto de Isabel, sarcástico—. ¿Es que acaso crees que yo no tengo sentimientos, que estoy a tu disposición, solo para tu placer?

La conversación continuó, y yo, sin darme cuenta, me dejé llevar por sus ironías y manipulaciones, me imagino que se estaba divirtiendo en grande, a mis expensas, pero al final de cuentas, uno se deja llevar por lo que ve y no por lo que sabe.

Por suerte se escucharon ruidos de carruajes y caballos abajo. Él se paró de la cama, ya en su aspecto habitual, me tomó de la mano y nos escondimos tras un biombo. Mi corazón comenzó a latir a ritmo acelerado; estar al lado de Él no era nunca una garantía de seguridad.

La puerta se abrió de golpe y entró un hombre, vestido de blanco, acompañado de una joven muchacha a la habitación. Este hombre, elegantemente ataviado de joyas, abrazaba y besaba a la muchacha, que cariñosamente le retornaba los cumplidos. Tras de ellos entró un señor, algo sumiso y en extremo complaciente. Mi sangre se congeló cuando el hombre de blanco se volteó y descubrí que se trataba del mismísimo Rodrigo Borgia, el Papa Alejandro VI, ¿cómo supe identificarlo? no lo sé, había visto el cuadro, pero era solo un mal retrato de un hombre, es probable que sucediera lo mismo que ocurría con los idiomas, sencillamente lo sabía.

—¿Es ella Lucrecia? —pregunté.

—Sí, y el otro es su nuevo marido: Juan Sforza. Esta es su noche de bodas.

El Papa señaló a la mesa y el esposo de Lucrecia corrió a servir dos copas de vino, le entregó una a su joven mujer y la otra al Papa.

—Sírvete una para ti también, es tu noche de bodas —ordenó el Papa.

—No hay más copas señor.

—Comparte la de tu mujer, al final de cuentas, esta noche todos vamos a compartir —respondió el Papa entre risas.

Alejandro VI comenzó a besar el exquisito cuello de su hija y le desabrochó con maestría los cientos de botones de los cuales estaba compuesto su traje de novia. Juan se resignaba a observar.

—¿No es ella fabulosa? Sin duda es la mujer más hermosa de Roma y no lo digo porque sea mi hija, solo mírala.

Ella estaba totalmente desnuda y su larga cabellera corría por su hombro casi hasta su cadera. El Papa se quitó su vestimenta, prenda por prenda, y se las pasaba a su yerno para que él las colocara en una silla. Una vez desnudo, se acercó a Lucrecia y la besó desde el cuello hasta las entrepiernas. Ella estaba en éxtasis y por qué negarlo, yo también.

—No te preocupes Juan, ella será tuya también, —dijo Rodrigo— imaginémonos que para mí es una despedida; un hasta luego... nunca un adiós.

Se la llevó a la cama y le dedicó todos los placeres que alguien se puede imaginar. El escritor del *Kama Sutra* pudo haber estado orgulloso de tan elaboradas caricias. El esposo, Juan, observaba desde una silla al borde de la cama.

—Te quieres incorporar —me dijo Él a mí.

No sabía si era en broma o en serio, pero no tenía que insistir mucho, yo hubiese dado mi vida por acostarme con Lucrecia. Él me tomó de la mano y salimos de atrás del biombo. El más sorprendido era Juan. Nos desnudamos y fuimos hasta la cama.

—¿Y ustedes? — preguntó el Papa sorprendido.

—Somos un regalo de boda, una tregua de paz, cortesía del cardenal Julián della Rovere —respondió Él con tal seguridad y determinación, que Alejandro VI nos invitó a compartir.

—¡Ese condenado! —exclamó Rodrigo, refiriéndose a su gran rival, Julián della Rovere— como conoce mis debilidades es peligroso, pero de ello ya me encargaré mañana.

Yo me revolcaba apasionadamente con Lucrecia, como nunca lo había hecho con persona alguna. Él a un borde, solo observaba.

—Y tú —le dijo el Papa a Juan— observa y aprende, no deseo que mi hija, que siempre ha estado acostumbrada a lo mejor, venga a quejarse conmigo de alguna deficiencia matrimonial que tú puedas tener. Cuando te sientas cansado o impotente, búscale un mozo para que se distraiga o invítame a mí a visitar a mi adorada hija.

Esa noche había estado embriagado de éxtasis y de vino. Fue perfecta.

Con la salida del sol, el juego acabó. El Papa y Juan estaban dormidos, uno desnudo en la cama y el otro incómodo en una silla. Él se levantó y me hizo señas. Me despedí afectuosamente de Lucrecia y nos marchamos.

Ya fuera del palacio no me contuve. Tenía que hablar.

—Yo sería feliz al lado de esa mujer.

—No te conviene —respondió Él tajante.

—Yo moriría por estar a su lado.

—Exactamente es por eso por lo que no te conviene. Ella es bella e inocente, pero el padre es calculador y objetivo. Insisto, no te conviene, además lo maravilloso de las fantasías y las aventuras sexuales es que son solo eso. Son instantes que hay que vivir plenamente y ¡ya! —enfatizó— de lo contrario, se transforma en rutina, algo así como un matrimonio. Lo viviste y lo disfrutaste.

—Pero ella es lo mejor que he tenido en mi vida.

—Habrán mejores, siempre hay mejores; es uno el que se empeña y se antoja. Recuérdala como algo exquisito en tu vida, solo eso.

—¿No será amor?

—Qué ingenuo eres. Tú siempre insistes con el amor. No relaciones el sexo con el amor. Pueden estar vinculados en ciertos y escasos momentos, pero al final de cuentas son dos cosas totalmente distintas. El amor es una debilidad y el sexo es un arma, la más poderosa que existe. Por exceso de él o por escasez, se puede regir a la humanidad, como de hecho imponen ciertas sociedades radicales, más por resentimientos y temores ridículos, que por basamentos reales. Pero si algún día deseas regresar, lo harás, siempre se puede, en ese momento vendrás solo, yo no te acompañaré.

—¿Pero cómo?

—Depende de ti deducirlo y desearlo, por ahora iremos a donde yo quiera; no te preocupes, no te aburrirás.

—No me aburriré… —repetí algo ya temeroso.

Cruzamos el puente y yo volteé para ver el palacio de Lucrecia Borgia con nostalgia; a decir verdad, casi nada de lo que me decía Él estaba siendo procesado por mi cerebro, que aún estaba dominado por el exquisito olor de ella.

—La Biblia está repleta de anécdotas donde el tema del sexo es pivote importante en el desarrollo de los acontecimientos —comentó—. La muerte planeada de Urías por parte del Rey David, para poder desposar a la esposa y futura viuda de ese valiente soldado.

—Betsabé —dije sin pensar.

—De esa relación escandalosa nació uno de los hombres más relevantes de la historia: Salomón.

Cruzamos el río Tíber y bajo nosotros se abrió un impresionante desierto rodeado de erosionadas montañas. A lo lejos, un lago.

—El valle de Sidim. Admíralo —dijo Él con cierta reverencia.

—¿A dónde vamos? —pregunté como ya era costumbre.

Él señaló al lago.

—¿Ajá? ¿Y qué vamos a buscar en ese lago?

—Sodoma.

Es impresionante cómo una sola palabra de este hombre puede evocar tanta ansiedad: Sodoma.

Durante todo el recorrido permanecí en silencio, reflexionando sobre todas las derivaciones del nombre de Sodoma: sodomía y sodomita... destrucción; palabras vacías, si se desconoce el significado.

Caminamos durante tres horas antes de llegar al lago. No entendí por qué nos aproximamos desde tan lejos, si hubiésemos podido aparecer directamente en la ciudad de la "perdición": Sodoma. El calor era insoportable.

Estaba sediento y me agaché a tomar un poco de agua. En seguida la escupí.

—¡Está salada!

—Un poco... siete veces más salada que el agua del océano.

El lago era inmenso, pero extrañamente no había nadie, ni barcazas de pescadores ni casas.

—¿De qué vive la gente aquí?

—Del pastoreo, pero no por mucho.

—¿Y por qué no pescan?... —pregunté sin reflexionar lo que decía.

—No hay peces. ¿Acaso nunca fuiste a clases de religión? ¿no has leído la Biblia? ¿no ves televisión?

—Claro que sí, pero ten algo de consideración, nosotros recorremos de un lado al otro sin parada y sin descanso. ¿Está muerto este mar? —dije en son burlón.

Él me miró y continuó su camino.

—¡Ah! —de pronto capté— es el famoso Mar Muerto —comenté apenado.

Ese desliz geográfico fue suficiente para no volver a abrir más la boca. A decir verdad, esperaba que me sorprendiera; de la noche anterior no tenía ningún reclamo. Era interesante, ahora que estaba lejos, a solo tres horas del último beso de Lucrecia, que ya no la extrañaba tanto, era solo un agradable recuerdo.

A cada paso se cruzaban más personas, algunos pastores, lavanderas, comerciantes, que nos miraban recelosos, con cierta desconfianza, no muchas personas se trasladaban de un sitio a otro. Pero nada aún de la misteriosa ciudad.

–¿Dónde está?

Él señaló al frente y ante mí apareció la ciudad. No la había notado por su escasa altura y debido a que el color de sus edificaciones era muy similar al color de la tierra por la que caminábamos. Se mimetizaba con el entorno. No hay como saber que se debe de ver algo para que esto aparezca delineado frente a nuestros ojos.

Al finalizar la tarde estábamos frente al acceso de la ciudad. Un anciano que estaba recostado en la puerta levantó la vista y nos vio llegar; en seguida fue a nuestro encuentro y se inclinó para saludarnos, besándonos las manos.

–Los estaba esperando –dijo Lot–. Ruego, señores, que vengan a la casa de su siervo y yo los hospedaré en ella; allí podrán lavar sus pies, y de madrugada podrán continuar su viaje.

–¡No! –respondió enfáticamente Él–. Nos quedaremos a descansar en la plaza.

–Insisto, –volteándose Lot temeroso a cada lado– vengan a mi casa, allí les daré de comer y mi esposa e hijas atenderán todas sus necesidades. No se queden en la plaza. Esta ciudad no es segura. Es perversa.

Él me miró y yo asentí; nunca he sido bueno en ese juego de las cordialidades.

A simple vista la "ciudad", más bien un pueblo miserable en donde ninguno de los habitantes se había molestado nunca en invertir un centavo… era sencilla, baja, con las calles de tierra y en apariencia normal; nada de perversión o pecado… a simple vista… aún. Pero a medida que caminábamos por sus estrechas calles, cada transeúnte se nos quedaba viendo.

Ya dentro de la casa del anciano Lot, su mujer e hijas, nos prepararon un banquete y nos sentamos a comer. De beber nos ofrecieron vino. Poco a poco mi deficiente educación religiosa comenzó a venir a mi mente y empecé a armar el rompecabezas histórico, y lo que había de venir y lo cerca que estaba por ocurrir; ahora entendería las proféticas palabras de Él.

En eso los vecinos varones del pueblo, alumbrados con antorchas, rodearon la casa y tocaron la puerta con insistencia.

—¡Lot!, ¡Lot!, abre la puerta y déjanos entrar —gritaba desde afuera la muchedumbre.

El anciano se levantó perturbado de la mesa y con un gesto de la mano nos invitó a mantenernos sentados. Las miradas se cruzaron entre la familia.

—¿En dónde están aquellos hombres que al anochecer entraron en tu casa? —gritaron desde afuera.

—Sácalos acá afuera, para que los conozcamos —gritó otro hombre.

Lot salió de la casa y trancó la puerta tras de sí.

—Para que nos conozcan —dijo Él con tono de burla—, lo que quieren es acostarse con nosotros.

—¡Sodomía! —finalmente el significado de la palabra me llegó a la mente.

—No, —prosiguió Lot fuera de la casa— por favor les ruego, no cometan esa maldad, mis huéspedes están cansados tras un largo viaje y necesitan el descanso.

En vista de que la turba iba caldeando ánimos y por el gran respeto que tienen los antiguos por las personas que alojan en sus casas, Lot negoció con ellos.

—Dos hijas tengo, que todavía son vírgenes: a ellas se las ofrezco y tienen mi bendición para hacer lo que deseen con ellas, con tal de que no les hagan mal alguno a estos hombres, que se protegen de la inclemencia de la noche bajo mi techo.

Las dos hermanas se vieron los rostros, asustadas.

Yo estaba sorprendido, alarmado, de cómo este benevolente anciano estaba dispuesto a sacrificar a sus dos hijas por proteger la vida de dos extraños. Él, en cambio, estaba tranquilo mientras disfrutaba del último sorbo de vino, y con un gesto solicitaba a una de las hijas, la menor, que le rellenara la copa. El interés de esos hombres no era por las mujeres.

—Tranquilo, disfruta de la comida —me dijo al oído, colocándome su mano sobre mi pierna— ellos no las desean a ellas, nos desean es a nosotros. Estás a punto de vivir una experiencia bíblica; vas a saber por qué Dios quiso castigar a estas ciudades —refiriéndose a Sodoma y Gomorra.

—No entiendo nada. ¿Cuándo es que se destruyen? Yo no quiero vivir en carne propia ninguna experiencia bíblica. A mí me gusta ver desde la barrera, yo soy observador, siempre lo he sido. —Mi corazón latía a ritmo acelerado y las gotas de sudor recorrían mi temblorosa frente—.

—Demasiado tiempo de tu vida, es hora de que seas partícipe, no espectador. El anciano cree, está seguro, de que nosotros somos los ángeles enviados por Dios.

—¿Y lo somos? —pregunté intrigado.

—¡Sí!

El círculo de hombres afuera se estaba cerrando muy cerca de Lot; la amenaza era real.

—Viniste hace poco a vivir entre nosotros como extranjero, ¿y ya nos quieres gobernar? —dijo uno de ellos acaloradamente.

—Pues a ti te trataremos peor que a ellos —gritó otro.

La masa se abalanzó en contra del anciano y lo lanzaron al piso despejando la puerta. La esposa y ambas hijas estaban atemorizadas, en una esquina, abrazadas, en un desesperado intento de unidad.

—¿Quieres ir a tranquilizar a la turba? —me preguntó Él a mí.

A falta de respuesta, Él puso la copa sobre la mesa, se levantó y abrió la puerta y tomó a Lot arrastrándolo adentro y Él volviendo a salir. En eso un destello de luz abrazó la casa del anciano, dejando a la muchedumbre tan enceguecida que de inmediato se esparció. Sentó a Lot en una silla y le dijo:

—Saca de esta ciudad a los tuyos, porque vamos a arrasar este lugar con fuego y azufre, por cuanto el clamor contra las maldades de estos pueblos ha subido de punto en la presencia del Señor, el cual nos ha enviado a exterminarlos.

Finalizadas esas palabras se acercó a mí y me dijo al oído en tono burlón:

—Así dice en la Biblia, porque, ¿para qué cambiar un clásico? Lo interesante viene después.

Lot salió de la casa para advertir a los allegados mientras la esposa y las hijas recogían lo indispensable. La menor de ellas, Sara, me atraía mucho y por el cruce de miradas estoy seguro de que era mutuo. Instintivamente la ayudaba a ella a empacar algunas cosas básicas.

Mientras el anciano intentaba en vano convencer a sus más allegados, nosotros salimos a dar una vuelta por la ciudad. En las calles todo estaba en calma, pero en una de las casas se planeaba un complot en contra del extranjero Lot, hermano de Abraham.

Él se dispuso a entrar y yo sin pensar lo seguí, atemorizado por tener que vivir en cualquier momento esa experiencia bíblica. Los hombres allí reunidos nos dieron la bienvenida como comunes y de inmediato nos pusieron al tanto del plan. En un principio estaba confundido, pero con el tiempo me di cuenta de que personificábamos a un par de hombres locales. Para hacer el cuento corto, ellos pretendían matar al anciano y a su esposa y esclavizar, para sus entretenimientos sexuales, a las hijas.

—Vamos de una vez —insistió Él— tal vez mañana podría ser ya demasiado tarde.

Me le acerqué sorprendido y le pregunté al oído.

—¿Por qué quieres sacrificar al anciano? ¿El plan no era salvarlo? ... como dice la Biblia.

—Ese es el plan de "Dios", no el mío, y el plan que ellos proponen —señalando a los hombres— me parece más divertido. El otro, yo ya lo viví una vez, necesito variedad.

—¿Acaso no es contraproducente influenciar el pasado, por las consecuencias que eso puede conllevar en el futuro?

—¿Quién dice eso? Nosotros estamos en el presente de un pasado que ya existió, si lo modificamos lo convertimos en un hecho histórico y ese será, en el futuro, el pasado real. ¿Qué te hace pensar que si la historia se repite, se repetiría igual?

—¡Ah! —en ese instante no entendí a lo que Él se refería, aunque tenía su lógica.

—Pero a mí me gusta Sara, deseo lo mejor para ella —le dije al oído.

—¿Quién es Sara?

—La hija menor de Lot.

—¿De dónde sacaste eso? En la Biblia no aparecen los nombres de ninguna de las mujeres.

—Se lo pregunté.

—¿Y qué pasó con tu adorada Lucrecia?

—Eso fue cosa del pasado.

—Querrás decir del futuro —comentó Él con cierto sarcasmo.

—¿Será que acaso es a ella a la que deseas?

Me sonrojé.

—También —respondí— pero si continuamos con este nuevo plan, ella, … a decir verdad: ninguno, podrá escapar y morirán todos a consecuencia del castigo divino.

—Ningún castigo divino —dijo enfático Él—. Esta zona es una bomba de tiempo, una mezcla de minerales y gases que solo necesita de un terremoto para volar por los aires, —vio su reloj, que mantenía escondido— faltan solo horas para que sea ese día.

Se retrocedió del grupo de conspiradores.

—Está bien, el viejo se salva al igual que las hijas.

—¿Y la esposa?

—¡No!

Quedé conforme con el desarrollo de los acontecimientos: la mujer del viejo era un pequeño sacrificio en toda la historia; podía morir.

De regreso en la casa, Lot nos ofreció su cama para que nosotros descansáramos, según era la costumbre: "lo mejor para los huéspedes".

Al despuntar el alba, salimos de la casa con lo básico necesario, en camino a otro pueblo llamado Segor.

—Apresúrate, toma a tu mujer y a tus hijas, no sea que ustedes perezcan en la ruina de esta malvada ciudad —expresó Él con determinación bíblica—. Salva tu vida, no mires hacia atrás, ni te pares en toda la región circunvecina; sino ponte a salvo en el monte, no sea que tú también mueras atrapado en el "castigo divino".

Los observamos mientras se alejaban de la ciudad, torpes y apurados. Sara volteaba hacia mí de vez en cuando, para asegurarse de que la seguiría. Entonces le recordé que no mirara atrás... por si acaso.

—Me encanta destruir en nombre de Dios —dijo Él emocionado.

—A decir verdad, yo creo que también —repuse con ansiedad.

Al llegar a Segor, Lot no se sintió seguro y prosiguió camino al monte. Siempre se hablaba de un monte y él prefirió ir a ese monte. ¿Cuál?, era lo mismo; si estaba destinado a sobrevivir, era en un monte, cualquiera podía ser bueno.

Cuando ya estábamos todos lo suficientemente lejos, Él levantó un brazo; el suelo tembló y del cielo llovió sobre Sodoma y Gomorra azufre y fuego, destruyendo todo en su entorno. El espectáculo era increíble, montañas de humo ardiente se elevaban cubriendo todo el paisaje.

—Magnífico —expresé con euforia—. ¡Qué espectáculo!

Gracias a ese comentario, la esposa de Lot se distrajo, y volteó a ver.

—¿Qué pasó? —preguntó el anciano.

—Tú mujer desobedeció las órdenes divinas y miró atrás, convirtiéndose en una estatua de sal —dije con apresurado acierto.

Lot, sin voltear lloró la muerte de su esposa y Él sonrió.

—Estás aprendiendo —me dijo.

—¿Cuál es el problema con ver hacia atrás? —pregunté muy intrigado.

—El que voltea es porque añora lo que deja atrás —respondió Él de inmediato.

En lo alto de un monte, seguros del castigo divino, las dos hijas se preguntaban sobre el futuro de la humanidad; pensamiento muy noble.

—Nuestro padre es viejo, y no ha quedado en la Tierra ni un hombre que pueda casarse con nosotras —expresó Rebeca a su hermana Sara—. Emborrachémosle con vino y acostémonos con él, con el fin de poder conservar el linaje, por medio de nuestro padre.

Esa tarde las dos muchachas comenzaron a servirle vino al desprevenido padre, hasta que se imaginaron estaba lo suficiente borracho para acostarse con él, y así salvar a la humanidad de la extinción. Nosotros estábamos presentes, pero en sombra, ellas no nos podían ver. Para ambas hijas, nosotros éramos solo unos ángeles enviados por Dios con el fin de salvarlos.

—Yo seré la primera —dijo Rebeca— y mañana serás tú.

Con mucha delicadeza desvistieron a Lot y enseguida se desvistió Rebeca. Ella comenzó a acariciarlo y a mostrár* sele para excitar al padre; una vez lograda la erección, se montó encima de él hasta que éste copuló. Estos personajes bíblicos tienen mucha estamina. Debe ser algo en la alimentación.

Al día siguiente le tocó el turno a Sara. Una vez borracho el padre, lo desvistieron. Yo estaba embelesado por la belleza de ella y deseaba tomar el lugar del padre.

—Cumple tu deseo, ¡ve! —dijo Él.

Me puse de pie y mi cuerpo se transmutó en el del padre. A diferencia de la noche anterior, el sexo fue mucho más largo, apasionado e intenso, despertando la envidia en la hermana mayor. En un principio Sara se cohibió, pero con el placer sexual se dejó llevar hasta el orgasmo. Espero que no haya sido fingido.

Una vez finalizado, Él y yo, nos marchamos en la oscuridad de la noche. Después supe que Rebeca había concebido un hijo al que le puso el nombre de Moab, patriarca de los moabitas; y Sara también parió un varón, mi hijo, al que le dio el nombre de Ammon, patriarca de los Ammonitas.

—A veces me siento vacío por haber, en todo momento, basado mi filosofía de vida en relaciones casuales y lujuriosas —comentó de pronto Él, mientras caminábamos por el desierto a la luz de las estrellas—. Pero no hay duda de que, gracias a eso, ha sido infinitamente más excitante y emocionante. No recuerdo con claridad los nombres de casi ninguna con quien he estado. En cambio, estoy seguro de que tú sí.

En efecto, yo recuerdo el nombre de todas, las 16, incluyendo a Lucrecia y a Agripina.

—El sexo —continuó— no es solo cosa de hombres, como te lo han hecho creer, también de mujeres, ya que ellas, utilizan esta poderosa arma para lograr casi cualquier cosa que se han propuesto. En muchos de los casos, los hombres han sido las inocentes víctimas de las artimañas femeninas. Mientras el amor ha sido la inspiración de poetas y artistas, el sexo ha sido su escape. Ese escape de un mundo adverso. El equilibrio de los sentimientos, casi siempre confusos y mal interpretados. Nos empeñamos en buscar un imposible donde no lo hay, por eso la profesión más sincera es la prostitución: dinero a cambio de placer. En esta tierra mercantilista lo que se desea se paga y viceversa. Lo que se hace rutina se etiqueta, y una relación basada en sexo es para la mayoría de los hombres una frase demasiado cruda, entonces se adorna con matices equivocados.

—Ya estaba extrañando tus largas meditaciones o más bien justificaciones. —comenté.

> 66 *La prostitución no es contraria a la virtud.*
> *La prueba está, en que los moralistas*
> *se cuentan entre los más prostituidos* 99
>
> **Ribemont-Dessaignes**

—Todos los hombres quieren tener a sus mujeres protegidas, encerradas y aisladas, pero siempre buscan en la mujer del vecino satisfacer sus pasiones carnales reprimidas; sin darse cuenta de que la vecina de su vecino es su esposa. El matrimonio es una gran farsa del moralismo universal, tiende a ser una fachada, conveniente a todos los temores que se generan en la vida del ser humano. Es su refugio, su concha del mundo; tan asustado está él como los demás. Pero con el tiempo se da cuenta de que, este proteccionismo aparente, asfixia y busca en el sexo puro el escape que necesita para seguir soportando la prisión en la que se encuentra. Con esto me refiero tanto a él como a ella. Ya que la mujer no se salva de esta tortura cotidiana. Utilizan sin remordimiento el sexo como salvación y como condena y se prostituyen por mantener las apariencias.

—Contra las instituciones y el tradicionalismo es muy difícil luchar —comenté aprovechando la pausa.

—Yo, que desde los inicios intenté desmoronar lo institucional, sé que el matrimonio, aunque un poco más sincero en cuanto a su temporalidad, no será eliminado. Ya que, en un futuro improbable, aunque no exista el acto en sí, existirá en las mentes, como un ideal poético.

—El ser humano siempre tendrá, aunque no se dé cuenta, una puerta de entrada y otra de salida —resumí. Considero que al lado de este personaje estoy afinando mis comentarios.

La muerte

A lo lejos vimos una fogata y decidimos acercarnos para pasar la noche. Se trataba de una caravana de beduinos que comerciaban textiles. Él realizó un saludo y yo instintivamente lo imité. Ellos de inmediato nos invitaron a sentarnos alrededor del fuego. El desierto sin duda es un lugar inhóspito, y no solo por la falta de agua; de día hay un calor abrasador y de noche un frío que hiela la sangre. Nos ofrecieron unos dátiles y nos recostamos a ver las estrellas, hasta que uno de los hombres se acercó y solicitó a Él que lo acompañara. Caminaron hasta donde se encontraba el anciano del grupo y conversaron y rieron por largo rato. Pasadas las horas Él le colocó su mano en la frente al anciano y este se desplomó al piso, muerto. El resto de los beduinos lo rodearon y comenzaron un ritual funerario con cantos.

—¿Qué pasó? —pregunté intrigado, sin saber qué hacer.

—Un viejo amigo.

—¿Pero, qué fue lo que ocurrió? ¿Por qué murió?

—Era su momento. Sus días ya habían pasado y sus ansias de vivir quedaron lejos junto a sus aspiraciones nunca conquistadas. Pensó que era mejor dejarle la carga del mundo a sus hijos, jóvenes y fuertes.

—¿Pero por qué tú?

—Me reconoció y debido a nuestra amistad preferí que fuera así, rodeado de sus seres queridos y en la mayor tranquilidad. Tú no eres el único privilegiado. Otros, a decir verdad, le han sacado mejor provecho a mi experiencia que tú.

Me sentí ofendido, pero tampoco tenía argumentos para desmentir aquella afirmación; siempre fui lento en el aprendizaje.

—Todo aquel que me conoce, debe pensar que yo soy el Ángel de la oscuridad, la garra de ultratumba, el Dios del mal, pero no es así. Yo soy yo. Pero todo el que nace ha de morir, de alguna forma, yo solo escojo cuándo y cómo, no es un trabajo agradable, pero al final, su cuerpo, tarde o temprano será alimento de gusano. Hay formas agradables de morir y otras no tanto. Esta me pareció apropiada. Cada persona que ha pisado la Tierra, ha deseado ser inmortal, sobrevivir a todos sus contemporáneos como Matusalén y fíjate, él murió ahogado en el Diluvio. La inmortalidad es ansiada sobre todo por los que de alguna manera ostentan poder, riquezas… o mala salud. Pero, aunque el hombre se esfuerce en luchar en contra de sus enemigos naturales, él mismo, su cuerpo, decae y se deteriora. El que no muere asesinado en un callejón, morirá de viejo en un ancianato. No existe vuelta atrás. No hay escape. El que nace está condenado a morir. En los pocos años que representa la vida de un ser humano, en el contexto histórico del mundo, este ha de dejar huella para los que vengan después de él. Es natural, nadie quiere caminar sin ir a algún sitio. Evidentemente no todos, pero sí la gran mayoría busca dejar algún legado a la humanidad, y en el mejor de los casos, su descendencia, su conocimiento o su labor. Hay personajes que prefieren morir por grandes ideales. Muchos de estos ideales conllevan inmensos sacrificios, tanto para él como para los que le rodean. Otros simplemente vegetan y esperan que la edad acabe con sus vidas, la enfermedad o la casualidad.

—¿Cómo he de morir yo? —pregunté atemorizado.

—Para ti te tengo algo especial preparado. Dependiendo de tu madurez me lo agradecerás o me odiarás; eso depende de ti.

❝ *La muerte es un hábito colectivo* ❞

Nicanor Parra

—Para mí es natural hablar de la muerte —continuó diciendo— ya que he visto millones pasar frente a mí, un cálculo aproximado desde que el hombre es *sapiens*, o para los crédulos, desde Adán, será de 180 mil millones de vidas que han pasado frente a mí y luego han muerto. Y de la cifra actual de habitantes, en pocos, muy pocos años se duplicará y toda esa gente, toda, igualmente morirá. La muerte es un hecho cotidiano y no se debe catalogar como tabú, ya que todo lo que nace muere. Claro está, que el hombre ha utilizado su imaginación para ayudarme en este ciclo. Según muchos, que solo son algunos, si se comparan con la masa que ha cruzado, construido y destruido la Tierra, piensan que la muerte es solo una fase a un estado superior. Otros, creen que es momentánea hasta el día del juicio final. Yo les digo que es solo muerte. Tal vez porque nunca moriré. Aunque, como he dicho antes, el que se mezcla con humanos tiende a ser contagiado por sus creencias, costumbres y anhelos.

En el fondo comenzaba un ritual religioso alrededor del anciano muerto. Todos los familiares rodearon al cadáver y con los brazos extendidos al cielo, murmuraban un cántico. Me distraje viendo lo que ocurría y no estaba seguro de si nosotros también debíamos acercarnos. Él retomó la conversación.

—En épocas pasadas yo también me dejé llevar por la filosofía cristiana, cuando con los cruzados luchaba en contra de los "paganos", para liberar a Tierra Santa y de haberlo logrado, la hubiesen pervertido y corrompido. Como siglos atrás, me imagino que recuerdas, hice con Sodoma y Gomorra; claro está, para retar a Dios.

—¿Siglos atrás? —pregunté confundido—. Sodoma y Gomorra se destruyeron hace cuatro días.

—¿Quién dice que estamos en la misma época? —respondió Él.

De inmediato me inquieté, me puse de pie, volteé a todos lados en busca de alguna señal que me diera una pista del lugar o el tiempo en el que estábamos.

—Siéntate tranquilo, pronto lo descubrirás "en carne propia" —dijo mientras se le dibujaba una sonrisa macabra en su rostro.

—Pero después cuando luché con los paganos, —continuó— junto a los ejércitos de Saladino, para ahuyentar a los cristianos de Tierra Santa… Nadie podrá decir nunca que no soy equilibrado… —expresó justificándose— y también me dejé influenciar por sus creencias. El que no se identifica con lo que lucha, no lucha. Porque incluso, los mercenarios, tienen su filosofía. Te confieso, que en cruzadas posteriores manipulé a papas y a reyes para que se lanzaran en absurdas luchas, para así concretar mis intereses europeos, y a la vez me entretenía luchando en contra de ellos y a favor de los árabes. Soy partidario de nadie y de ninguno, pero estoy vivo y he de entretenerme y luchar, de lo contrario moriría, al no tener razón de existir.

Lo observé unos segundos y pregunté curioso.

—¿Y cuál función tienen las Moiras?

—Átropos, Cloto y Láquesis son mis hijas.

—¿Tus hijas? —pregunté extrañado—. Yo pensé que eran hijas de Zeus.

—¡Hijas de ningún Zeus! —respondió molesto—. Eso quisiera él. Son mis hijas y su madre es Nix —dijo viendo la noche.

—Ellas de adultas decidieron trabajar para mí y aliviarme un poco de mis responsabilidades… buenas hijas. Ellas, a diferencia de mí, sí son recordadas y representadas, incluso pictóricamente. Hay un cuadro de Diego Velázquez, conocido como *Las Hilanderas*, muy interesante, aunque nadie realmente ve lo que en verdad debería. Allí, en primer plano aparecen ellas cumpliendo, en apariencia, una labor cotidiana e inocente: hilar. Pero, a decir verdad, en la oscuridad, ellas están es definiendo el destino de los que aparecen en el fondo, en la luz. Cloto hila la vida que vas a tener; Láquesis extiende y mide el hilo, y así precisa los años que vas a vivir, y Átropos, mi preferida, la mayor, –dijo suspirando– escoge el cómo has de morir. Ella espera pacientemente y corta tu existencia, con sus "abominables tijeras", como dicen, sin vacilar.

Se volteó a verme fijamente, en silencio. Yo tenía la vista perdida intentando recordar el cuadro al que Él hacía referencia. En vista de que yo no capté su silencio, Él se apresuró en decir, para atraer mi absoluta atención:

–Yo estuve allí cuando ellas te definieron a ti. Láquesis se esforzó en darle sentido a esa masa de fibra, sosa, aburrida, hasta que llegué yo y le puse color… rojo. Lo extraje de mi dedo, de la sangre que corre por mis "venas"… y ¡aquí estás! Recién saliendo del color blancuzco pálido ese.

Tragué grueso e intenté, a decir verdad, tratar de cambiar la conversación. Al final del día, a nadie le conviene saber cuál es su destino. Y menos aún, el cómo va a morir… y cuándo.

Una vaga idea me vino a la cabeza y de inmediato pregunté.

–¿Finalizará el mundo según el Apocalipsis?

–Ven y te enseño –dijo sin vacilar y me tomó de la mano.

Como ya era tradicional, todo a nuestro alrededor se transformó y de pronto estábamos en frente a una antigua catedral, rodeados de fervorosos creyentes que rezaban unidos entre lágrimas de pasión y terror. En la puerta del templo, sobre una plataforma improvisada, un sacerdote daba un sermón apocalíptico, en latín. En un principio no entendía nada, al igual que el grueso de los congregados, pero paulatinamente ciertas palabras se hicieron reconocibles, luego otras, y al final entendía todo lo que aquel hombre pregonaba a sus fieles. En resumen, le pedía a Dios perdón por todos los pecados cometidos por hombres y mujeres, en esta tierra de pecadores, ante la inminente llegada del Segundo Advenimiento de Cristo y el Juicio Final. No era para menos el pánico generalizado, esa era justo la noche del final del año 999; fecha profética para el fin del mundo.

—El hombre está obsesionado por las cifras milenarias —comentó Él entre risas —. Unos textos trasnochados, escritos hace siglos y aún convulsionan a toda la humanidad. Los paganos deben estar riendo a carcajadas ante tal superstición.

—¡No será hoy! —dije— pero ellos también tienen las suyas.

—Es verdad.

El sacerdote profético, continuaba su diatriba sobre el fin del mundo y la salvación de unos pocos. A medida que la hora se acercaba a las doce, la turba humana que nos rodeaba se aterrorizaba pues, según cualquier parámetro bíblico de los Diez Mandamientos y de los Pecados Capitales, nadie se salvaría de la furia de Dios. El hombre estaba atrapado y las mujeres condenadas, desde su nacimiento. En estas épocas medievales las féminas eran un mal necesario, solo servían para la procreación, la cocina y el placer sexual. Aparte de eso, ellas y Lucifer, eran más o menos lo mismo, y todo porque las culpaban por el Pecado Original. Razón por la cual, cualquier hombre que se hubiese acostado con alguna mujer, por otra razón distinta a la de procrear, ya pecaba de lujuria y estaba irremediablemente condenado a sufrir en el infierno.

Un "santo" varón, de entre la muchedumbre, de pronto recomendó, a viva voz, sacrificar a algunas vírgenes, en un último y desesperado intento de prolongar la vida en la Tierra, al menos por otro milenio; cosa que en definitiva lo salvarían a él y a su familia de una inminente muerte.

No fue sorpresa la acogida que aquella sugerencia tuvo; con tal de salvar sus vidas, algunos incluso decidieron sacrificar a sus hijas, que en la desesperación insistían en que no eran vírgenes.

El sacerdote intentó en varias oportunidades calmar los ánimos con plegarias, cantos y rezos. La pelea callejera se desató y cada cual intentaba, por instinto, proteger a sus hijas y buscar en las del vecino a las voluntarias.

Él sonreía.

Al sonar las doce campanadas, desde lo alto de la torre, el escándalo cesó. Literalmente "salvado por la campana"... Yo sé que es una frase boxística, pero aquí también se aplicó. El silencio fue absoluto y todos esperaron resignados la muerte, pero esta no llegó. Pasaron los minutos y nada. Él y yo estábamos en el medio de aquella masa humana, expectantes, casi riéndonos de lo absurdo de aquella creencia. Un murmullo del fondo empezó a invadir el área, pronto se convirtió en bullicio y las personas comenzaron a retirarse a sus casas, recelosas y con rostros de manifiesta frustración. Habían sufrido la muerte inminente y no murieron; estuvieron a punto de matarse entre sí y seguían vivos. Ni modo, de regreso a los hogares para el día siguiente continuar con la rutina habitual.

—Y esto ocurrió en todo el mundo cristiano. En cada villa, pueblo y ciudad —dijo anecdóticamente Él—. E incluso contagiaron a otros confinados en sus guetos.

—¡Qué locura! Pero fue emocionante —dije exaltado.

—Toda esta frustración se va a diversificar por otros medios de muerte y destrucción; la paranoia humana es eterna y su obsesión por buscar culpables o personas a quiénes sacrificar para conseguir su salvación será constante. El culpable siempre es otro, nunca uno mismo. En pocos años concentrará su atención en los musulmanes, en los judíos y después en los protestantes, todo por un libro que nunca han llegado a comprender.

—¿El de Las Revelaciones?

—Exacto. Caminemos.

Recorríamos las angostas callejuelas, zigzagueando entre ruinosas edificaciones y casas de ladrillos carcomidos por el tiempo. A pesar del terrible auge de la pasada hora, ni un murmullo se escuchaba. Estoy seguro de que toda la población estaba reestructurando un nuevo sistema de vida, en vista de que el Juicio Final, había llegado y pasado sin consecuencias, sin el retorno del enfurecido mesías rodeado de sus ángeles y arcángeles. La vida continuaba para todos aquellos sobrevivientes del supuesto Apocalipsis y mañana tendrían que volver a sus rutinas de trabajo.

—La esencia de la vida, su razón de ser, es que, con el tiempo termina, acaba, finaliza —dijo Él mientras continuábamos nuestro camino—. La muerte es el clímax de esa existencia: una ansiedad aterradora, como la recién vivida. La vida del hombre es ínfima en comparación con la existencia de la civilización; un pequeño eslabón que conforma la cadena de la humanidad. Comparativamente, la vida de cualquier humano es insignificante, al igual que un grano de arena, pero en el conjunto de esos granos de arena se conforma un desierto en crecimiento, con la capacidad de formar tormentas y arrasar sueños. Millones de soldados, orgullosos, han cruzado el umbral entre el anonimato y el heroísmo. Todos ellos han ofrecido generosamente sus vidas por un ideal, ya sea prestado, creado o pagado. Admiro su ingenuidad y alabo su coraje. En muchos de los casos, los que deberían ir, mandan, los que deberían morir, sacrifican. Las estadísticas se han perfeccionado con el pasar de los años. En cada batalla se sabe exactamente cuántos soldados van a perecer. Es una ecuación, se calculan las probabilidades, se compensan las pérdidas y se da la orden de ataque. Al final, es el objetivo, o la menor cantidad de muertos, lo que decide quién gana y quién pierde. Es una industria, los números son lo que importa, cuántos en azul cielo y cuántos en rojo sangre. Ambos dejan de existir para dar paso a una nueva era de guerras. Muchos incluso ganan perdiendo.

—¿Tú decides quién muere y quién vive?

–¡No! Mis hijas. ¿Te acuerdas?

–Sí, claro, disculpa –dije apenado– ¡Las Moiras!

–Átropo, Cloto y Láquesis… ellas tienen nombres –expresó Él enfático.

Continuábamos en la misma calle, sin movernos.

–Yo he bailado con la muerte cientos de veces, no le temo, ni ella a mí –comenzó Él a elucubrar–. Ella es sabia, aunque se equivoca. ¿Quién no? No vayas a creer, la inmortalidad no es una ciencia exacta, todos podemos morir. Es un trabajo de seducción, hay que mantenerla contenta y entretenida para permanecer en su gracia. Yo la ayudo en su terrible y cruel trabajo, y ella me permite continuar eternamente.

–¡Ah! –expresé con sarcasmo–. Tú no le rindes cuentas a nadie.

–Cierra los ojos –me ordenó Él– y vamos a imaginarnos que han pasado trescientos cuarenta y nueve años, y veamos qué ocurre.

Todo a nuestro alrededor se comenzó a transformar, pero en esencia era lo mismo, solo que el silencio que nos abrazaba antes, ahora estaba ahogado en un lamento constante.

El olor era pestilente y sábanas blancas colgaban desde casi todas las ventanas. Avanzamos un poco más hasta llegar a una calle más ancha y allí, en la entrada de todas las casas, se amontonaban cuerpos sin vida, envueltos en fundas, esperando por la benevolencia de terceros para ser llevados a una hoguera en las afueras de la ciudad. Las carretas recorrían las calles repletas de cadáveres. Hombres vestidos de blanco con sombreros cónicos y máscaras con picos en sus rostros, avanzaban adelante, mientras sus enclenques ayudantes tomaban a los muertos de pies y manos para lanzarlos encima de la inerte masa, a la vista de sus familiares que se despedían desde las ventanas.

–¿La peste negra? –pregunté con pánico de contagiarme.

—¡Sí! la primera gran peste. La ignorancia va a aniquilar a veinticinco millones de habitantes, un tercio de la población europea.

—¿Las ratas? —dije yo enfático.

—¡No! las pulgas de las ratas —me corrigió Él—. Ellos no lo saben, pero mientras más ratas maten, menos habrá para que las pulgas se alimenten, entonces el hombre se convierte en el siguiente eslabón en la cadena alimenticia y, en consecuencia, en víctima. Nadie está exento: nobles, plebeyos, sacerdotes, prostitutas, campesinos.

A las puertas de la ciudad nos detuvimos a ver la hoguera, cuyas llamas se alzaban hasta la copa más alta de los árboles.

Aterrados por el vandalismo desaforado generado en el campo, ante la crisis, los campesinos buscaban refugio dentro de las ciudades, creando un mayor caos.

Muchos cuerpos eran lanzados desde el puente y quedaban flotando río abajo, mientras un sacerdote bendecía sus almas.

—Irónicamente, —dijo Él— por donde entró la enfermedad a Europa, fue en donde menos muertes se generaron: en la República de Génova, específicamente en el Puerto de Caffa. Los genoveses fueron los que instauraron la cuarentena como mecanismo de control de plagas y eso les ayudó a frenar la enfermedad, al menos en sus territorios. Pero llegó como una calamidad al resto de Europa, los tomó desprevenidos.

—Me imagino que la culpa se la echaron a las brujas —comenté yo.

—Y a los judíos —complementó Él.

—¿Y eso? —pregunté— ¿Qué tienen que ver ellos con la peste?

—¡Nada! … pero a alguien había que echarle la culpa —me respondió encogiéndose de hombros—. Ellos no padecieron la enfermedad, porque a diferencia de sus otros conciudadanos, su entorno sanitario, instigado por sus tradiciones religiosas, los mantuvieron limpios y a salvo.

Se me acercó y susurró al oído.

–Los occidentales se bañaban solo dos veces en la vida, por temor a lo que el agua contaminada les podía hacer. Los judíos y musulmanes se aseaban al menos una vez por semana. Y lavaban sus ropas. Además, se mantuvieron aislados del mundo exterior en sus juderías… por eso no sufrieron tanto la peste. Pero los católicos, en su ingenua desesperación pensaron que ellos habían hecho un "pacto con el Diablo" y los comenzaron a perseguir y a quemar en hogueras improvisadas. Suerte para ellos que el Papa Clemente VI prohibió, bajo pena de excomunión, la matanza.

Pero esa bula papal aún no había sido promulgada, así que observábamos cómo a un grupo de hebreos los llevaban, resignados, a una pira improvisada y les encendían fuego.

–Esto es un "castigo" de Dios, creen ellos, por los pecados del hombre: lujuria, envidia, gula, flojera, avaricia, soberbia, ira, las brujas y, "por supuesto", los judíos, como vemos… –dijo señalando lo que acontecía–. Una inquisición desbocada, paranoica, donde culpables e inocentes perecen por igual.

–Todos los males son culpa de otros –expresé conmovido por lo que veía.

–Siempre es así. Y en efecto, la Inquisición se transformó en un poder político y religioso. He de confesar –dijo sonriente–, una de mis más macabras creaciones.

–¿La Santísima Inquisición? –pregunté incrédulo, pero en seguida rectifiqué– ¿Cómo no ha de ser?

–Es mi naturaleza –expresó–. La Inquisición le dio un respiro a la Iglesia, tenían al "chivo expiatorio" que necesitaban. Con ese argumento la iglesia vivirá los próximos doscientos años y miles morirán en la hoguera. Hay métodos de muerte que no justifico y no comparto, al menos ahora, pero hay otros a los cuales influencié, planeé y hasta ejecuté. Todo por el bien de la humanidad. Todo un filántropo. A decir verdad, existen personajes que viven más de lo necesario y en ciertos momentos hay que ayudarlos a morir, antes de que todo el bien que en alguna oportunidad hicieran, lo destruyan o corrompan sin mi consentimiento. Otros, que por más malos que hayan podido ser, había que dejarlos vivir para que del mal pudiera brotar el bien. Ley natural de la vida. No hay nada que se genere si no se crea la necesidad para su existencia. Millones de cosas y hechos que por más que duelan, han debido pasar para crear esperanzas a las generaciones futuras. Si los judíos no se hubiesen suicidado en Masada, no les habrían generado la inspiración a los que aún vivían, de seguir con sus creencias. Si el Cid no hubiese guiado su última batalla, aun estando muerto, sus tropas no habrían tenido la inspiración de lucha. Causa y efecto. Solo que, en el momento, las causas pueden aparentar ser terribles, pero de todo lo malo nace algo bueno, algo por lo cual habrá de producirse otra "maldad" para que nazca algo todavía mejor. Es una sociedad en avance, de garrotazo en garrotazo.

–Por cierto. ¿En dónde estamos? –pregunté finalmente.

–Aviñón, y allí –señalando una inmensa edificación– está el Papa Clemente VI, uno bastante más puro que el que conociste el otro día –haciendo alusión a Alejandro VI–. Este se va a redimir entregando dinero a la caridad como un método desesperado de comprar un perdón y, por ende, sobrevivir a la peste. Aunque no todo es malo. Muchos hospitales van a comenzar a partir de esta desgracia colectiva. La medicina también se va a beneficiar, al llegar a la conclusión de que nada de lo que se hace hasta hoy, funciona… Imaginar que la peste era generada por exceso de humores en el cuerpo, razón por la cual se daban tantos sangramientos…

❝ *La muerte de los demás nos ayuda a vivir* **❞**

Jules Renard

—Quiero ver más.

—¿Más de esto u otras cosas?

—Más —dije efusivo.

—Tú guías, a donde quieras ir, yo te sigo —respondió Él.

Pensé por unos instantes, mientras observaba fascinado el palacio papal, pero me distraje en mis pensamientos y nos trasladamos a la antigua ciudad de Teotihuacán, que ya no era ni la sombra de años atrás, antes de la llegada de los españoles. Ahora, en viviendas destruidas por el descuido y la apatía, su población moría a manos de su peor enemigo, la viruela, traída a esta ingenua población por los conquistadores. Más daño hizo esta enfermedad que la espada de Cortés. Vimos el sufrimiento en los ojos moribundos de los niños, en la ansiedad desesperada de los padres que sabían que su gran civilización, la Azteca, estaba agonizando con ellos, pero estábamos muy lejos del lugar al que yo deseaba ir. No sabía cuántas oportunidades como esta me daría Él, así que no me podía permitir agotarlas por distracciones.

Me concentré y nos trasladamos a un lujoso dirigible, en el que sus elegantes pasajeros estaban a la espera de su arribo al destino. Él me observaba, pero una sonrisa pícara se le dibujaba en el rostro. Ese detalle me inquietó y comencé a escrutar todo mi entorno, en busca de alguna pista de dónde estábamos. El glamour de los pasajeros contrastaba con la exquisita modernidad de líneas del diseño interior del dirigible. Me asomé por la ventana y vi como esta era anclada a una torre. La escena me era conocida, pero desde otro punto de vista. Ya inquieto, comencé a hojear entre varios papeles que estaban sobre una mesa. Allí había un periódico en alemán que destacaba, entre otras cosas de poco interés, algunas aclamaciones al canciller Adolfo Hitler. Mis ojos se dirigieron a la fecha y leí: *3. Mai 1937*.

El pánico me embargó. Instintivamente lo busqué a Él con la mirada, pero no lo vi. Quería asegurarme y conseguí un *newsletter* de las actividades del día, que se titulaba: *LZ 129, Hindenburg.*

No había duda, estaba en el fastuoso *zeppelin* alemán *Hindenburg,* momentos antes de su destrucción, mientras aterrizaba en la estación naval de Lakehurst en Nueva Jersey… en el que sería su último viaje a Nueva York.

Instintivamente vi el reloj y marcaba las 7:24. No sé lo que eso significaba, pero nada bueno debería ser. Me sentí de pronto protagonizando una película de suspenso, en donde solo yo sabía lo que iba a ocurrir. Caminé desesperado entre la gente en busca de mi "fiel" compañero, y nada. Todos me miraban extrañados y curiosos. Para muchos yo fui su último recuerdo de "normalidad", justo cuando de pronto se escuchó una terrible explosión en la parte trasera y el lujoso trasatlántico aéreo comenzó a caer al vacío. El pánico ahora era generalizado. Los pasajeros con sus lujosos trajes, nada apropiados para esta extrema ocasión, reaccionaron erráticamente. Ninguno sabía qué hacer. En ese momento Él apareció con una copa de brandy en la mano y a mí lo único que se me ocurrió decir, extrañado fue: "¿En este momento?"

—La ocasión lo amerita —dijo con calma en medio del caos, y sorbió un trago.

Nosotros corrimos a la proa a sabiendas de que esa fue la última parte en incendiarse. El calor era abrasador y las llamas devoraban a algunos confundidos pasajeros.

Al chocar la estructura en tierra, salté de la nave con mis manos en el rostro, en medio del fuego y corrí a ciegas, hasta desplomarme en el piso unos metros más adelante. De inmediato unos marineros me tomaron por los brazos y me llevaron a zona segura, justo, para poder observar cómo se desintegraba el magnífico *zeppelin.* Logré ver las llamas devorando en segundos, los últimos vestigios de su nombre: *Hindenburg.* En eso Él se me acercó por la espalda, vestido como un reportero haciéndome algunas preguntas, referentes a mi experiencia. Yo me quedé viéndolo fijamente con la mente en blanco. Tratando de procesar lo que acababa de ocurrir.

—¿Era aquí a donde te provocaba ir? —preguntó Él extrañado.

—¡No! —respondí automáticamente, mientras salía de mi shock inicial— pero me es imposible negar que ha sido toda una experiencia, lástima que no fue durante su viaje inaugural.

—¿A dónde te provoca ir? Dime, tal vez yo te pueda ayudar.

—Déjame intentar de nuevo —respondí, mientras me ponía de pie.

Cerré los ojos y el frío me perforó la piel. Al abrir los ojos descubrí que había fallado nuevamente.

El *Titanic* no era el mejor barco para viajar. Estábamos en uno de los pasillos de babor, siendo empujados por cientos de personas que corrían desesperadas de un lado al otro, buscando sin suerte un bote salvavidas que los salvara de una muerte segura. La proa ya estaba hundida y la popa se alzaba como un mástil en el cielo. Él a mi lado, tranquilo, observaba con su copa aún en su mano derecha. Instintivamente se la quité y me tomé todo el contenido de un trago. Él se volteó a donde había un hombre de la tripulación y le dijo con tono pausado:

—¿Me podría usted conseguir una copa de su mejor brandy?

El tripulante lo observó confundido y continuó camino.

—¿Cuál es tu obsesión por estas tragedias históricas? —preguntó.

—Me imagino que algo se me ha pegado de ti —respondí sarcástico.

En medio del pandemonio habíamos permanecido estáticos, atravesados, casi estorbando a la multitud que se tropezaba torpemente con nosotros.

Decidí entonces escalar el barco, mientras aún podía, imitando de cierta manera a "Jack y a Rose". Un sonido peculiar se comenzó a escuchar y era la estructura que se estaba comenzando a fracturar bajo mis pies. Hice un intento sobrenatural para alejarme del lugar de ruptura y me aferré a una baranda. Al quebrarse el barco en dos, hizo un ruido infernal y de inmediato pivotó hasta ponerse otra vez horizontalmente. Por el impacto de nuevo con el agua vi gente volar por los aires.

Con mucho esfuerzo había logrado superar la ruptura del barco, en su mitad, cuando este colapsó estrepitosamente al agua. Me sentía como en una montaña rusa. Pero allí no terminaba la odisea, sabía, por lógica, que esa sería la primera parte, de lo que ahora quedaba de esta estructura, que se iba a hundir. Tenía que correr literalmente unos 200 metros hasta llegar a popa y ponerme a "salvo". Sé que mi reaccionar era puro instinto de supervivencia. Casi ninguno de los que aún estaban en el barco iban a sobrevivir. Solo los ya montados en los botes salvavidas. Si lograban salvarse del hundimiento se ahogarían, sin duda, en las aguas heladas del Océano Atlántico. Pero como el instinto es el que manda, corrí como pude a la parte trasera del barco. Salté escombros, subí escaleras, empujé a gente que se me atravesaba, pero cada vez con más dificultad ya que el trasatlántico estaba inclinándose nuevamente mientras se hundía.

Debía seguir subiendo, permanecer el mayor tiempo posible fuera del agua, la hipotermia es una seductora forma de morir, pero yo no estaba interesado en ser uno más en la lista de víctimas del *Titanic*, además moriría en vano, ya que mi nombre ni siquiera aparecería en ella. Subí hasta que una obtusa masa de personas me bloqueó el paso, pero algo ya se me había contagiado de Él, así que empujé al abismo a todo aquel que se interponía en mi camino, total, de igual manera iban a morir, unos minutos antes o unos después. Las fuerzas me vencieron y me quedé estático abrazado a un respiradero, mientras jadeaba. Los últimos días habían sido algo agitados y entre evento y evento, dormir no había sido una prioridad: Lucrecia, Sodoma y Gomorra, el cambio de milenio, la Peste

Negra, Tehotihuacán, el *Hindenburg* y ahora el *Titanic*. Cerré los ojos y suspiré, para enseguida abrirlos con sorpresa; Él estaba sentado a mi lado en un avión.

—¡Ah! —suspiré aliviado— el vuelo inaugural del *Concord*.

El diseño de este avión era muy peculiar y reconocible.

—¿Cómo puedes estar seguro de que es el inaugural? —preguntó Él— si no has dejado de ir de una tragedia a otra. ¿Y si es el que se estrella?

—Solo lo podremos saber si al despegar continúa el vuelo o caemos encima del hotel —respondí con sarcasmo, exhausto. Aunque me puse a pensar.

El avión se deslizó por la pista, suave y ligero como un ave. Se elevó y... ante la duda decidí cambiar de locación por si acaso, abriendo los ojos nuevamente dentro de una cápsula espacial.

—Perfecto, la experiencia de viajar en el *Apolo 11* será buena para mí —pensé, al reconocer el diseño de la cápsula de los cohetes *Apolo*.

Cabo Cañaveral se comunicaba con la nave dando instrucciones. Todos teníamos nuestros trajes espaciales puestos. Sonreía. Me volteé a mirar a los otros astronautas sin lograr verles el rostro, ya que el visor de la máscara de mi compañero de al lado, me reflejaba era a mí. Yo observaba los controles e ignoraba lo que debía hacer, solo esperaba que los otros dos tuvieran que hacer todo y yo solo disfrutaría del viaje. En eso una voz le dio instrucciones a "Gus" Grisson; no estaba en el *Apolo 11* sino en el *Apolo 1* y yo sabía bien lo que allí estaba por ocurrir. Traté de incorporarme, pero el cinturón de seguridad me ataba a la silla. Instintivamente intenté advertir a los otros, pero en eso, toda la cápsula se vio envuelta en una oleada de fuego. Todos gritábamos pidiendo ayuda, pero los segundos pasaban y nadie acudía a nuestro rescate. Gus y White intentaron sin éxito abrir la escotilla, yo me crucé de brazos resignado. En un principio los trajes soportaron bien el fuego, pero ellos estaban diseñados para resistir la gravedad cero y el intenso frío, no el calor; algunos sellos se derritieron y el resto es historia.

Él evitó que yo pereciera allí incinerado al sacarme antes.

Sentado en un tronco en lo alto de una colina, permanecí en silencio y de mal humor. Frustrado por mi experiencia caótica. Lo vivido era excitante e histórico, pero había fallado como guía de mi destino.

—Si no puedo controlar lo que deseo, cómo podré controlar lo que no depende de mí —dije con frustración.

—Nada depende de ti. Pero no te preocupes, en otro momento tendrás otra oportunidad. Al principio no es fácil.

La soledad

Sobre el tronco vi todas las constelaciones hacer su desfile a lo largo de la noche. Con el paso del tiempo mi mal humor se difuminó en otros pensamientos, desligándome de todos mis problemas y temores mundanos. Pensaba en lo abstracto de conformar figuras en el cielo guiándose tan solo por diminutos puntos titilantes, pero llegué a la conclusión de que todo se puede. No se vayan a entusiasmar, ese tipo de pensamientos positivos siempre surgen de vez en cuando, el problema es mantenerlos y hacerlos realidad.

Vertiginosamente me acerco a la mitad de mi existencia y aún hoy no sé cuáles son mis metas ni cuáles han sido mis logros. Elucubré filosofando sobre "la crisis de la mediana edad."

Las horas transcurrieron y yo permanecí en la cima de la colina sin saber qué hacer o a dónde ir; estaba esperando por Él para que me llevara, pero no apareció.

Mi estómago hacía ruidos "estereofónicos" que solo podía acallar si le suministraba alimento. No recuerdo cuándo fue la última vez que comí. Creo que fue en Sodoma. Miré a mi alrededor, escogí un camino fortuito, y caminé a ver a dónde me llevaba. No sabía ni el lugar ni qué fecha era. En algún momento lo descubriría. No tenía prisa ni ansiedad.

El frío era intenso y el caminar sobre nieve era difícil. A media noche vi los primeros indicios humanos: unos cercados deteriorados, cabañas abandonadas, y una trocha demarcada con unos mojones. Antes de continuar a campo traviesa, me dejé seducir por la esperanza de encontrar humanos y dilucidar las interrogantes que comenzaban a acumularse en mi cabeza: ¿en dónde y cuándo?

Ya fastidiado de caminar por horas, noté a lo lejos unas casas, silueteadas entre el alba. A medida que avanzaba escuché voces y percibí el dulce olor del pan cocinándose. Aceleré el paso y llegué a una aldea de no más de veinte casas, una plaza y algo que se asemejaba a una iglesia. Hasta el momento no había visto gente alguna; la plaza estaba desierta, de tal modo que me vi en la obligación de tocar una de las puertas. Un señor mayor mal encarado abrió y señaló otra de las casas, sin pronunciar palabra. Yo me hubiese quedado en cualquier lado, pero en este momento mi estómago era mi amo y debía obedecerlo. Le agradecí y me encaminé a donde su dedo me indicaba. Toqué en esa puerta y una señora me abrió, observándome detenidamente de arriba a abajo, y al identificarme como extraño que necesitaba cobijo, me dejó entrar.

El lugar era una especie de posada, pero sin visitantes, yo era el único. No era de extrañar, estaba seguro, era de madrugada. Me senté en la mesa cercana a la chimenea y ella, sin pronunciar palabra, fue al hogar y me trajo una vasija con un estofado, una rebanada de pan y un vaso de cerveza, como si hubiese leído mi mente. Casi me introduje dentro del plato para devorar todo el contenido. Ella desde la otra mesa me observaba. Complacida por mi voracidad me trajo otra ronda. Cuando estuve satisfecho comencé a observar a mi alrededor e intentar despejar mis dudas. Podía ser una aldea española, o francesa, inglesa, italiana, o alemana; no percibía nada distintivo, nada que delatara mi ubicación y, como era costumbre, yo era demasiado tímido para preguntar. Me entusiasmé en hablar y me dejé llevar por el idioma que saliera de mi boca.

—Muchas gracias, ¿cuánto le debo?

Ella me respondió en inglés antiguo. Introduje mi mano en el bolsillo y saqué unas monedas que ni sabía tenía. Extendí el brazo y ella agarró lo que consideraba la comida podía costar. Al no tener ni idea, no objeté.

—Disculpe, me podría decir ¿qué fecha es?

La señora me observó extrañada, preguntándose seguramente, ¿quién sería ese personaje que no estaba al tanto de la fecha de tan transcendental evento, que a pocas horas estaba por ocurrir? Eso lo descubrí después.

Tan impresionada estaba ella que no me contestó. Por el contrario, me guió hasta una habitación, me entregó un envase con agua, una lámpara y se marchó.

En definitiva, la época debía ser anterior a Edison, saqué en conclusión. El cuarto era pequeño pero acogedor, la cama tenía un colchón de paja forrada, pero tendida con sábanas limpias (muy importante). Escruté unos minutos por la ventana antes de acostarme a dormir.

Pocas horas después, el sol entraba por la ventana y justo en mi rostro. Al bajar, observé con asombro que el lugar estaba repleto y todos comentaban sobre el evento. Discutían las implicaciones futuras, el destino inmediato y las consecuencias en sus vidas. Traté se sumar observaciones en mi cabeza para ver si descubría de lo que hablaban, pero no era fácil, ya que cada grupo hablaba en simultáneo.

Esperé varios minutos a que me atendieran, pero tampoco tenía apuro, no tenía ningún lugar especial a donde ir, nadie me estaba esperando y la intriga persistía.

Finalmente, se me acercó la muchacha que atendía y me preguntó qué deseaba, pero antes de saciar mi hambre indagué de qué se trataba todo eso. Ella estaba muy emocionada y justo en el momento en que me iba a despejar de la duda, se me acercó un hombre y me arrastró hacia fuera. Por supuesto no entendí nada, pero poco podía hacer para resistirme a la fortaleza de mi agresor.

—¿Qué haces aquí? —preguntó el hombre.

—Yo llegué anoche, solo estoy de paso —contesté consternado.

—No te me puedes perder, debes de continuar a mi lado.

Quedé intrigado, yo consideraba que ya percibía instantáneamente la presencia de Él, no importando el rostro o sexo que decidiese asumir.

—Te estuve esperando, pero cuando no apareciste me puse en camino.

—Estaba en Londres —dijo enfático el hombre.

—¿Qué fecha es?

—31 de enero.

—Excelente —respondí, pero eso no me aclaraba nada— ¿De qué año?

El hombre me miró extrañado, pero de igual forma respondió.

—1649 —dijo vacilante, creyendo que yo le tomaba el pelo.

Ya sabía el país y la fecha, pero esta era desconocida para mí.

—¿Qué ocurrió anoche? ¿Cuál es el gran alboroto?

El hombre pensó, sin duda, que me estaba burlando y me empujó lejos de su lado.

—Continúa el viaje tú solo, tu compañía ya no me interesa —dijo ofendido— y si vuelves a ver a tu hermana dile que yo no me detengo que, si a ella le interesa, tendrá que buscarme.

—¿Mi hermana? —exclamé intrigado—. Espera, mi pregunta es sincera, ignoro lo sucedido. Estuve todo el día de ayer caminando a campo traviesa y recién esta madrugada llegué aquí. Perdóname por desconocer lo que tú, y aparentemente todos los demás, saben.

El hombre, que ahora sé no era Él, caminó en dirección este, sin voltearse. Yo no lo conocía, pero ya lo extrañaba; me sentía solo, perdido y sin saber qué hacer, y obviamente qué decir y menos aún, preguntar. Miré a ambos lados y decidí caminar al oeste, para ver a dónde me llevaba. Mientras me alejaba del pueblo, pensaba en lo sucedido y en lo que "Él" sin duda diría, como siempre hacía cada vez que alguna anécdota ocurría.

–Inglaterra, 31 de enero de 1649 –balbuceé varias veces, intentando en vano dilucidar la algarabía de lo ocurrido anoche, pero fue inútil.

Mientras caminaba sin rumbo oeste, mi mente se distrajo con otras cosas.

–No se han de imaginar, si en la vida normal de una persona existen eternos momentos de soledad, qué será en mi caso en que la eternidad es solo un instante –dije en voz alta, con la esperanza de que Él escuchara, o al menos para escucharme yo, y no sentirme desamparado–. Cómo extrañaba estar en mi casa frente al televisor, tomándome un whisky, sabiendo lo que haría mañana y no tener que preocuparme por hoy, aquí y ¿cuándo? pero proseguí con el juego. He tenido momentos de gloria y momentos de olvido, rechazos y odios. Instantes que en mi vida son segundos, en la de otros son siglos. Exilios voluntarios y obligados. Esos momentos terribles, cuando todos dan la espalda y nadie quiere escuchar razones. Evidentemente he aprendido a superar esas etapas y he ignorado la prepotencia humana, sobre todo cuando yo he de enterrar a todos mis enemigos y ninguno de ellos, jamás, lo podrá hacer conmigo. Épocas en las que fui el centro de atención y épocas en las que fui el centro del olvido, obligado a marchar lejos y construir o destruir imperios –pensaba yo que Él me hubiera dicho.

La ruta al oeste, como seguramente hubiese sido la del este, era inclemente por las ráfagas de viento frío que traspasaban mi inadecuada vestimenta. El camino era casi invisible por la acumulación de nieve. Unas rocas a los lados eran la única demarcación del trayecto, o al menos eso era lo que yo pensaba y esperaba. Estaba algo tenso por la posibilidad de perderme más de lo que ya estaba, así que continué con mi juego mental.

Ha habido tiempos de exceso de luz y excesos de oscuridad, pero como el día y la noche, siempre está la certeza de un nuevo amanecer, justo era eso lo que deseaba.

La soledad me ha carcomido, –proseguí en mi elucubración– pues me he visto en la obligación de abandonar a los que una vez pensé me amaban y reconstruir en donde una vez me odiaron. El ser humano se deja deslumbrar fácilmente por nuevos Mesías, charlatanes y aduladores. Olvidan a los que han sacrificado su tiempo, vidas y esperanzas por crear algo digno, sólido y estable. Por supuesto, ese no es mi caso. Lo más digno que yo he hecho es por beneficio propio, ego y diversión. No niego que, en muchos casos, mis desinteresados motivos han sido de utilidad, y en mi consciencia descansa la satisfacción de nacimientos de fabulosos imperios a costillas de la destrucción de otros, ya no tan fabulosos.

No se imaginan cómo deseaba tomarme una sopa caliente o un café recién hecho. De pronto escuché que alguien se aproximaba. Me emocioné con el solo pensamiento de poder encontrarme con alguna persona que me pudiese ayudar. A la distancia, como a unos ochocientos metros vi a unos jinetes que se aproximaban a galope. No sabía cómo detenerlos, cómo pedir ayuda, cómo hablar. A los pocos metros me di cuenta de que yo estaba en su paso y ellos no pretendían desviarse por un extraño en medio del camino. Me aparté torpemente y caí al suelo. Pero entre todo lo mal que me podía sentir por el bochorno de la caída, me alegré por encontrarme con seres humanos.

Mientras me restituía la dignidad, pensé con tristeza que lo que más me dolía era la soledad de espíritu, de amor. Hoy puedo decir con convicción que la culpa es solo mía. Hoy en día recorro este camino anónimo, sin aspavientos, con bajo perfil; no hay duda. Él me diría, "esta es la época del individuo, ese ser insignificante, no del gran líder, de los cuales estamos escasos y hartos. Ese solitario ente que ingenuamente cree poder hacer la diferencia y algunas veces lo logra. La gente es más escuchada de lo que cree, los medios sociales hoy son vehículos importantes del clímax de la locura individual, en donde cada persona jala hacia su lado con vehemencia y se aleja, sin saberlo, del destino común. Al igual que ellos, me he desviado de mi camino, pero vivir es errar y de los errores cotidianos es que se construye la vida. Errado está quien pretende construir su vida a fuerza de virtudes y aciertos... les aseguro que está condenado al fracaso y de ese fracaso es que vivirá".

Siento una gran melancolía por no haber encontrado a lo largo de mi vida a esa persona con quién recorrerla; tal vez la tuve, pero la dejé ir. Ahora me encuentro aquí solo, sin saber a dónde ir. Ni siquiera me voy a dar el lujo de llorar hoy, demasiado tiempo he perdido recriminando al mundo mi "desgracia", la desgracia de no haber sabido cómo vivir la vida. No tengo ni doce horas solo y ya me siento desamparado, imaginar que Cristo estuvo cuarenta días en el desierto con la sola compañía esporádica del...

—¡Me extrañaste! —dijo Él de pronto, dándome el susto de mi vida—. Estás yendo por la senda equivocada —tomándome del brazo en dirección norte.

—Pero esta fue la que yo escogí cuando tú no estabas para indicarme el camino.

—¿Cuál prefieres, la tuya o la mía? —preguntó Él.

La respuesta era obvia.

—Lo hiciste bastante bien —dijo— aunque he de reconocer que algunas de tus elucubraciones yo nunca las hubiera hecho... pero bien.

—¿Qué pasó ayer, 31 de enero de 1649? —pregunté muy intrigado.

—La decapitación del rey Carlos I por orden del Parlamento —su respuesta fue tajante.

–El nacimiento de la "República Británica" –dije.

–¡Sí!, lástima que no va a durar –comentó con cierto tono de reproche–. El hijo de Oliver Cromwell no tendrá la fuerza y determinación del padre, y a su muerte, el proyecto colapsará.

El miedo

66 *Lo que te hace grande es sentirte grande* **99**

Yo

Todavía no conozco a nadie que no sienta temor por el solo hecho de estar vivo, –expresó Él. Imagínate el miedo que ha de tener por la muerte. No es por dejar de vivir, sino por cómo se habrá de morir. Mi querida Átropos...

–¿Me lo dices o me lo preguntas? –dije–. Yo soy y represento cualquier ejemplo de alguien que estorba el camino de otros, el que se interpone, el que obstaculiza. Claro que le temo al hecho de vivir. Y no por morir, ya tú me has ilustrado en varias oportunidades ese sentimiento. Cuando lo haga te necesitaré a mi lado para que me lo confirmes, ya que seguro me imaginaré que es uno de tus juegos.

–¿Juegos?

–Experiencias transmitidas. Rectifiqué.

Como era de esperarse, terminamos yendo a donde Él quería. Yo pude haber insistido en doblar a la derecha, a la izquierda o hacia atrás, al final cualquiera de esas rutas nos hubiera llevado al destino ya prefijado por Él.

Sin darme cuenta estábamos en un bar. Gracias a Dios, porque añoraba un trago. La época la puedo aproximar a los años veinte, "los locos años veinte". La vestimenta, los peinados de las mujeres, la música y los bailes. No era mi tiempo, pero veo documentales y películas. Ciertas cosas estoy en la capacidad de reconocerlas.

Levanté la vista y me pude ver a través del espejo tras la barra, mi vestimenta estaba acorde a la situación. No pude contener la risa, para estar al ritmo de este individuo –refiriéndome a Él– los disfraces y accesorios van siempre con la ocasión.

Sentado frente a la barra me volteé para disfrutar de la fiesta, llevaba como veinticuatro horas caminando y bien necesitaba un descanso.

Una bella muchacha se acercó, me tomó de la mano y me sacó a bailar. Intenté en vano decirle que ese era un gran error, que yo ignoraba cualquier destreza dancística, pero de igual manera llegamos a la pista central, rodeada de mesas y decenas de personas sencillamente pasándola bien. Me dejé llevar y bailé el charlestón. Creo que no lo hice tan mal, o al menos a ella no le importaba. En un momento de acercamiento le intenté explicar que yo no era un buen bailarín y ella me respondió:

–¿Te diviertes?

Yo asentí.

–Eso es lo importante –contestó ella.

En verdad eso era lo importante. Con tanta tragedia, calamidad y melancolía, es necesario divertirse. Sin duda esa era la actitud de estos tiempos. Toda una generación había muerto en la Gran Guerra, y la siguiente generación moriría en La Segunda Guerra Mundial, aunque ellos aún desconocían eso. Bien valía la pena divertirse hasta quedar inconsciente.

Ya sentados en una mesa con muy baja luz, conversábamos de cualquier banalidad que se nos ocurriera. Hasta que ella me preguntó si había peleado en la guerra. Aunque efectivamente había participado en batalla, cuando estuve en las trincheras, mi estadía no había sido más de una semana; ocho días para ser exactos y por lo que deduje de algunas características del lugar, su gente había sido el enemigo: los alemanes.

–Junto a mis compañeros de guerra estuve horas en las trincheras con la mirada fija en el horizonte a la espera de la orden de ataque –le conté–. El silencio era quebrantado por esporádicas explosiones de artillería, prestas para desbaratar a los cuerpos que se le cruzaran en el camino. La ansiedad fue enorme. Cada uno de los soldados estaba aterrado ante la posibilidad de una muerte segura. Algunos, niños aún, escribían cartas apuradas para despedirse de sus padres. Un último adiós. El romanticismo de la guerra se ahogaba en el lodo mezclado con la sangre. Te puedo asegurar que el miedo era enorme, pero también lo único que te mantenía vivo. Eso es lo que te aferra a la vida, previo a la avalancha de euforia generada por la adrenalina al escuchar la señal de ataque. Correr entre explosiones de mortero, alambradas y fuego de ametralladoras en una noche lluviosa, para avanzar unos pocos metros antes de retroceder a las trincheras es algo que aún no he podido entender. Al regresar es cuando captas los que se quedaron atrás. En ese momento, el estruendo del fuego de artillería es sustituido por los lamentos de los hombres caídos, incapacitados para regresar.

Realmente estaba comprometido con cada palabra que decía. Mi experiencia fue minúscula pero intensa. Insoportable para cualquier hombre y la mayoría de ellos la vivieron día tras día, incluso por años, hasta que murieron.

Ella estaba interesada con mi conversación mientras acercaba mi rodilla debajo de su falda; una mórbida manera de expresar su preocupación.

–Yo poseía una gran ventaja, sabía que no moriría en batalla.

–¿Cómo podías estar tan seguro? –preguntó ella intrigada.

Era algo complicado explicar la verdadera razón, así que me vi en la necesidad de modificar la realidad.

—Esa intuición que te mantiene vivo, aunque sí sufrí terribles heridas que sanaron rápidamente. –"El drama debe ser completo o los demás pueden sospechar", pensé–. Pero el miedo te invade ante cada batalla. Es un estímulo natural de supervivencia. Algo por lo cual los humanos nos debemos sentir orgullosos –dije con entonación seductora.

> **❝** *El valor es el arte de tener miedo*
> *sin que la gente lo advierta* **❞**
>
> **Pierre Verón**

Ella apretaba duro mi pierna entre las suyas mientras yo continuaba hablando.

—Lo que hay que evitar es que el miedo no controlado controle tu vida, tus acciones y motivaciones. El miedo al ridículo, como ahora al bailar. ¿A quién engañamos? Todos somos unos ridículos, la única diferencia es que estamos acostumbrados a convivir con ello –comencé a elucubrar mis dudas y temores en voz alta–. Si nos limitamos al qué dirán, estaríamos condenados desde el nacimiento. Todos hablan y critican para ocultar sus temores e incluso disimularlos. La crítica nutre. Si es positiva genera estímulo de superación y si son negativas, odios. Las lágrimas, el trabajo y el miedo dignifican, sin tener que ser un llorón y un cobarde.

—¿Todo eso pensaste antes de cada batalla? –preguntó ella extrañada.

—¿Tienes a dónde ir? –interrumpí de inmediato–. Tanto ruido me recuerda el constante rugir de la artillería –expresé dramáticamente, para disimular el lloriqueo que casi hace perder el interés de la muchacha.

—¡Mi casa! –sugirió ella.

Yo sonreí satisfecho a su sugerencia.

−¿Tú nombre es? −pregunté.

−Brigitte −respondió ella viéndome con sus ojos seductores.

−En dos palabras, la humanidad se construye por miedo. Un término camuflado en precaución, defensa y seguridad. El miedo es solo la realidad del fin. Sea hoy o sea mañana, el fin ha de llegar y eso es lo que nos aterra, no saber cuándo o cómo.

Un señor al lado se volteó y me dijo al oído:

−Ya lograste lo que querías, ahora vete con ella, antes de que tu diatriba del miedo la aburra y te abandone por otro.

−Tienes razón −respondí.

La tomé de la mano y cuando nos dirigíamos a la puerta principal, ella preguntó mi nombre y justo cuando se lo iba a decir, un grupo de hombres irrumpió violentamente en el local, empujando indiscriminadamente a mujeres y hombres, volteando sillas y mesas, creando el pánico general. El acceso fue bloqueado así que tuvimos que permanecer adentro. Estos hombres, ataviados con camisas pardas e insignias pertenecientes al partido nazi, pistola en mano, separaron a los hombres de las mujeres. Yo fui separado de ella. La tensión duró unos minutos hasta que entró un hombre joven, con actitud arrogante, impartiendo órdenes a sus subalternos paramilitares, antes de hablarnos a nosotros, la caótica masa.

Su retórica era de carácter político, con un alto grado de agresividad y resentimiento. A los pocos años luego de finalizar la Primera Guerra Mundial, y tras la firma del infame Tratado de Versalles, con Alemania dividida y condenada a la miseria, al hambre y a la humillación internacional; caldo de cultivo perfecto para que cualquier radical se aprovechara de los sentimientos mancillados de la población y los utilizara para provecho propio, ejemplo: el nazismo.

En un primer momento pensé que era un local judío al que estaban arremetiendo, pero recordé recordé −y el joven oficial lo ratificó– que los primeros enemigos de los nazis fueron los comunistas. Y cualquier antro bohemio era, al menos para ellos, "un nido de artistas degenerados con ideas comunistas…"

El objetivo de estos grupos de "ataque", era intimidar en la consciencia de la colectividad, que cualquier persona que se relacionara con los enemigos de La Madre Patria, o a ellos, sus fieles defensores, sufrirían los mismos castigos que los "culpables". Ese era un local cuyo dueño simpatizaba con los comunistas.

–Voy a ser benevolente y solo tres personas servirán de ejemplo a los demás –dijo sarcásticamente el líder de este grupo de camisas pardas.

Con un movimiento ensayado de la mano, ordenó alinear a un grupo de hombres, entre los que me encontraba yo, y caminó de un lado al otro, analizando cada rostro.

Yo lo buscaba entre la muchedumbre a Él, pero sin éxito.

El hombre desenfundó su pistola *Luger Parabellum*, y la cargó. Los murmullos y lamentos eran desgarradores. Se detuvo frente al primer hombre que comenzó a llorar mientras balbuceaba palabras de súplica. Sin inmutarse, el hombre sacó un papel de su bolsillo y se lo introdujo en la boca del aterrorizado personaje.

–Por traición a la patria el pueblo te condena –dijo.

Extendió su brazo y le disparó en medio de la frente.

Continuó su recorrido y era grotesco ver los rostros de alivio de los seres que se salvaban de la selección cada vez que los pasaba de largo. Se detuvo frente a otro hombre y el grito ensordecedor de una mujer desgarró el silencio y la concentración del verdugo. Su mirada cruzó el salón y se detuvo justo en el lugar de donde provino el alarido. Sonrió maliciosamente y preguntó:

–¿Tu marido?

–Mi prometido –contestó ella entre llantos.

–Por traición a la patria el pueblo te condena –dijo mientras le introducía en la boca el papel para luego dispararle.

No era de sorprender, que el siguiente en su aleatoria escogencia, fuera yo. Las gotas de sudor chorreaban por mi rostro y las piernas me temblaban. Sacó su papel del bolsillo y me lo introdujo en la boca. Apuntó su *Luger* a mi frente y dijo:

–Por traición a la patria el pueblo te condena.

Accionó el gatillo, pero no escuché ninguna percusión, no sentí ninguna bala en mi frente y solo me pregunté, "cómo es esto posible, si estas pistolas nunca se traban". Estoy seguro de que eso fue lo mismo que se preguntó el maldito que tenía frente a mí. Hizo varios intentos de descasquillarla pero fue inútil. Frustrado y avergonzado atinó a golpearme con el arma en el rostro, derribándome al piso. Tumbado yo en el suelo, el hombre lo volvió a intentar, pero con quien estaba a mi lado, y el arma sí se accionó desplomándose el cuerpo sin vida sobre mí.

El líder del grupo de asesinos dio un paso atrás y repitió la frase:

–Quienes se junten con los enemigos del pueblo recibirán el mismo castigo que ellos –dio la orden de retirada con la mano–. Buenas noches –se despidió a viva voz a su salida.

Las tropas de asalto se llevaron consigo al dueño del local.

El pánico se apoderó del lugar, todos corrían de un lado al otro atropellándose al salir. Me quité el cadáver de encima y me llevé la mano al rostro ensangrentado, e instintivamente palpé la herida que me había hecho con el arma.

Toda la sala daba vueltas, pero con gran esfuerzo me logré poner de pie. Sin duda gracias al "destino", había logrado salir mejor parado que otros, observando a los tres hombres que yacían asesinados.

A la muchacha no la volví a ver más y tampoco era ya mi prioridad en ese momento. Escrutaba el local en busca de Él, que pausadamente se acercó a mi lado.

–Suerte. Tuviste mucha suerte –dijo.

–¿En dónde estabas tú? –pregunté molesto.

—En el baño. ¿Sentiste miedo? —preguntó.

—¡Pánico! Estaba aterrado, ha sido mucho en tan pocos días. Mi vida ha estado en constante alteración desde que tú apareciste.

—Y ¿qué prefieres? —indagó mientras me ayudaba a poner de pie—. ¿Estar en tu casa lamentándote porque nada emocionante ha ocurrido en tu miserable existencia, o estar aquí?

No respondí, pero creo que todo el local hubiera sabido mi respuesta.

Él me extendió su pañuelo y me tomó por el brazo para ayudarme a caminar.

—¿Por qué falló la pistola? Esas armas son infalibles.

—Tal vez no te tocaba.

—¡Tal vez no! o tuviste tú algo que ver con el asunto —indagué.

—Tu muerte será cuando yo lo decida y como yo lo decida. En el primer momento en que me aburra de ti tomaré una decisión… así que no me aburras.

Los vicios

Supliqué, aunque fuera por algunas horas, regresar a mi tiempo y a mi espacio. Necesitaba poner los pies en algo que conociera, que dominara, sin que ningún evento inesperado y por lo general agresivo contra mi persona, me pudiese afectar. Deseaba comer bien, disfrutar de un buen vino y, al final, degustar un tabaco; no era mucho pedir. Él me miró fijamente a los ojos y sonrió como lo haría un padre a su hijo.

—¡No! —exclamó— no está contemplado en tu esquema de aprendizaje. Solo podrás regresar cuando estés listo. Pero te puedo complacer en parte de lo que solicitas: buena comida, música, licor, tabacos e incluso mujeres.

—¿A dónde vamos? —pregunté resignado.

—A París, a dónde más. Esta noche nos divertiremos sin sorpresas. Será una de esas veladas aburridas, básicas, en las cuales toda persona con poca imaginación y dinero puede disfrutar. Si eso es lo que necesitas, pues en marcha.

En una estación, similar a las pintadas por Renoir, Él me preguntó, señalando con el dedo las distintas alternativas.

—¿Pasado, presente o futuro?

Inmediatamente noté que estaba siendo cortés al darme a escoger.

—Futuro —dije sin pensar, refiriéndome a mi época.

—No aprendes. Quieres paz y tranquilidad —dijo—. ¿Y qué tal te parece mayo del 68?

Por supuesto, independientemente de lo que yo escogiera, Él decidía. Tomamos un tren con ruta a la Ciudad Luz y nos sentamos en el carro comedor. El viaje era pintoresco, las pequeñas casas salpicadas en el paisaje, los campos cultivados y las esporádicas flores silvestres que le daban toques casuales de color. Estaba cautivado y mi vista e imaginación se perdían en el horizonte.

Él saco un par de tabacos de la chaqueta y me ofreció uno que no dejé pasar por alto.

—¿Cubano? —pregunté pretenciosamente, para seguir con la dinámica de la situación.

—Por supuesto. Solo lo mejor. Es ridículo conformarse con menos cuando se está rodeado de la excelencia.

Levantó la mano derecha y le solicitó al mesonero que nos trajera dos copas de vino. De su mejor vino, exigió. El hombre que se acercó a tomar la orden de inmediato extrajo unos fósforos para encender los tabacos.

—Observa bien —me dijo— ¿Qué te recuerda este paisaje?

—Parece un cuadro de Van Gogh —dije con cierto ego conocedor.

—¡Exacto! Aunque, para este momento histórico, él todavía está en las minas de Bélgica, pero pronto llegará acá.

El mesonero nos trajo el vino, al que con vehemencia le extraje el aroma. Él lo saboreó como quien se reencuentra con un viejo amigo.

—El hombre es la suma de sus vicios —dijo—. Más aún, los dioses son la suma de los vicios que los hombres les crearon para humanizarlos, adorarlos e incluso destruirlos.

—¿Los dioses son...? ¿no te incluyes?

—No soy pretencioso.

Qué falsa modestia, pensé. Ya me parecía raro que no hubiese sacado antes alguno de sus comentarios que, a decir verdad, extrañaba y anhelaba. Él me miró como alguien que te acaba de leer el pensamiento.

—El puritanismo básico, sencillo y superficial condena todo lo que genera placer al ser humano. Son unos retardados envidiosos que intentan imponerle a los demás sus propios temores y frustraciones. Sus fantasmas y sus dudas. El hombre es una especie que ha cruzado la Tierra por miles de años, ha construido y destruido cíclicamente a lo largo de su existencia. Este hombre está en la capacidad de "escoger" su camino, sus vicios y sus placeres. Además, estas mentes minúsculas que gritan fuerte para ser oídas son a su vez una masa de vicios. Un subconjunto en el conjunto.

—En muchos casos ellos son peores que los que señalan y condenan —dije.

—El vicio está en todo lo que nos rodea y se nos hace necesario para vivir. Yo soy un vicio. Soy el vicio de la vida, soy el vicio de la muerte. Me alzo entre las montañas para condenar desde lo alto, junto a mis colegas, largamente ya desaparecidos, a todo aquel que perjure en mi contra.

—El ego también es un vicio —dije desafiante.

—Evidentemente —complementó, inmerso en su pensamiento sin captar el sarcasmo.

Ambos aspiramos una bocanada de humo y levantamos las copas para brindar.

—A través de los tiempos se ha buscado un equilibrio entre lo bueno y lo malo, dependiendo del punto de vista, y en lo "malo", el hombre siempre ha sido mucho más creativo. Hay que golpearse para conocer el dolor, disfrutarlo, hacerlo propio. Y es en esta etapa que el hombre ha sido más intuitivo, más placentero, más divertido. Del puritanismo se pueden escribir millones de libros aburridísimos. El puritanismo solo puede generar una revolución para su liberación. Ya es algo a favor de esa psicótica enfermedad.

Estaba embriagado de paz y tranquilidad. Las experiencias pasadas eran en este momento recuerdos lejanos.

—El elixir de vida embriagó la imaginación de poetas, visionarios, reyes y guerreros por igual. Gracias al alcohol se sellaron pactos y alianzas. Se entremezclaron las envidias con celos, los complejos con los traumas y la lujuria con la ira. Es la fórmula ideal, esencial para la vida, como lo es el oxígeno y básico como el agua. Al lado de reyes y peones, mi garganta ha saciado la sed abrumadora de este líquido desinhibidor. Mi paladar ha saboreado su textura seductora y mi mente ha estallado de placer. He recogido la cepa por el anhelo de su jugo en mi sangre. He matado por un sorbo negado y por mucho menos que eso. No en vano el vino representa la sangre de Cristo e incluso generó su primer "milagro". He quemado los viñedos de mis enemigos, pues en la sobriedad se radica el miedo y en la embriaguez se realza el valor. A veces he exagerado. Con el vino he hecho amigos y enemigos. Y ese es solo uno de los vicios que conforman mi existencia. Cuando se mezclan, el éxtasis es aún mayor. Alcohol, tabaco y lujuria; envidia, cólera y soberbia; intelectualismo, esnobismo y homosexualidad; etc., etc. y etc. Claro, no se nos pueden olvidar el temor, los complejos, la timidez, la estupidez y otros tantos etcéteras. La variedad de vicios es enorme y las combinaciones, fantásticas. Mientras más vicios posea una persona, más interesante resulta. Mientras menos se tengan, más insignificante, se es aburrido y efímero. ¿Cuántos tienes tú? —preguntó intempestivamente.

—¿Yo?

—¡Sí! dime de cuántos vicios tú estás conformado.

–El alcohol está en definitiva en lo alto de mi lista; es mi amigo y compañero en las noches solitarias.

–Oh sea, siempre…

–¡Sí! –dije, sin querer parecer alcohólico, sobre todo en la época absurda en la que vivo, cuando el tan solo tomar o fumar ya es sinónimo de debilidad.

–¿Cuál otro?

–La lujuria, el deseo de poseer. Aunque solo sea de pensamiento, ya que casi nunca lo logro –respondí con una cierta frustración.

–No te sientas mal, la lujuria es solo deseo, el sexo es el resultado. Y no te olvides de Lucrecia y Agripina… quién sabe, tal vez seas el padre de Nerón –dijo sonriendo.

Nunca lo pensé como posibilidad. Saqué las cuentas en mi cabeza y …

–Ya él había nacido para cuando tú te tiraste a la hermana del emperador –comentó Él.

Suspiré de alivio.

–Los hombres ocultan sus deseos, sus instintos, sus motivos –continuó diciendo–. A medida que la sociedad se "civiliza", él se ve obligado a utilizar más máscaras. Se ha visto en la necesidad de recurrir a herramientas superficiales, que engañan solo a los ignorantes. Hombres y mujeres que con tanto ahínco se han mantenido en niveles de embrutecimiento por represión: biblias, sonrisas, patriotismo, besos, amor, regalos y son solo algunos de los métodos utilizados para engañar a la masa, y que sea esta la que los lleve a la cima de sus anhelos, a la cima de su ego. Por supuesto, una vez allí, se olvidan de los regalos, de los besos, del amor, del patriotismo y de las sonrisas. La Biblia, el Talmud, el Corán sí permanecen presentes ya que, a través de ellos, los hombres se han aprovechado para cometer los peores crímenes de la humanidad. Imagínate, –me dijo molesto– mi nombre no aparece ni una sola vez en ninguno de esos libros. Anécdotas muchas, pero mi mayor condena es la de ser sistemáticamente ignorado por las masas. A excepción de ti que, siendo una unidad, difícilmente se puede considerar masa. En fin, este vicio, el poder, es el más gratificante y a su vez el más perjudicial para la mayoría. Pero triste aquel, que por ignorancia se deja seducir, ya que este es solo otro de los vicios: ser idiota, y por ello que pague las consecuencias. Todos, alguna vez hemos cometido errores o nos hemos dejado seducir, hasta yo, que en el fondo me aprovecho de ellos para lograr los míos. Pero como te he dicho antes, el que se mezcla con seres humanos, tiende a contagiarse un poco de ellos. Con el paso del tiempo, tiendo a confundir realidades. No estoy seguro de si soy uno de ustedes o estoy por encima de ustedes. El tiempo dirá, ya que no soy tan viejo, y la humanidad, aunque se esfuerce, por lo contrario, sobrevivirá lo suficiente para mantenerme vivo.

> **❝** *Todos los vicios cuando están de moda pasan por virtudes* **❞**
>
> **Mollière**

—Pero sin duda, el peor de todos los vicios —continuó— es la conciencia. Por todas las razones que se nos ocurran, tanto positivas como negativas, la consciencia nos embriaga, la consciencia nos debilita, la conciencia nos manipula y no hay nada que se haga que pueda evitar ese holocausto. La conciencia es nuestro peor enemigo, nuestro infierno o ¿nuestro paraíso? Esa debilidad, la manipulo en los grandes, la manipulo en los pequeños, la manipulo en todos y cada uno de ustedes a mi conveniencia.

—Otro vicio, la apatía —dije de pronto.

–Muy bien. Debo admitir que la apatía ha sido un vicio recurrente, sobre todo en las épocas futuras que tú llamas presente, en el pasado han sido solo recuerdos efímeros en medio de hazañas descomunales.

–Me refiero, –interrumpí– a que la apatía es otro de mis vicios.

–Lo sé. ¿Acaso crees que estás aquí de gratis? ¿Acaso piensas que es por la compañía o tus comentarios?... ¿tu dinamismo?

–A veces quisiera.

Él me dio unas palmadas en la espalda.

–A veces, he de reconocer que me has sorprendido.

–Gracias.

La conversación, de un tema y del otro continuó toda la noche hasta que llegamos en la mañana a París. Miré a mi alrededor y suspiré. Para ser del siglo antepasado, ya que era el siglo XIX, estaba muy bien conservada. La Torre Eiffel aún no era construida. La vida era alegre y efímera, como sucede después de una gran tragedia ya superada. Los franceses se abocaban a vivir y disfrutaban hasta la médula. Al menos estos franceses. No llegué a ver a los que trabajaban de sol a sol en el campo o en las fábricas, a los desposeídos, a la otra realidad, a la mayoría.

Durante el día recorrimos sus calles, vivimos la dinámica de una ciudad pujante, de hecho, para la época, a la que se consideraba la capital del mundo. Haussmann aún trabajaba en su gran proyecto de remodelación urbana.

A finales de la tarde llegamos a Montmartre y el ambiente festivo me sobrecogió. Señalé un lugar y por primera vez me complació; seguramente era el lugar que ya Él había escogido.

–*Le Moulin de la Galette* –dijo con emoción.

–¿El del cuadro de Renoir? –pregunté.

–¡Precisamente! Ese que está allá –señalando entre la multitud– es él en persona y su cuadro un siglo después se convertirá en uno de los cuadros más costosos de la historia, así que aprovecha el momento, que después, incluso te cobrarán por observarlo para amortizar su costo.

En verdad me emocioné, ese cuadro lo había visto hacía relativamente poco en el Museo D'Orsay de París. Aunque, al que Él se refería, era otra versión.

–Si nos ubicamos bien, de seguro saldremos en su pintura –dijo Él.

Y así fue.

Esa noche me dejé llevar e intenté disfrutar de todo lo que me llamaba la atención, y que siempre me había recriminado en hacer. Disfruté.

La vida

❝ *La Historia condena y no olvida* **❞**

Yo

No estaba seguro de dónde me encontraba, cuando un haz de luz se posó sobre mis ojos, a la mañana siguiente. Me esforcé en no abrir los ojos, no sabía a qué me enfrentaría hoy. Qué nuevas e intensas experiencias Él tendría planeadas para mí. Sin querer levantarme aún, me quedé reflexionando sobre mi vida, mientras trataba de volver a conciliar el sueño.

Temo, –pensé– al igual que el resto de los seres humanos, que mi existencia no tenga un valor real, una razón específica. No puedo creer que solo existo para interactuar...

De pronto un chapuzón de agua fría cayó en mi rostro obligándome a abrir los ojos y a reaccionar de inmediato.

–Buenos días –saludó Él con una cubeta goteando en sus manos–. No cuestiones mi proceder y levántate, que el día de hoy será uno que no podrás olvidar.

–Justo lo que me temía –pensé algo aterrado.

Miré a mi alrededor y no distinguía nada conocido.

–¿En dónde estamos?

–Irrelevante a esta hora de la mañana. A lo largo del día estaremos en donde debamos estar. Come algo; en este torbellino que llamamos vida no sabemos cuándo volveremos a comer.

–Dirás, en este torbellino que llamamos "tú" –dije algo malhumorado; dos minutos más de sueño y mi actitud hubiese sido otra.

–Hoy es un día especial, va a ser uno de esos que recordarás siempre y te alegrarás de estar vivo.

Un par de horas después estábamos en un puerto donde una caravana de negros encadenados caminaba resignada a las embarcaciones, entonando un cántico cuya letra no entendía, pero su melodía era de desesperanza.

Yo lo miré a Él extrañado e indignado. Y sin llegar a decir palabra, Él se anticipó.

–¡Vamos a América! Me dijo con entusiasmo.

–¿En este barco?

–Este es el único en esa dirección. ¿No te querrás perder la aventura?

Me tomó del hombro y me llevó casi empujado hasta cubierta. Caminó hasta donde se encontraba un alférez y le dijo con voz pausada, casi seductora.

–Este esclavo es mi pasaje de ida –señalándome a mí.

El hombre me tomó del brazo y me forzó hasta ponerme de rodillas. Yo no paré de gritar, insultar y rogar por cordura.

–Yo no soy un esclavo, yo no soy un negro ¿acaso eres ciego? ¿mira el color de mi piel?

Mis palabras no ayudaron a mi causa, ni me enorgullezco por lo que dije. He comprobado que el ser humano por su supervivencia puede llegar a traicionar a su consciencia, su moral y sus principios.

Tal clase de resistencia di, que se necesitaron tres hombres para someterme. Me tumbaron al piso y me encadenaron, no sin recibir una sustanciosa cuota de golpes e insultos. Con gran esfuerzo levanté la mirada y logré verlo a Él conversar animadamente con el capitán.

Me empujaron a la línea de esclavos y paso a paso nos metimos en las galerías internas de la embarcación. Les aseguro, la experiencia fue aterradora. A uno tras otro nos acostaron en el piso, juntos, pegados, casi sin espacio para movernos y nos ataron con una cadena, cuyo sonido al pasar sus eslabones entre los aros, aún me estremecen. No habían pasado ni diez minutos y el calor ya era sofocante. Estábamos hombro con hombro y cabeza con pies de los de la segunda hilera. En total casi quinientos hombres apilados, sin ventilación, sin futuro.

Cada instante maldije el momento en que lo conocí a Él en ese café. En mi más loca elucubración, no podía imaginar cuál era la razón por la que me encontraba allí, pero de igual manera tenía la esperanza de que Él me había metido y que Él me sacaría. La esperanza más que una bendición es una maldición, nos hace depender de terceros; no fue al azar que los griegos la tenían como uno de los males en *La caja de Pandora*.

A las pocas horas nos pusimos en marcha. El vaivén del barco, el calor agobiante y el sórdido olor me repugnaba y no pude contenerme. No era de sorprender que el 80% de los pasajeros "voluntarios" que nos encontrábamos allí, sufrió de la misma enfermedad; vomitamos casi todos, lo que no ayudó en lo más mínimo al hedor.

El tiempo pasaba. La oscuridad en la galería era constante, excepto por las esporádicas visitas de los marineros que bajaban a alimentarnos con las sobras de ellos y darnos de beber agua dos veces al día. Una de las veces, era la cucharada que rociaban a cada uno desde las alturas y la siguiente vez, era el balde de agua salobre que lanzaban encima de nosotros para hacer correr las heces y la orina. Tan poca cosa teníamos, que ambas eran esperadas como una bendición.

A diferencia de otras oportunidades Él no vino a mi rescate, no apareció para conversar o soltar uno de sus monólogos, a fin de cuentas, no vino. Días después, lo único que me mantenía vivo, irónicamente, habían sido mis experiencias personales, desde su aparición. Del resto de mi vida no existía nada interesante en qué pensar. Recordé la noche de bodas de Lucrecia, su suave piel, su delicado olor, su increíble sexo. También pensaba en Sara, aquella noche después de la destrucción de Sodoma, y en Agripina sobre la mesa delante de todos los comensales en la Roma imperial. En esencia, los recuerdos de mis experiencias sexuales era lo que me mantenía en mis cabales, o al menos eso era lo que yo creía y esperaba.

Con el pasar de los días, las peores de las condiciones humanas se hacen soportables, el cuerpo se acostumbra y la mente se entumece. El hacinamiento ya no era una molestia sino cotidiano, incluso la muerte era natural y esperada, al menos en los otros. Una vez al día bajaban los marineros y pateaban a los hombres para cerciorarse de que aún estuvieran con vida; los que fallecían los sacaban y los lanzaban al mar. Casi el treinta por ciento de los hombres murió, por enfermedades como: disentería, diarrea o escorbuto. Aunque suene rudo, al final tuvimos un treinta por ciento más de espacio entre nosotros.

Durante la travesía no pronuncié palabra, tampoco entendí nada de lo que los hombres podían haber conversado. Extrañamente eso nunca me había pasado, tal vez en esta oportunidad era porque no me consideraba un esclavo o porque las distintas lenguas que estos hombres hablaban no estaban registradas en mi mente.

Casi dos meses después, el vaivén del barco cesó. Se sentía un movimiento distinto de los marineros en cubierta y escuché y entendí las órdenes de izar las velas. El barco se detuvo por completo y deduje que había llegado a puerto. El desembarco no fue inmediato, pero llegó. Nos quitaron las cadenas principales que nos mantenían a todos unidos y nos obligaron a ponernos de pie. La escena era patética; ninguno se podía levantar, casi ninguno estaba en condiciones de caminar y la luz externa, con un sol en pleno cenit era insoportable. Con gran esfuerzo se podían abrir los ojos para ver algo más que oscuridad y se aspiraba lo más fuerte posible para sentir el aire fresco circular nuevamente por los pulmones. No podía distinguir ninguna figura, pero sentí su voz, la de Él, a la distancia.

En tierra firme nos bañaron en una especie de mazmorra, nos alimentaron y nos dieron de beber. Allí se nos permitía movernos y caminar, esta era la etapa del "engorde", debíamos estar en buenas condiciones para el mejor postor.

Yo calculo que, por lo menos, estuvimos en el mar cruzando desde África a América, ocho semanas. Dos meses sin pronunciar palabra y sin escuchar alguna entendible. Solo las de mi cabeza.

Cuatro días después, el gran momento llegó. Nos trasladaron a una plaza y allí comenzó la oferta y la demanda por mano de obra esclava para trabajar en las plantaciones o en los cañaverales. Cuando tocó mi turno, me llevaron a una tarima y el hombre del martillo dio una tarifa, muy barata, por cierto. Por varios segundos, que se sintieron como horas, nadie ofertó. Eso no era bueno. Los esclavos no deseados eran olvidados y morían de merma y hambre. Nadie pronunció palabra. El martillo bajó la oferta tres veces antes de que un hombre levantara su mano. Suspiré.

—A la una, a las dos y a las tres —gritó el martillo y yo estaba vendido.

Me entregaron al hombre y este me llevó a su carreta e inmediatamente nos pusimos en camino.

—¿Qué tal el viaje? —preguntó el hombre.

—¿Cómo? —respondí extrañado. Qué le podía interesar a un esclavista la condición humana del esclavo que acaba de comprar...

—¿Qué tal el viaje? —repitió el hombre.

—No hay palabras, un crucero de lujo —respondí sarcásticamente.

Al rato capté que mi "amo" era Él. Pero antes de que me diera tiempo de decir algo, Él se adelantó.

—No has aprendido nada —dijo con frustración.

—¡Me abandonaste! ¡me entregaste a esos mercenarios! —reclamé eufórico.

—No tenía dinero para el viaje, tú eras mi único activo, pero lo lograste, sobreviviste a uno de los peores viajes que ser humano alguno es capaz de soportar —dijo mientras conducía la carreta—. Estoy muy satisfecho por tu capacidad de supervivencia.

—¿Cómo pudiste hacerlo? —pregunté indignado.

—¿Cómo pude? En verdad me decepcionas. ¿Mis enseñanzas no te han sido de utilidad?

—¿Cómo? —pregunté a gritos.

—Tú tienes la capacidad, desde hace mucho, pero no la confianza, de regir tu propio destino. Desde hace ya algún tiempo, eres un hombre superior, pero te empeñas en ignorar tus dones. Te aferras a mí, para hacer de tu simple vida, algo memorable. Yo te complazco, aunque no siempre sean divertidas para ti, pero sin duda memorables, y muy divertidas para mí. Si estuviste allí abajo todo el tiempo fue porque te resignaste, te dejaste llevar por tus instintos primitivos y no aprovechaste tu aprendizaje. Más que culparme a mí, cúlpate a ti. Que tu experiencia te sirva de práctica.

—¿Yo?, ¿desde cuándo he tenido esos poderes?

—Piensa y reflexiona. Tu transmutación a Job por el deseo sexual de Sara; tu experiencia en el *Hindenburg*; en el *Titanic*; en el *Concord*; en el *Apolo 1*. ¿Quién tenía el control?, un mal control, no hay duda, pero era tu elección.

No estaba dispuesto a permitir que la terrible experiencia que acababa de vivir fuese culpa mía. Estaba demasiado molesto para tener que descargar mi ira en contra mía, pero Él tenía razón, mi falta de confianza eran las mismas cadenas que me tuvieron ocho semanas en el piso en esa urna flotante.

Durante el resto del recorrido ninguno pronunció palabra.

El perdón

Sin tener certeza del lugar, reconocí el paisaje, las costas, el color característico de República Dominicana; claro está que, en este momento, era conocida como La Española, cuyo nombre se lo había puesto el mismísimo Colón en 1492.

Nos detuvimos al borde de un risco y Él se acercó a mí con una mano de cambures. Yo aún no lo había perdonado por el traumático viaje, pero el hambre era más poderosa que el odio o el resentimiento, así que comí. Meditaba sus últimas palabras y solo podía recriminarme la posibilidad de que fueran ciertas. De entre unos trapos extrajo una botella de ron que luego de un gran trago me devolvió el alma al cuerpo. Yo estaba seguro de que Él, a su manera, intentaba reivindicarse conmigo; tenía la esperanza de que estuviese arrepentido. Siempre aparece esa maldita esperanza.

—¿Cuál es el plan?, ¿existe algún propósito de nuestra estadía aquí o solo me trajiste para disfrutar del sol tropical? —pregunté.

—Un poco de sol y agua en tu piel maltrecha no te harán daño. Además, cada escala en nuestro recorrido tiene un propósito, la única diferencia es que no son míos, son tuyos.

Tomé otro trago y me bajé de la carreta, prefería caminar. A menos de diez pasos me volteé y me encontré solo. Sin la carreta, sin Él, sin el ron. Acostumbrado a esos imprevistos del destino, continué mi camino en vez de lamentarme de la soledad. Por un desfiladero bajé hasta la playa, caminé por su cálida arena y me remojé en el agua. Todo el tiempo estuve pensando en lo que me había dicho: "El propósito es mío". Esas palabras sonaban tan confusas en ese momento como las que pudo haber creído escuchar Francisco de Asís, antes de reconstruir la iglesia o recibir el título de santo.

Desnudo en la arena contemplaba el atardecer, intentando escuchar, sin éxito, los lamentos del sol cuando extinguía sus llamas en el mar. Una muchacha mulata se me acercó, sorprendiéndome por detrás, al momento que me ofrecía ropa seca. Le sonreí agradecido. Una vez vestido, la muchacha cuyo nombre era María, me guió hasta una cabaña donde vivía con su familia. Ella era esclava libre, en agradecimiento de su amo (y padre), por haber tenido un desliz amoroso de adolescente, con la madre de ella.

Esta amable gente me trataba de señor y me atendían con entusiasmo. Nunca se hubiesen imaginado la experiencia que acababa de vivir y aunque el resto de la familia eran esclavos, ellos no la habían vivido ya que eran nacidos en suelo colonial. Yo hablaba poco y ellos solo preguntaban lo que yo deseaba o podía necesitar. Luego de una exquisita comida y un buen café decidí caminar por la playa. No eran más de las ocho, pero ya mis hospederos se preparaban para dormir; la vida de esclavo, incluso la de los afortunados, era difícil y sacrificada.

María se me acercó para preguntarme si deseaba algo más.

—Ustedes me han ofrecido más de lo que merezco —contesté.

Ella se sentó a mi lado en la arena y por horas estuvimos conversando. Me contó de su vida, yo disfrazaba un poco la mía, pero sin eliminar la esencia. Fue vigorizante, luego de semanas sin pronunciar casi palabra alguna, ahora podía hacerlo y con una persona encantadora.

—¿Puedo hacerle una pregunta indiscreta? —indagó ella.

—Claro.

—¿De dónde es usted? —preguntó intrigada.

—¿Por qué preguntas?

—Usted no parece de por aquí —dijo ella.

—¡No! no lo soy.

—En mi limitada cultura y edad he podido detectar que usted no es un hombre ni de este lugar ni de esta época, a pesar de las pocas palabras que ha expresado —especuló ella acertadamente.

Yo estaba sorprendido. En mi pasado reciente había conocido reyes, papas, mitos bíblicos y artistas, pero esta muchacha "inculta" tenía la capacidad de ver más allá, mucho más allá que el resto. Estaba intrigado.

—¿Por qué piensas eso?

—Por sus gestos, su sonrisa, sus cordiales palabras en el trato, su mirada esquiva. Disculpe, pero a lo que me refiero es a que usted no nos trata como un blanco a los esclavos —comentó ella bajando la cabeza.

—Nunca me creerías si te cuento.

María sonrió.

—¿Ve esa estrella? —señalando el firmamento con su dedo.

—¿Es la constelación de Orión? —pregunté.

—La grande, la de abajo.

—¡Rigel!

—¡No! —dijo ella— se llama María. De niña, en mi cumpleaños, mi padre, el verdadero, no tenía un regalo para mí, pero me ofreció cualquier cosa que yo quisiese: un caballo, una casa, un vestido. Yo en cambio le pedí una estrella; todas las cosas que me ofrecía eran lindas pero frugales, en cambio las estrellas eran eternas y estaban allí para ser observadas y admiradas, para guiar a los aventureros y a los perdidos. Ese fue mi regalo y le puso mi nombre. Sé que solo yo y ahora usted, conocemos el verdadero nombre de esa estrella, pero para mí es suficiente.

Esta muchacha en verdad me cautivó. Si no hubiera sabido lo efímero de mi presencia allí, sin duda que me hubiese enamorado. Me atraían sus delicados gestos, su inteligencia, su manera sencilla de ver las cosas complicadas, su belleza. Sobre todo, el cómo vivían sin resentimientos por su desfavorable situación o la de su familia, pero estaba llena de vida.

Antes de que se fuera a dormir le pregunté si tenía un papel y algo con qué escribir. El sonido monótono de las olas me inspiraba sobremanera esa noche.

Ya en la soledad de la noche y con solo la luz de un cuarto de luna, me puse a escribir un acta de objetivos que no tenía título y decía lo siguiente:

Abrir los ojos en la mañana,
escuchar la letra de las canciones,
entender la poesía,
vivir el romance,
buscar la felicidad y encontrarla,
dejarse llevar por ella;
tener sueños, buenos sueños,
hacerlos realidad.
Vivir sin temores,
superando cada día lo que nos limita,
dar un paso al frente, siempre,
uno a uno,
disfrutando el recorrido.
Sonreír,
reírse de la vida y de uno mismo.
Compartir con los amigos
y hacer nuevos, aunque solo sean por un día.
Despertar del letargo,
vivir como si cada día fuera el último,
no tener miedo de cometer errores.
Extender la mano,
aplaudir al que se lo merezca o al que lo necesite.
Besar,
besar con pasión.

Amar,
amar con locura, aunque no seas correspondido.
Llorar de vez en cuando,
no siempre.
Gritar,
no a todo.
Poder cerrar los ojos sabiendo que mañana será mejor que hoy.

A la mañana siguiente desperté en la arena, con el agua del mar mojándome los pies. Entre mis brazos estaba el texto que con tanto entusiasmo había escrito la noche anterior.

Tenía una nueva visión de mi vida, un entusiasmo recargado y una notable carencia de resentimiento en mi corazón; estaba dispuesto a perdonar. Perdonar a todos, a Él, a mí.

Sin querer molestar me puse en camino y escalé el acantilado que debía llevarme a la ruta inicial. A la mitad del trayecto volteé hacia la playa y la vi a ella observándome en mi travesía; me detuve y me despedí con un gesto y ella respondió con uno similar.

Una vez arriba deseé encontrarme con Él y a los diez minutos apareció en su carreta comiendo cambures.

—Me sorprendes con esa nueva disposición en tu vida –dijo Él.

—Pero si no he dicho nada aún.

—La actitud trasciende a la palabra. Sube. Acompáñame y guía.

—Yo no soy tu esclavo –dije con severidad.

—Guía tú el destino y llévame contigo.

¿Guiar mi destino? ¿Cómo haría eso, si ni siquiera sabía qué era lo que quería hacer? Esa era la razón por la cual tenía un trabajo rutinario y era subalterno en una corporación; yo necesitaba que todos los días me dijeran qué era lo que debía hacer o cuáles clientes visitar. No era del tipo de persona que se autoregía. Yo era como una hoja a la deriva. Me imagino que debía hacer algo o al menos sugerir algo, para que Él no pensara que continuaba lidiando con un imbécil.

De pronto recordé sobre el escrito y por experiencias anteriores, cada vez que íbamos de un sitio al otro, a través del tiempo, excepto por la memoria, todo lo demás se desvanecía. Cientos de fotos que había tomado a lo largo de mis experiencias con Él, no se mantenían en el tiempo. Ya incluso, no cargaba con mi celular, ¿para qué? Pero el texto me preocupaba, en verdad lo consideraba importante, al menos para mí.

—Anoche escribí un texto, algo importante para mí y quisiera llevarlo conmigo.

—Sabes que es imposible. Memorízatelo.

—No confío en mi memoria, eventos posteriores podrán influir sobre la pureza del texto actual –dije – mientras pensaba que a veces mis palabras no eran tan acertadas como yo quisiese.

—Entonces busca un buen lugar y entiérralo y dentro de varios siglos, cuando vuelvas acá, búscalo y ya. Es lo mejor que te puedo aconsejar a esta hora de la mañana.

Así lo hice.

—Recuerdo una noche en una polvorienta taberna, –comenzó Él a hablar– discutiendo con unos "intelectuales", me enfurecí, perdí la cabeza y me dejé llevar por toda la pasión del alcohol, que transformé en cólera y en llamas. Ardió toda una ciudad, rebajándola a cenizas, mientras su emperador, Nerón, impotente ante mi ira, tocó la lira mientras lloraba la destrucción. Un auténtico poeta poco entendido. La culpa recayó en ese débil personaje, en cierta forma con justificación, ya que la razón de la discusión fue la política y él, su víctima. Al amanecer, recogí mis cenizas y las de Roma y me marché.

—¿Qué tiene que ver eso con ahora? –pregunté intrigado.

—Nunca se sabe el momento en que debas desenterrar para poder proseguir. Los caminos no son rectos, el destino es confuso.

La intriga

Caminábamos por un sendero oscuro, rodeados de una bruma densa y húmeda.

—Tenemos horas recorriendo este trayecto y no nos lleva a ningún lado. ¿A dónde me llevas? —pregunté intrigado.

—Eso mismo me pregunto yo —respondió Él—. Ya te lo dije antes, de ahora en adelante tú guías y yo te sigo.

—¡Ah!… bueno —se me había olvidado por completo ese detalle—. Cuando se me ocurra algo entonces te enterarás.

Ahora sí estábamos fritos, pensé. Yo, guiando el trayecto, el destino, recreando cualquier cosa que se me ocurriera; a mí, un desposeído de imaginación. Sentía una gran responsabilidad, no deseaba volver a equivocarme, pero tampoco quería menospreciarme, o al menos que Él se enterara de que lo estaba haciendo. Miles de ideas me pasaban por la cabeza y no tenía la capacidad de escoger una.

—En lo más profundo de mi ser y muy en secreto, —comenzó Él a hablar— ansío no haber sido yo, sino un humano anónimo, como tú, en un paraje alejado, sin ninguna influencia sobre la gente, concentrado en un trabajo y en una familia, pudiendo decir al final de mi vida que tuve una existencia feliz, aburrida pero feliz.

—¡Tú nunca callas! —expresé frustrado por no tener ideas claras en mi mente.

Él se volteó a verme y continuó.

—Envidio, al ver a los pescadores, en sus faenas de trabajo, preparando las redes, despidiéndose de sus esposas, amantes o amigas y lanzándose a la mar, libres, a la espera de atrapar a los peces que justifiquen su existencia y llenen sus estómagos. Luchando en contra de la naturaleza y a veces venciéndola. Lo malo es que, a la distancia, siendo yo, estoy tentado a hundir sus frágiles embarcaciones, para disfrutar al ver cómo poco a poco sus fuerzas se agotan y se rinden a la muerte, para entonces yo aprovechar y consolar a la triste esposa, de la mejor forma que sé. Pero no siempre lo hago, ya que es más interesante tener una aventura con el esposo vivo –expresó sonriendo–. Esa es mi filosofía. Pero al final de la jornada, ellos llegan a los brazos de una lujuriosa mujer y yo, solo, observo, como un *bouyerista* ocioso.

–No me sorprende –dije– siempre hay un trasfondo oscuro y erótico en tus deseos.

–Si tú fueses yo, también te dejarías llevar por la tentación. El poder, la invulnerabilidad y el deseo hecho realidad transforman a cualquiera, hasta a los más puros –comentó–. Pero antes de que me contradigas: fíjate en todos esos hombres, idealistas, luchadores y revolucionarios, que sacrificaron años de comodidades para lograr los más loables objetivos, y entonces poder transformarse, sin querer, de víctimas a victimarios. Ejemplos hay miles.

–No te voy a cuestionar porque estoy seguro de que, si hubiese uno, al menos uno, allí nos dirigiríamos para poder corromperlo y hacer de tu argumento uno valedero –dije resignado.

–Si tú fueras yo, harías lo mismo, te comportarías igual.

–No, estoy seguro de que no –respondí enérgico.

Él solo se rió. Eso no podía significar otra cosa que otra prueba se haría efectiva.

Como por arte de magia la bruma se disipó y a lo lejos se distinguía una ciudad amurallada. Estábamos ahora en una isla, me imagino, con una alta montaña en el centro y cientos de cabras y olivos a nuestro alrededor. La gente se vestía sencillo, solo con una túnica alrededor de la cintura, al menos los campesinos y pastores. A medida que nos acercábamos al centro poblado, los mercaderes y consumidores utilizaban ropajes más elaborados.

—¿Este es mi deseo o el tuyo?

—El tuyo. Yo solo te complazco. Pones en duda mi argumento y yo te reto.

—¿Dónde estamos?

—No es importante. Hay cosas que deducirás, pero la esencia es que vas a probar mi teoría; hombres altruistas y un ser todopoderoso a su servicio: tú, para ayudarlo a lograr sus objetivos. Tómate todo el tiempo que necesites, no hay apuro.

—Yo no sabría qué hacer —comenté temeroso. Sobre todo, al recordar que mi última experiencia había durado dos meses en una tortuosa travesía.

—Cada mañana es un reto, nadie sabe lo que ha de hacer ni cómo ha de terminar, pero se levantan —dijo Él—. La vida es un constante reto y todos los que llegan al día siguiente vencieron el reto del día anterior. Déjate llevar y actúa según tu consciencia. Demuéstrame la pureza de tu corazón o lo oscuro de tu alma.

> 66 *Uno es más inteligente de lo que creen los demás y menos de lo que cree uno* 99
>
> **Anónimo**

—No me convences —dije categóricamente—. Si lo vamos a hacer, lo hacemos a mi manera y no a la tuya. Solo a ti se te pudo haber ocurrido venir acá, a mí se me hubiese ocurrido otro lugar.

—Está bien, adelante, pero recuerda que estarás solo, cuando yo vuelva a aparecer será para reírme y disfrutar de mi victoria.

—¿Y si triunfo yo?

—Regresaré para felicitarte. Habrás sido mejor que yo.

De pronto la isla desapareció entre mis piernas transformándose todo a mi alrededor en un túnel oscuro. No podía ver nada, solo escuchar el constante goteo del agua contra el piso. Caminé a tientas, como un ciego en un lugar desconocido. Tenía miedo a tropezarme y caer, me atemorizaba pensar en lo que me había dejado inducir. Caí, como un bobo en otro de sus juegos.

A lo lejos comencé a distinguir unos rayos de luz que se filtraban como dagas en la absoluta oscuridad. Aceleré el paso, me tropecé y caí con algo que deduje eran unos escalones. Casi en cuatro patas subí ansioso y abrí el portón que me separaba de la libertad. Apenas lo abrí me asusté. Un escalofrío me recorrió cada médula de mis huesos; estaba en mi ciudad, en mi calle, en mi tiempo, rodeado de carros, gente, tumulto, ruido. Absorto miré alrededor como un turista, anonadado al descubrir algo fabuloso, a la espera de que un oportunista le robara la incredulidad. Tenía meses añorando con regresar y ahora estaba aquí. Corrí a un quiosco para comprarme un periódico y asegurarme de la fecha, que no fuera a ser un truco. Desesperado lo tomé y lágrimas salieron de mis ojos. No me interesaba ninguna de las noticias, yo solo estaba concentrado en la fecha. No había pasado ningún día desde que decidí ir a Irak, para visitar la ciudad de Khorsabad. Me sentía como un extraño en mi propia tierra. Tenía mucho en qué pensar, así que fui a mi casa.

Apenas entré, sobre la mesa estaba mi celular. Lo revisé de inmediato, no para ver quiénes me había llamado, o leer los cientos de chats absurdos a los que pertenecía, por el solo hecho de recibir mensajes, de alguien, de cualquiera… ¡no! Quería ver las fotos que pudieran constatar los lugares visitados y las experiencias vividas. Pero nada. Solo estaban las últimas que había tomado antes de conocerlo a Él.

Daba vueltas de un lado al otro, estaba ansioso. Dudaba si todo lo ocurrido era solo un sueño, mi imaginación o simplemente locura. ¿Qué había pasado durante los días con Él, en Egipto, Sodoma, Roma, etc.?

Recién era sábado, aún tenía dos días antes de regresar al trabajo. Estaba intrigado, con toda mi experiencia, las anécdotas, incluso los sufrimientos, ¿cómo actuaría?, ¿sería el mismo?, ¿querría seguir siendo el mismo?

Como es de imaginar, esa noche no dormí gran cosa y el día siguiente continuó siendo un gran enigma, toda la experiencia. No tenía nada encima de mí, o en mi cuerpo, que pudiese asegurarme que la experiencia vivida era real; marcas, cicatrices, nada, ni siquiera un bronceado. No llevaba dos días de regreso y ya dudaba de la veracidad de meses de locura e incertidumbre. Anécdotas, como dice Él. No hay como el regreso a la rutina, para que te absorba y te devore. Todos añoramos escapar de la cotidianidad, pero ese escape lo planeamos con tanto esmero, que continúa siendo esquemático y predecible; solo lo imprevisto, y por lo general traumático, es lo que logra alejarnos de nuestro esquema. Yo que tanto odié la rutina, cuando estuve con Él, alejado de cualquier cosa que se le pareciese a la cotidianidad o al confort, la añoré a tal punto, que apenas se me presenta la oportunidad de regir mi destino, me vuelvo a encontrar atado a ella.

Decidí entretenerme en buscar y certificar todas las experiencias vividas, anotándolas en una libreta y luego buscando la información en internet. Estando en esta investigación, recordé, con cierta frustración, que poseía en mi biblioteca personal libros de referencia de casi todo lo vivido. Eso me llevaba a mi interrogante inicial. ¿Habrá sido una jugada de mi imaginación? ¿Un sueño del conocimiento?

A la mañana siguiente regresé, como era costumbre, a mi trabajo, tomando el mismo autobús, observando los mismos rostros resignados dirigiéndose a las labores que tanto odiaban, pero que necesitaban para sobrevivir. Era nuevamente uno de ellos, ahora podía estar seguro: estaba de regreso.

Mis compañeros directos, los tres de alrededor de mi escritorio, se sorprendieron al verme llegar.

–¿Tú no y que te ibas para Irak? –comentó uno.

–¿Qué pasó? ¿Te quitaron la visa o te dio miedo el avión? –complementó el otro.

Me quedé viendo al tercero a la espera de su comentario.

–Yo lo entiendo. En verdad ¿a quién se le ocurre ir a Irak, tan lejos, si aquí tenemos todo y tanto? –dijo el tercero–. Hiciste bien. Esta tarde sushi, ¿les parece?

No eran malas personas, lo único malo es que, uno, era sencillamente un imbécil. Estuve tentado a contarles, pero yo ni siquiera estaba seguro de nada, además para qué, si al final no eran mis amigos. Aunque haciendo memoria, ellos eran lo más cercano que tenía yo de amigos.

–Excelente, sushi –aceptando la invitación.

Ese día no hice mayor cosa, mi mente divagaba, pero me dio el chance de tomar una decisión. No importaba si lo sucedido era o no real, al final de cuentas, lo que vale es la experiencia y esa sí la tuve, y la tenía cincelada en la mente. Usaría mi aprendizaje a mi favor.

Me hice un plan cronológico de metas, "hazañas", nunca antes concretadas por mí. De superarlas una a una, superaría esta gran intriga, y ya fuese verdad o una jugada de mi mente inquieta, la experiencia, si no vivida, al menos sentida, sería de gran valor.

Escribí como diez borradores, y todos comenzaban con la búsqueda y consecución de una estabilidad sentimental y emocional, pero cada una de las listas la comenzaba con un nombre diferente, lo que me llevaba a aseverar que no conocía a ninguna muchacha con la cual me sintiera realmente atraído; todas eran utopías inalcanzables. Lo "imposible" sería mi motivación.

Los pocos intentos que hice fueron unos rotundos fracasos, que socavaron mi ya baja estima.

Recordaba constantemente las palabras dichas por Él, "tú tienes la capacidad, desde hace tiempo, pero no la confianza de regir tu propio destino. Desde hace algún tiempo, eres un hombre superior, pero te empeñas en ignorar tus dones".

Estaba seguro de que, para levantar la confianza en mí, debía buscar un vínculo con el pasado inmediato. Era inútil intentar levantarme solo sin estar seguro de que lo vivido era real. Hasta que no recrees tus traumas, es imposible superar tus complejos, me dije.

Toda la noche medité en lo que debía hacer. Cómo buscar certezas, buscar lazos, sin tener que recurrir a Él; además, si dudaba de lo vivido, también dudaba de Él.

De pronto e inesperadamente me acordé de lo escrito en La Española, República Dominicana, allí estaba lo único elaborado por mí, cuatrocientos años atrás, que me pudiese despejar de la duda; enterrado en alguna parte.

La búsqueda

Para no levantar sospechas, llegué a Santo Domingo como cualquier turista: camisa hawaiana, sandalias, bermuda, lentes oscuros y un sombrero. Me veía como un idiota, pero a la vista de todo el mundo, anónimo, sobre todo al ver a cientos de otros iguales a mí, que intentaban erróneamente ser uno con el contexto. Estoy seguro de que los residentes y locales deben de divertirse mucho con las extrañezas de los viajeros. Ya ellos cometerán los mismos errores cuando viajen a otros destinos y decidan "mimetizarse" con el ambiente.

Al salir del aeropuerto, lo primero que noté, fue que el entorno estaba bastante cambiado desde que yo, aparentemente, había estado allí. En verdad era que estaba tan obsesionado con la búsqueda del poema, que nunca pensé o imaginé lo que tenía frente a mí.

Ya en el hotel, con docenas de mapas, desde el más simple hasta el más detallado, planeé, desde la cama, mi siguiente paso. Sé que lo oculté en la costa, pero al fin y al cabo estábamos en una isla. Intenté recordar todo lo referente a esa experiencia, la playa, la puesta del sol, las estrellas y María.

Alquilé un carro y me puse en camino alrededor de la isla en sentido al norte. Buscaba el acantilado, la diminuta playa entre los riscos, mi confianza. Era como buscar una aguja en un pajar, todo estaba transformado, las construcciones se extendían a lo largo de toda la línea costera. La vialidad no era la misma de entonces; no seguía el mismo patrón.

Los días pasaron y sospecho que debo haber recorrido la isla, ida y vuelta, al menos seis veces. A cada instante me bajaba del carro y continuaba el recorrido a pie, removiendo rocas, bajando todos los acantilados posibles, preguntando a cuanta persona se me atravesaba en el camino. La desesperación se estaba apoderando de mí y estuve tentado, al menos unas mil veces, a llamarlo a Él para que me guiara, pero de hacerlo y Él aparecer, todo el concepto de la búsqueda sería absurdo ya que, con su sola aparición, despejaría mis dudas, pero no deseaba ir por esa ruta. Sería un síntoma de flaqueza, de falta de carácter y deseaba tener control de mi destino y no que otra persona o ser, me zarandeara, de un lado al otro, a su antojo. Me sentía como un adicto que intenta alejarse de las drogas; sabes que te hacen daño, pero de igual manera te sientes morbosamente atraído a ellas, solo por el placer de no sentirte "perdido".

Me aferré a mis convicciones y me mantuve firme. Cada noche me hospedaba en pequeños hoteles intentando recrear aquella experiencia. Conversaba con los locales para descubrir con horror que casi todas las mujeres se llamaban María. Intenté en vano sondear a aquel personaje, hija de esclava con hombre blanco, pero era un patrón que se había repetido muchas veces y no existía un registro confiable de tales aventuras románticas.

Tenía todo el tiempo del mundo para hallar lo que buscaba, no hay precio cuando se trata de encontrar la confianza perdida.

Un día, una buena señora me recomendó que me acercara al museo de historia colonial e indagara con los curadores. Eso hice. Tal vez alguno de ellos me podría dar pista de la plantación de Tomás Urdaneta, el supuesto padre de María.

No sé cómo me dejé levantar el ánimo tan fácil. Ninguna de las personas a las que les pregunté tenían idea, y menos aún, si no podía dar fechas aproximadas. Plantaciones, en cualquier época, eran cientos, desde algunas de docenas de hectáreas a varias docenas de miles de hectáreas; pero Tomás Urdaneta, un perfecto desconocido. Un ser insignificante en la memoria de nuestros tiempos. El valor de un hombre es lo que representa en la remembranza de sus sucesores. Hoy, a nadie le importa, ya que no trascendió; cuatro matas de cambures y un par de esclavos. ¿Acaso será eso lo que me pasará a mí? Un par de años después de haber muerto, ¿alguien me recordará? ¿Mi labor, mi talento y mi creatividad trascenderán? Si ni siquiera tengo familia; hijos que le hablen a sus nietos y ellos a los suyos... la memoria colectiva se va diluyendo en el día a día de la cotidianidad. ¿Qué sé yo realmente de mis abuelos? O peor aún, ¿sus padres? Nada. En lo que a mí concierne, solo el hecho de estar vivo. Su función real y específica fue procrear, para que la vida de sus vástagos fuera tan insulsa como la de ellos y continuaran procreando para seguir eternamente con esa cadena sin sentido. Solo algunos rompen el patrón y dejan su marca; nombres en libros que nadie lee. El ciclo de la vida: naces, creces, procreas, mueres y te olvidan.

66 *Recuerda: nadie puede hacer que te sientas inferior sin tu consentimiento* **99**

Eleonor Roosevelt

En fin, nada de Tomás Urdaneta. Ya resignado y a punto de irme para continuar mi cruzada, fui llamado por uno de los curadores: Roberto, que se ofreció a ayudarme a rastrear a este hombre en los registros de compra y venta de esclavos. Era una luz al final del túnel. La labor era inmensa, muchos registros para una isla tan pequeña. Catorce días estuvimos revisando, uno a uno los documentos, hasta que conseguimos a un tal Tomás Urdaneta, que en 1612 había ganado en una apuesta, una plantación de veintidós hectáreas. El registro se hizo principalmente por el traspaso de trece esclavos a su nombre, que venían con la parcela y las tres mil seiscientas nueve plantas de plátanos, una casa, dos barracas y un establo. No era mucho, pero era algo. Roberto me indicó en mis mapas en donde estaba localizada y no vacilé en partir a pesar de ser casi media noche.

No fue hasta la mañana siguiente que logré llegar al lugar. Detuve el carro en la mitad de la vía y caminé a la costa. Tres edificios y varias casas ocupaban el lugar donde antes se encontraba la casa de María y la topografía estaba intervenida; el desarrollo no pasa en vano. ¿Por qué no había un volcán en esta isla, que le hubiese hecho a esta zona, lo mismo que el Vesubio le había hecho a Pompeya? ¡Sabríamos mucho menos de las costumbres de los romanos, si esas miles de personas, que igualmente iban a morir, no se hubiesen sacrificado por la historia! ¡Esta era mi historia!, mi confianza, mi futuro. Pasé todo el día recorriendo la zona, removiendo piedras, arrancando vegetación, desahogando mi frustración.

Al anochecer regresé resignado a Santo Domingo en un taxi, ya que mi carro había sido remolcado y ahogué mis penas con ron. Este camino estaba truncado, mi destino inmediato era regresar o pedirle ayuda a Él, demostrando debilidad y falta de carácter. Brindaba a mi mediocridad; me emborraché.

En la tarde del día siguiente, pasé por el museo a agradecerle a Roberto las molestias e invitarlo a cenar antes de mi partida. Mientras esperaba me puse a curiosear el museo y descubrir con emoción y horror, por el plagio, el poema que yo había escrito, cuya autoría, se le reconocía era a María Urdaneta, 1621. El papel estaba roído y casi no se podía leer, pero algunos extractos los reconocía y la letra era definitivamente la mía. Unas veinte veces le había pasado al lado a ese papel, pero nunca tuve el tiempo para detenerme y observar. De una manera que no puedo explicar, sentí como una fuerza interna se apoderó de mí y la confianza, tan escasa en mi vida, se comenzó a fortalecer. Me sentía el dueño del mundo. Toda la experiencia vivida era real, las anécdotas, los romances, el dolor, el sufrimiento, Él. Ahora sabía. Pero ¿cuál iba a ser entonces mi reacción? Todas las vivencias retornaron como torbellino a mi cabeza, muchas para asimilar en un mismo momento; decidí regresar. Necesitaba un lugar tranquilo para aclarar las ideas. Le tomé una foto con mi teléfono.

Ese poema había sido muy importante para mí el día que lo escribí; hoy, cuatrocientos años después, era aún más importante, ya no tanto por las palabras escritas, sino por lo que representaba para mí. No puedo dejar de pensar en el instante en que se lo enseñé a Él y me recomendó que lo enterrara, ya que no me lo iba a poder llevar. Estoy ahora seguro, de que Él sabía lo que esto significaría algún día, ya que de habérmelo llevado sería otro poema en la carpeta de posibles que nunca hubieran sido.

La lujuria

66 *Apaga tu alma, trata de convertir en goce*
todo lo que alarma tu corazón **99**

Marqués de Sade

"Por años discutí con un monje enclaustrado que se autoflaje-
laba por desear la carne de una mujer, una mujer que ni siquiera
conocía, solo la deseaba, pero que en su mente la dibujaba
mientras realizaba sus tareas, la sentía cuando escuchaba la misa
y en las noches se castigaba por desearla y no poder poseerla.
Un personaje curioso. Murió desangrado por las heridas que le
ocasionó esta mujer platónica, efímera e inexistente. Era divertido ver cómo se azotaba y lloraba su ausencia. Le pude haber
incitado a que se masturbara regularmente, pero el correr de la
sangre siempre ha nublado mi juicio". Fragmento de un texto
escrito por un psiquiatra que encontré en una revista mientras
visitaba a mi odontólogo.

Me sentía identificado. La mayoría de las mujeres con las
que yo había estado se encontraban solo en mi mente; mujeres
imaginadas o recortadas de un contexto y recreadas en mis
tiempos de ocio. Toda una vida ensamblada en suposiciones.

El monje no es el único que se castiga por desear a la persona que no "podía" poseer. "No desearás a la mujer del vecino".
¿Quién no desea a la mujer del vecino? O al hombre de la vecina
o a ambos; que lance la primera piedra. El Mandamiento es más

197

bien protector de la pareja de cada quien. Cuídate del vecino que desea a tu mujer. ¿De cuándo acá el hombre necesita de un Dios etéreo que lo proteja de la lujuria ajena o de la reprimida de su mujer? Un arma y caso resuelto.

Toda mi vida he deseado lo que no me pertenece, ya que hasta ahora nada me ha pertenecido. Casi todas las mujeres con las que he estado me han costado la tarifa estándar.

¿Qué hubiese sido de los poetas, músicos y artistas de no existir la lujuria? Es el condimento primordial de las artes y el reflejo constante de la vida. La lujuria es la musa inspiradora de la creación humana y, lo peor de todo es que en la mayoría de los casos, es solo mental. Son pocos, muy pocos a través de toda su historia, quienes se han atrevido a traspasar la delgada línea del placer, a cuenta de arriesgar todo por saborear el peligro. Lo increíblemente divino de lo prohibido, es el hecho de que es prohibido.

A lo largo de mi vida, repleta de sexo manual y exento de amor, he sido seducido por el peligro, no solo de desear, sino de poseer a la mujer del prójimo (mentalmente hablando). Siempre termina siendo la mujer del prójimo. Esa musa que, al pasar, saluda tímidamente y expresa una imperceptible sonrisa solo capaz de ser detectada por el objeto de su deseo. A pesar de lo monótono del hecho, a lo largo de la historia, la sensación de la adrenalina recorriendo la sangre es embriagadora. Similar a la que se siente momentos antes de entrar en batalla o ser fusilado, hoy lo digo con experiencia de causa. Razón principal por la cual el soldado nunca deja de luchar y el amante siempre busca sexo y no compañía, en la puerta del vecino. Además, por más que exista la seducción, al final la decisión es de ambos y no de uno. Las razones, variadas. Cada cual tendrá su argumento y sus necesidades.

"Amaos los unos a los otros". Sabias palabras si realmente se sabe detectar el trasfondo de la frase... sexo para todo el mundo. Solo que el libertinaje desbocado, incontrolado y permitido, acarrea el desinterés de las partes. Entonces nos obliga a refugiamos en la fidelidad, como único afrodisíaco capaz de regenerar nuestro interés en la pareja.

Estas palabras no paran de fluir en mi mente (ociosa). Siempre he pensado de esa manera, pero ahora quiero concretar hechos. Algo, que antes de Santo Domingo, nunca hubiese considerado más allá de un deseo. Tenía la confianza, ahora necesitaba la mujer, ¿pero en dónde buscar?

66 *Nada me distrae, nada me divierte.*
Y lo que no me apasiona me aburre **99**

Sacha Guitry

Luego de revisar mi escasa libreta telefónica por nombres disponibles para divertirme, decidí ir, en busca de la aventura.

Recorrí varios lugares antes de encontrar uno en el cual me sintiese cómodo. Era un bar animado, que concentraba personas de ambos sexos en busca de acción o al menos un buen momento. Allí, frente a mí estaba una muchacha espectacular, con una bella sonrisa y unos ojos que atraían. Una carnada así es difícil que permanezca sola por mucho tiempo. En otros momentos las dudas me hubiesen frenado, pero hoy estaba vigoroso, lleno de energía y dispuesto a enfrentar a un ejército por mis convicciones.

Confiaba en mis instintos. Me acerqué y me puse a hablar con ella. Su nombre era Carla. Al poco tiempo, éramos solo nosotros dos, la competencia había entendido que no tenía posibilidades. Hablamos de todo y de nosotros (yo modifiqué ciertos datos biográficos personales, con el único propósito de mantener el ritmo). Ella tomaba vino y yo vodka. Hoy la tomaba porque la disfrutaba, no porque la necesitara. Casi a la media noche nos marchamos y caminamos por el parque hasta llegar a mi casa. Poco a poco la pasión nos embriagó e hicimos el amor. A decir verdad, no quedé muy complacido con mi actuación, así que me imagino que ella tampoco. De pronto sentí cómo se desmoronaba la confianza inicial. Sentía vértigo, sentía que era yo, el mismo, el de siempre. Recordé la experiencia con Lucrecia y me dejé llevar, complaciendo todos sus sentidos y "llegando" al orgasmo. Al menos eso fue lo que ella insinuó. Pero como con las mujeres nunca se sabe, lo asumí como un hecho.

En verdad me gustaba y deseaba hacerla sentir especial. Muy temprano en la mañana salí a comprarle una flor y le preparé un desayuno que le llevé a la cama. Ella estaba muy sorprendida, por lo general luego de un "barranco", el hombre, habiendo logrado sus metas, se marcha.

Mi siguiente movida fue algo radical. Por miedo y desconocimiento de qué hacer después, me concentré en ofrecerle un día como ninguno en su vida. Yo tenía el poder y la habilidad. Le propuse a ella tomarnos un día de sol y playa. La experiencia que estábamos a punto de tener no tenía parangón.

Mientras caminábamos por la arena, le pedí a Carla que cerrara los ojos y en ese momento todo a nuestro alrededor se transformó y al abrirlos nuevamente descubrió un cambio inesperado: no había un alma, rodeados de palmeras en una isla asombrosa. Ella se sobresaltó y preguntó ansiosa en dónde nos encontrábamos. Yo le respondí, parco pero entusiasmado.

—En las islas Marshall, específicamente en el atolón de Bikini.

—¿Dónde? —preguntó nuevamente ella.

—En el atolón de Bikini —repetí— ¿No recuerdas? 1946, las pruebas atómicas.

—¡No! Yo nací en 1979.

Era inútil, alguien que solo ve hacia adelante sin importarle lo que tiene atrás, disfruta la mitad de la experiencia.

–No importa. Te traje para que disfrutaras del mejor atardecer de tu vida.

Le tomé la mano y señalé el horizonte. En medio de la laguna había docenas de barcos de guerra de distintos tamaños. De pronto una luz cegadora resplandeció a lo lejos y una nube gigantesca, en forma de hongo se comenzó a formar. Un instante después se escuchó la explosión. Ella me abrazó del miedo. Los tonos rojos, anaranjados y amarillos se dibujaban en el cielo haciendo del entorno una visión sobrenatural. Estábamos absortos con el espectáculo, cuando nos llegó la ráfaga de aire caliente. Todo era parte del plan. La experiencia debía ser completa. El hongo en el horizonte permaneció por varios minutos, incólume, imperturbable.

–¿Cómo llegamos aquí? –preguntó ella intrigada.

–Yo te traje.

–¿Fue eso una bomba atómica?

–Sí. La primera de muchas que los estadounidenses van a probar en estas islas.

–Yo pensé que las pruebas nucleares habían sido prohibidas.

–Sí, pero no en esta fecha.

Ella se volteó a verme con su bello rostro totalmente confundido. Yo no podía continuar así. Ella no captaba el mensaje. Tuve que hablar.

–Estamos en el océano Pacífico, la fecha es 1946, el lugar el atolón de Bikini y acabas de presenciar una explosión atómica con el poder destructivo de 21.000 toneladas de TNT.

Ella siguió preguntando sin entender nada. No la culpo. En su mente no había referencias históricas para un evento así. Terminamos de pasar el día hasta que a ella le dio hambre. A las mujeres siempre se le antojan cosas en los peores momentos y los hombres nunca prevén las necesidades femeninas, y si lo hicieran, a ellas se les antojaría otra no prevista.

Regresamos de la misma manera en que nos fuimos. Ya en el restaurante noté que ambos teníamos un bronceado fuera de lo normal. Muchas veces uno asume riesgos sin pensar en las consecuencias. A veces es la ausencia de un condón, otras es exponerse a la radiación por la simple satisfacción de un paisaje fantástico creado por el hombre.

Al día siguiente ella fue encontrada muerta en su casa, por efectos relacionados con una exposición considerable de radio. Según la prensa, nada visto desde Hiroshima o Nagasaki. Al enterarme fui inmediatamente al médico y me encontró en perfectas condiciones. Nada, ni siquiera el nivel alto en el colesterol.

Estaba devastado. Intentaba lucirme y el resultado no fue nada favorable. Debí regular mis impulsos y ser más prudente.

Esa noche decidí comer afuera. La imagen de la mujer muerta me perturbaba, y más porque había sido mi culpa.

Siempre he tenido fascinación por los sabores fuertes y variados. De pronto entraron al restaurante dos muchachas y una en particular me atrajo profundamente. Casi sin pensarlo me les acerqué y comenzamos a conversar. Aunque intenté en vano ser equitativo con las atenciones o comentarios, era obvio que mi atención estaba parcializada, lo que la amiga entendió y apenas finalizamos la comida ella se marchó. El objeto de mi interés era Sonia. De allí nos fuimos a un bar y luego a una discoteca, lugar que en verdad no me atrae.

No deseaba parar y al parecer tampoco ella. Su compañía me llenaba, así que me propuse darle un regalo inolvidable. La tomé de la mano y caminamos sin rumbo aparente hasta que llegamos al Hotel Deauville de Miami Beach. La multitud abarrotaba el lugar y me costó trabajo abrirnos paso entre la masa desaforada.

—¿En dónde estamos? —preguntó ella.

—En el Show de Ed Sullivan —respondí con un pequeño tono de soberbia.

–¡Ed Sullivan! ¿Quién es Ed Sullivan? –preguntó intrigada.

Consideré que era mejor ni explicar.

–No es a él al que venimos a ver sino a los Beatles.

Ella se me quedó viendo extrañada.

– "La invasión británica"…

–Ese es el grupo preferido de mi mamá –comentó.

No entendía nada, su confusión era total. Incluso nuestra vestimenta se había adaptado a la época, 1964. La notaba ansiosa, la reconforté, sabiendo que muy pronto estaría feliz. Entramos a duras penas a la sala y la euforia colectiva era alucinante. Todas las personas, mayoritariamente mujeres, coreaban: John, Paul, George y Ringo.

Sonia me miraba y no podía ocultar su confusión mezclada con algo de emoción.

–¿Quién eres tú? –preguntó nerviosa.

Yo sonreí para no tener que entrar en detalles, ya que en verdad ni siquiera yo estaba seguro de quién era o, mejor aún, ¿por qué era?

–¿Puedes creer, que muy pronto, más de 70 millones de personas van a ver este concierto en vivo? –le comenté entusiasmado.

–Yo sé, lo he leído. Yo no había nacido para la época y tú tampoco… creo –luego de pensarlo un poco continuó–. Bueno, tal vez tú sí.

Ella no estaba dispuesta a dejarme evadir su pregunta tan fácil, pero para mi favor, Ed Sullivan, el anfitrión comenzó a anunciar la gran presentación de la noche; todas las cámaras de televisión grababan el entusiasmo colectivo cuando Ed presentó a la banda de *Los Beatles*. Ellos aparecieron con sus trajes y su singular corte de pelo, tomaron sus instrumentos y de inmediato comenzaron a cantar *She loves you*.

La locura era colectiva. Sin duda, al menos en ese momento, "ellos eran más famosos que Cristo" –pensé. De haber aparecido

Él en este preciso momento, solo hubiese sido una sombra de la escenografía.

Sonia se dejó llevar completamente. Estaba feliz, eufórica y en particular muy cariñosa. Estoy seguro de que nadie que ella conociese podía haberla complacido tanto. Todas las canciones del momento enloquecieron al público.

—No sé cómo lo haces, pero lo estoy disfrutando mucho —me dijo al oído en el intermedio—. Espera a que le cuente a mi mamá. Me va a decir que estoy loca, pero igual se lo voy a decir.

Yo disfruté cada instante: el concierto y la compañía. Nunca entendí por qué, Él siempre me hacía pasar momentos intensos pero engorrosos e incluso aterradores. En ningún momento, algo que yo pudiese disfrutar plenamente. Bueno, a decir verdad, esa noche en París, en el *Moulin de la Galette*. Pero eso no viene al caso. Yo en cambio le ofrecía a ella una noche maravillosa. Me comportaba injustamente, Él me había abierto los ojos, sacándome de mi letargo y otorgándome un poder más allá de lo imaginado: la confianza.

Al finalizar el concierto caminamos de regreso y el entusiasmo de ella era tan grande que no volvió a preguntar quién era yo, ni cómo había sido posible esa experiencia. Solo hablaba del concierto y de John. Nos compramos un helado y sin ella percatarse, estábamos de regreso al mismo punto de partida y en nuestro tiempo. Quise tomarme las cosas con calma y afianzar la relación sin involucrar el sexo inmediato. Nos despedimos y ella se alejó, mientras yo la observaba extasiado. Las posibilidades eran inmensas. Al cruzar la calle ella se volteó para lanzarme un beso y en eso un autobús la atropelló lanzándola por toda la avenida.

No lo podía creer. La impresión fue tan grande que caí de rodillas en la acera. Me era imposible moverme.

Personas de todos lados corrieron a socorrerla. Pero era tarde: permanecía inmóvil, desangrada, muerta.

Yo tenía la mente ofuscada. Esta nueva confianza se convertía en una maldición, una pesadilla. Me sentía el Rey Midas de las relaciones: todas las que tocaba morían.

Las personas parecían hormigas, movilizándose de un lado al otro para no perder detalle del acontecimiento. La ambulancia llegó, retiró el cuerpo; la policía realizó la experticia, arrestó al conductor del autobús, la compañía de transporte se hizo presente, indemnizó a los pasajeros con boletos de cortesía, la grúa se llevó la unidad y la masa se disolvió.

Yo seguía allí, en el piso, anonadado.

De regreso en la casa evalué mis últimas cuarenta y ocho horas y llegué a la conclusión de que esta nueva confianza era peligrosa. No podía dejar a las muchachas solas al trasladarme a través del tiempo, era contraproducente para terceras personas.

Me resigné y decidí controlar mis impulsos, pero mis recientes triunfos con el sexo opuesto eran embriagantes. Luego de un período de luto, regresé a las andadas: a Susana la llevé a la coronación del mismísimo Napoleón, en 1804, en la catedral de Notre Dame en París y observé con atención el rostro del Papa Pío VII cuando Napoleón le dio la espalda y se autoproclamó.

Susana al regreso murió de una sobredosis de somníferos. A Patricia la invité a un crucero transatlántico inolvidable en el barco Lusitania que un submarino alemán iba a hundir en 1915. Ella fue una de las 1.198 víctimas; con Alexandra hubo una pasión enceguecedora y tras mucho posponer y marginar mis nuevos poderes, la llevé a una de las bacanales, en honor a Baco, pero en un ataque de celos me marché y la abandoné en el pasado. De Sabrina me enamoré con locura y preferí no expresarle mi afecto con tanto ahínco como a las demás. Con ella solo tomé café, no quería correr riesgos. Prefería que no fuese mía a que muriese en el intento.

Me sentía como Jack el Destripador, en donde toda mujer que se involucraba conmigo, moría o desaparecía. Este nuevo don se estaba convirtiendo en una maldición, pero igual, era difícil parar.

La vanidad

No deja de ser intimidante, que las motivaciones que impulsan al hombre a crecer estén limitadas por "normas" castrantes. El que se opone al sistema es un desadaptado, el que lo vence se transforma en hito. ¿Hasta cuándo pretenden mantenernos en una filosofía medieval? El temor por lo sobrenatural es más poderoso que los impulsos que guían el intelecto. Vivimos en una época "atea" que a pesar de, todavía teme a Dios a través del hombre que predica "su" palabra. Supersticiones. No está en mi nueva naturaleza rendirme ante mis fracasos, por el contrario, estos me fortalecerán en carácter y sabiduría. No lloro por las pérdidas, esas lágrimas las usaré como sudor por el esfuerzo para superar obstáculos, muchas veces personales. No me dejaré intimidar por prédicas sin sentido. Utilizaré lo que me conviene para superarme, física y mentalmente, ¿eso es pecado? que me condenen.

–Dios perdóname que he pecado, hoy he tenido exceso de vanidad –murmuré mientras me reponía en mi cama.

Aunque tengo remordimiento por los eventos del pasado cercano, me es imposible desligarme de mi nuevo poder. Embriaga. Es como pedirle a Lázaro que regrese a su tumba. Es como dejar de fumar y tomar al mismo tiempo e ir a un evento social. ¡Imposible! Si por alguna extraña razón he sido escogido para poseer estos dones, ¿quién soy yo para rechazarlos? Tendré que aprender a usarlos o acostumbrarme a que la vida es frágil y etérea. Las personas mueren todos los días, es el destino. Qué otra cosa puedo hacer.

¿Acaso debería estar arrepintiéndome a cada instante de mis "pecados"? Es muy sabroso estar "arriba" y atemorizar a todos con su ira. ¡Que esté aquí abajo conmigo, lidiando día a día con esta gente! Que haga de sus venganzas unas personales. Yo también desde las alturas pudiera lanzar mis rayos a todo el que me desobedeciera. Pero no, Él no se involucra, nos deja aquí abajo vulnerables, débiles y temerosos. Es como los pilotos que dejan caer sus bombas sobre civiles; no regresan a ver el daño causado.

Todas estas elucubraciones matutinas las hacía mientras revisaba la prensa y observaba por arriba las noticias más importantes del día anterior.

El ser humano es tan caduco, que ni siquiera se ha molestado en revisar y actualizar sus parámetros morales. Los hereda y no los cuestiona, al menos la mayoría de las personas. No se siente capaz de intervenir en una leyenda del pasado. Si Moisés viviera hoy, seguro que adaptaría las piedras que nos legó, "esas benditas piedras". Pocos tienen la voluntad de cambiar lo establecido. Sería un pecado de vanidad. Pero existen unos ejemplos interesantes: Gregorio XIII y su calendario que nos robó diez días de "vida", la vulgata de San Jerónimo, el "descubrimiento" de Colón, los principios de Turgot, entre otros tantos.

❝ *El progreso consiste en el cambio* **❞**

Miguel de Unamuno

Yo he cambiado, soy diferente y me gusta quien soy ahora. No sé cuál será mi función a futuro, pero lo que poseo no lo puedo, ni quiero eliminar. ¿Acaso será una bendición o una maldición? No me importa.

La soberbia

¿Qué hombre poderoso no es soberbio? El tan solo negarlo es un sinónimo. Lo es, el que no siendo, pretende serlo.

Los últimos tres días me mantuve en estricta reclusión, pensando, meditando, analizando lo que debía o no hacer. Me embargaba un cierto temor por lo que mis acciones pudieran generar en terceros. Pensaba, no sin cierta malicia, a quién podía invitar a uno de esos recorridos históricos, para que luego, inexorablemente, muriera. ¿A quién yo detestaba…?

Me serví el café y me senté cómodamente en mi biblioteca, mientras analizaba los distintos títulos que poseía. Sí, yo era uno de esos que, a pesar de la tecnología, aún prefería tener los libros en físico, una especie de sensación de propiedad. Nada que ver con títulos virtuales, etéreos… La mayoría de mis libros eran de referencia histórica.

Imperios poderosos –medité– han dejado su huella y otros insignificantes las han tratado de borrar. "Monarcas" de escala menor repletos de orgullo que, deseosos por su inmortalidad, se apropian o destruyen lo que otros construyeron, por incapacidad propia de dejar su huella.

Anhelo estar entre ellos; convencerlos para luchar en contra de los que alguna vez pudieron haber sido amigos, pero desconozco y temo involucrarme, yo no soy Él, que ha estado desde el inicio y lo haga bien o mal, no le importa… No soy Él. Él hubiese manipulado a monarcas ávidos de halagos, permitiéndoles alabarlo, para luego empujarlos a una batalla, muchas veces suicida. Yo no poseo esa soberbia, pero de poder, influenciaría ciertos eventos que considero han sido injustos. Tal vez ir al pasado y matar al niño antes de que se convirtiera en demonio… ¿quién no ha pensado eso miles de veces?

Me aterra ir y enfrentarme, yo que siempre he estado tras bastidores, yo que me amalgamo, para pasar desapercibido. Conseguir a un acompañante sin duda sería condenarlo a muerte, tal vez no durante la aventura, pero en definitiva en el regreso. Aunque pensándolo bien, la historia se merece ciertos sacrificios menores.

Me puse de pie para escoger de cerca, entre mis libros, algún evento histórico que pudiera o quisiera modificar. Pero toda intervención en el pasado tiene repercusión en el futuro, y ¿quién sabe? Tal vez por "Efecto Mariposa", por alguna de esas intervenciones, dejo yo de existir.

Pero como la imaginación es "gratis", continué en mis divagaciones.

El exceso de orgullo es como un aroma penetrante que nos seduce y transforma en seres solitarios y autosuficientes. Narcotiza la razón y nos hace sentir invencibles. Algunos lo logran, otros no. En mi caso tendré tiempo de sobra para rectificar mis errores y cometer otros. Pero el promedio de vida de un hombre es insignificante en la estructura del tiempo. Solo es una brisa en una tormenta. Esa sensación de grandeza enceguece a los que la padecen. Pero al enfrentar la inevitable frustración de la realidad humana, la muerte, se hacen construir monumentos colosales con el único fin de inmortalizar al menos el nombre y la imagen, debido a que es imposible de inmortalizar el cuerpo. Por suerte, la escurridiza piedra filosofal ha evadido al hombre, ya que cuando supere las limitaciones de un cuerpo en constante descomposición, no necesitará más de mi presencia –sonreí con ese pensamiento fugaz, ya me sentía siendo Él– y desaparecerá, al igual que los otros, grandes en sus tiempos y hoy solo un recuerdo literario. Utilizaré a unos, para que me protejan de otros, a medida que los necesite. Agradezco el ser quien soy y no lo que pude ser.

Unos cuantos sorbos de café y ya me siento Dios, con el poder de transformar a la humanidad, pero aún con miedo de incluso salir de mi apartamento.

Con esos pensamientos de grandeza me puse a hacer una lista de todos los eventos que podría transformar, la gente a quien por necesidad, habría que sacrificar y, por supuesto, las relaciones que me encantaría tener. Si no me las puedo llevar de este tiempo, las tendré que conseguir en el pasado: Cleopatra (la séptima), Nefertiti, Juana de Arco (quien no se resistiría a mis encantos), Irene, Helena, Marilyn, Mata Hari. Mujeres todas, por las cuales hombres han muerto o matado. Soy demasiado banal, solo me atraen las que han trascendido por su belleza y por su reputación, pero estoy seguro de que sería infinitamente más feliz con una anónima, pero intensa.

Ya desvié mi atención de los problemas de importancia por las ansias de la lujuria; no en balde es considerada el peor de los pecados capitales.

Al igual que los dadaístas, abrí una página al azar en mi libro de historia y señalé un evento "casual" con el dedo.

La ira

Así como Él hizo conmigo, yo hice con mi vecino. Hombre solitario, sin familiares conocidos y aunque muy inteligente, poco considerado en la sociedad. Perfecto para mi proyecto, si se pierde en la Historia o muere al regreso, nadie lo va a extrañar y yo podré adquirir, *pos mortem*, su apartamento y ampliar el mío. Siempre he querido tener ventanas que miren al este, directo al mar.

Mientras bajábamos a ritmo acelerado por las escaleras, él tomado del brazo por mí, cientos de ideas se entremezclaban en mi cabeza. La ansiedad me carcomía, pero las dudas me mataban. ¿Qué hacer? ¿A dónde ir? ¿A quién conocer?

Quería empezar por abajo, algo pequeño. Mi vecino, muy confundido, no hablaba, sencillamente me seguía. Estoy seguro de que, el estar bajando por las escaleras, para él era ya toda una aventura. Igual que me había pasado a mí. Somos las víctimas de los experimentos. Somos los desechables, reflexioné. El resto del trayecto lo realizamos sin apuros.

—¿Qué deseas de mí? —preguntó el vecino finalmente, tratándose de liberar.

—Lo único que te puedo decir es que lo vas a disfrutar.

No habíamos terminado de bajar las escaleras y ya yo me percaté de que mi mente se me había adelantado y estábamos en otro sitio, en otro tiempo. Mi vecino también notó algo distinto, al punto, que se detuvo en seco.

—¿Qué pasa? ¿en dónde estamos? —preguntó enérgico.

—A decir verdad, no estoy seguro —respondí intrigado—. Yo soy nuevo en este tipo de experiencias.

Abrí una puerta pesada de roble y entramos a un gran salón. Se veía solo, aunque a lo lejos se escuchaban voces.

Si algo he aprendido, es que cuando uno se encuentra en una puerta, siempre el camino es hacia adelante, nunca hacia atrás. Entramos. Yo aún mantenía sujetado el brazo de mi vecino.

—¿Dónde estamos? —volvió a preguntar.

—Fue algo al azar. Yo señalé en mi libro, una cronología histórica y me salió 1622, Turquía y algo del asesinato de un sultán. Pero estaba tan emocionado que se me olvidó investigar.

—¿De qué hablas? —preguntó el vecino, perdiendo la compostura.

—Ya sabrás. Estoy seguro de que pronto, muy pronto, te darás cuenta de que este supuesto sueño que piensas estás viviendo, es más realidad de lo que te imaginas.

Nos encontrábamos en la mitad del salón cuando una horda de hombres armados entró arrasando con todo.

—¡Jenízaros! —dijo él exaltado.

—¿Qué? —pregunté yo sorprendido.

—Esta es la tropa de los sultanes otomanos. Quieren arrestar y matar a Osmán II, y a todo aquel que se les atraviese en el camino —respondió el vecino con determinación.

Esta situación inesperada me desconcertó. Y no el evento que estábamos presenciando, sino el hecho de que él lo hubiese detectado al instante.

De igual manera, emprendimos la carrera escalera arriba a intentar escondernos en alguna habitación o conseguir alguna salida fuera de palacio. El caos era tan grande que incluso el mismo Sultán pudo haber escapado sin ser detectado.

—¿Cómo sabes eso? —pregunté indignado.

—Fui profesor de historia europea en la Universidad de Yale.

—No tenía ni idea. Siempre pensé que eras un ermitaño excéntrico enclaustrado en tu casa.

—Un poco —respondió él—. Estoy en mi año sabático, haciendo una investigación para un libro que estoy escribiendo, que a veces me alude.

—¡Uh! —exclamé yo, extrañado por mi incapacidad de captar "la condición humana".

Escondidos detrás de una cortina observábamos con angustia cómo los soldados rebeldes mataban a todo aquel que se interpusiera en su camino. Aprovechamos, para correr por el pasillo y ocultarnos en una alcoba. Para nuestra sorpresa, allí se encontraba el Sultán, ataviado con sus mejores galas, esperando ser arrestado.

Nos frenamos en seco, intimidados por la majestuosidad del personaje.

—Eres un niño —dije sorprendido.

—Tengo diecinueve años y cuatro como gobernante. Soy un hombre, mucho más de lo que tú algún día serás.

—Vinimos a rescatarte —le dije apresurado.

—Yo no me marcho, no huyo. Si mi destino es morir, pues así será.

—Te van a deponer para restaurar al atrasado mental de Mustafá —comentó el vecino con determinación.

Estoy seguro de que mi vecino no entendía nada de lo que estaba sucediendo o por qué estaba allí, pero muy pronto y de manera inmediata entró en su papel, para mi sorpresa.

La información de que Mustafá fuera a reemplazarlo, habiéndolo él reemplazado cuatro años atrás, lo perturbaba.

—Los jenízaros quieren más poder y tú, disculpe usted, se lo va a limitar —continuó el vecino.

—¡Limitar!... eliminar —dijo enfático—. Una tropa de élite está para obedecer, no para gobernar. No deseo que se repita la historia romana en mi imperio.

—Si no te salvas, tu imperio continuará, pero tu vida finalizará mañana —prosiguió el vecino.

Yo permanecía junto a la puerta intentando escuchar y descifrar los ruidos externos. Mi protagonismo en esa situación, fue solo el traer a mi vecino, pero él se estaba llevando toda la gloria. En definitiva, quien maneja la información domina al mundo. Poco a poco me encolerizaba, no en contra de él, sino conmigo.

—¿Quiénes son ustedes? —interrogó el Sultán.

—Somos unos mensajeros —me apresuré en decir—, mensajeros divinos.

Las tropas rebeldes ya golpeaban la puerta para derribarla. Yo pensé que resistiría y permanecí junto a ella. El Sultán Osmán II continuó impávido a la espera de su destino y el vecino corrió a la ventana con la esperanza de escapar por allí. La altura al piso más cercano era de al menos diez metros. Al tercer golpe, franquearon la puerta y yo rodé por el piso hasta frenarme con unas alfombras.

—Arréstenlo —dijo el líder de la revuelta, señalando a Osmán—. Arréstenlos a todos —al descubrir que nosotros también estábamos allí.

—No te saldrás con la tuya —profirió el Sultán mientras era conducido fuera de su alcoba.

—Ya logré mi objetivo —repuso el rebelde—. Tú eres ya hombre muerto y el trono lo manejaré a mi buen juicio.

—¡Antojo! —exclamé.

Encerrados y encadenados en la prisión, cada quien veía su destino inmediato de manera distinta. El depuesto Sultán con ira e impotencia. El vecino con terror e intriga, y yo abstraído por mi ira. Era difícil aceptar que aunque yo era el "poderoso" en esta aventura, fuera el otro, el vecino, y no yo, quien se robara el show.

Las veces que el sultán hablaba eran en dirección a él. Yo como si fuese un sirviente, una sombra encadenada en la pared.

—Fui yo quien quiso venir a rescatarte. Fui yo quien no quiso que se cometiera una injusticia. Fui yo, y no él —grité histérico, sin ningún tipo de decoro.

–¿Quién es él? –preguntó el Sultán señalándome.

–Mi asistente –repuso el vecino.

–¡Tu asistente! Soy tu amo. Sin mí aquí no eres nadie. Sin mí, mañana tú también estarás muerto –grité mientras me soltaba de las cadenas que me apresaban– ¿Acaso tú puedes hacer lo mismo? ¡Suéltate!

Por supuesto que ninguno de los dos pudo soltarse. Eso me hizo feliz y me sentí superior. Pero estaba tan molesto que ya no me interesaba salvar al muchacho. Su destino lo había alcanzado. Era hombre muerto. La ira me volvió obtuso. Me senté en una esquina y permanecí abstraído del mundo, pensando, reflexionando qué hacer. Nada que yo hiciera podía modificar los hechos. Osmán estaba preso y Mustafá I era ya sultán. Nuestra estadía allí era ya inútil. Caminé hasta el sultán.

–Lo siento. Hicimos todo lo que pudimos, pero tu testarudez se interpuso en tu salvación. Teníamos planes para tu retorno –mentira, pero algo seguro se nos hubiese ocurrido–. Eres un hombre muy valiente y te has ganado tu puesto en la historia.

Puse mis manos sobre su cuello y lo estrangulé.

–Tu muerte por mis manos, será de alguien que te admira, no permitiré que mueras a manos de alguien que te odia.

Me acerqué a mi vecino y este reaccionó de manera brusca, pensando que también lo iba a matar. Puse mis manos en sus cadenas y estas se abrieron, quedando en libertad.

–Vamos, tenemos mucho que hacer –dije.

La ira es uno de los instintos humanos más animales. La pasión que nos arrastra a niveles intensos del alma. Una explosión, una liberación de las ataduras morales que nos han inculcado, en vano, largo tiempo atrás. Es nuestro único contacto místico con la naturaleza. Un vínculo sagrado con los otros seres "inferiores". El que no estalla de rabia, muere de úlcera. Hasta los dioses se embriagaban con esa sensación que se eleva desde el estómago, efervesce en la mente, y brota por la boca, no siempre en forma de vómito.

Siempre hay alguien que pierde el control, prueba de eso, yo. Pero quién es capaz de delinear el rango de estar controlado o no. Es una línea muy delgada que ha ido madurando con el tiempo. En otras palabras, se ha hecho cada vez, castrantemente más delgada.

Claro está, que aprovecharé esta debilidad a mi favor una que otra vez. No mucho, aproximadamente unas tres mil o cuatro mil veces por año. Es como un resfriado, todos se contagian a la vez, una locomotora sin control, pero el espectáculo es bello. Difícil de controlar, pero ¿quién se mete entre los leones cuando se pelean por la comida? Tarde o temprano, esta se acaba y todos van a descansar. Por más que el hombre lo intente controlar, cosa que yo siempre he intentado hacer, a un punto se deja llevar, eso es vivir el exceso. El que pasa toda su existencia controlado se pierde de todas las emociones de la vida y son esas emociones las que constituyen la vida misma. Hay que perder el control, dejarse llevar por los instintos, vivir.

No puedo menos que sonreír por los que inventaron esos grilletes castrantes (pecados capitales), ya que ellos fueron los primeros en pecar por la hipocresía de coaccionar. Una frase reciente, de corte surrealista dice, "prohibido prohibir". Somos grandes, tenemos mente, entonces pensemos.

–¿Ahora a dónde? –preguntó el vecino impávido. Complacido por la experiencia vivida.

–Ya veremos. ¿No te intriga lo que está pasando? ¿Lo que te está pasando a ti? –inquirí.

–¡Claro que sí! Pero me imagino que es algo similar a lo que le ocurre al personaje *Scrooge* en el libro "Cuento de Navidad" de Charles Dickens. Recorrer y aprender.

–¡Exacto!... Algo así. Recorrer y aprender.

Yo requiero del pasado de otros para aprender a soportar mi presente.

La flojera

La flojera es para la humanidad un cáncer pasivo, pero letalmente destructivo. El no hacer nada es negarle a la propia existencia del individuo la posibilidad de crecer y desarrollarse. Y peor aún, obstaculizar al que avanza, su derecho al éxito. Ya tenemos a la Iglesia que se ha encargado de eso desde sus comienzos: frenar y obstaculizar. ¿Para qué necesitamos a otros parásitos de la humanidad, que poco a poco y sin que nadie se dé cuenta, se alimentan de los demás sin hacer nada? Una ridícula sonrisa y todo el daño está justificado ya que, desde el punto de vista de estos flojos, ellos no han hecho nada malo. Claro que no han hecho nada. Tienen la suerte de que sus órganos corporales piensan diferente a ellos, porque de lo contrario habrían muerto al nacer. Unos lo llaman flojera, otros lo llaman desidia.

Con esa filosofía en mente, estábamos mi vecino y yo en un restaurante en Positano, en la costa Amalfitana de Italia, justo sobre unos acantilados tomándonos un exquisito vino rojo. ¿Por qué aquí?... Porque yo podía.

Alejados de toda crueldad, maldad y revueltas. Mi mente divagaba en conceptos abstractos mientras observaba absorto el mar en el fondo. Él había sido muy discreto al formular sus preguntas y yo muy pragmático al contestarlas. Casi me incomodaba, que viviendo la experiencia exótica en la que estaba, él se lo tomara tan calmado... Aceptando el hecho y disfrutando del "viaje".

Ese día me lo iba a tomar libre, para disfrutar y descansar.

Ha habido varios casos en donde incluso los gobernantes han sido los flojos. Pero como las aguas se nivelan, hasta ellos han sido reemplazados. La última camada de la dinastía merovingia, "los reyes holgazanes", fue suplantada por sus mayordomos o ministros de palacio, grandes hombres salieron de allí. Gracias a ellos el mundo retornó a las andadas expansionistas y conquistadoras, ya que todos se estaban dejando contagiar por la vida cómoda del palacio que otro rey, siglos después, manipuló para así controlar y centralizar a todos los feudales, convirtiéndolos en cortesanos, mientras él engrandecía su reino, comparándose con el sol. Como en todo, siempre hay dos caras en la moneda.

—Para holgazanear existe la muerte, no antes, no hay tiempo suficiente para el no hacer nada. El descanso "eterno" llega pronto, hay que ser útiles —le dije de pronto al vecino, despertándolo de su letargo... y el mío.

—Yo opino lo mismo —aseveró mi vecino mientras se tomaba su octava copa de vino.

—Es mucho ya lo dicho para una gente que no se lo merece. Su existencia es inevitable, pero nuestra indiferencia debe ser feroz. Para evitar de ese modo el contagio. Evidentemente, mi posición es radical, pero de vez en cuando hay que levantar la voz para ser escuchado. ¡Aparten al flojo, empújenlo a su suicidio! —exclamé

—Brindo por eso —dijo levantando su copa el vecino.

Tomamos lo que quedaba de la botella y ordenamos otra cuando nos trajeron los calamares rebozados. En el fondo una melodía y una pareja que se besaba apasionadamente.

—¿Ahora qué? —preguntó el vecino.

—Me imagino que continuaremos con nuestra cruzada de intentar salvar a los desprotegidos —dije con reverencia.

—¿Por qué todos los desprotegidos que intentamos salvar resultan ser personajes históricos y no el hombre ordinario, común? —preguntó él.

—Muy buena pregunta —repuse—. Pero para comenzar, desde que tú estás aquí conmigo, solo hemos intentado salvar a uno…

—Pero por lo que me has comentado… —interrumpió él.

Me quedé pensando.

—Tienes razón. Aunque tú eres historiador, te debería encantar el recorrido.

—Eso es verdad.

—Al salvar de la injusticia a uno grande, salvamos a todos los pequeños que están bajo su cuidado —continué—. Además ¿qué gloria personal trae salvar a los desconocidos?

—¡El salvarlos! —repuso él con énfasis.

—Yo no soy tan altruista como tú. Pero no es mala idea. Se me ocurre que podemos hacer algo espontáneo, recién sacado del sombrero. ¿Te interesa?

—Claro. Vámonos antes de que no me pueda levantar y nos traigan la cuenta —dijo el vecino.

Me puse de pie y me estiré entre bostezos. Luego me concentré y listo, transportado al próximo objetivo. Pero cinco segundos después me tuve que regresar, ya que si no tengo el contacto físico con la otra persona me desplazo yo solo. Reaparecí, tomé otro sorbo del vino, lo agarré por el brazo y me volví a concentrar justo cuando el mesonero retornaba con la otra botella. Para no viajar con las manos vacías extendí el brazo para agarrar la botella, justo cuando fue la transportación. Para mi sorpresa ahora éramos tres. El mesonero no había soltado aún la botella cuando nos transportamos. Ahora él también estaba con nosotros, aunque muy confundido y nervioso. Intenté tranquilizarlo mientras nos encaminamos a una posada. Mi vecino se encargó de este pobre hombre y yo me senté a conversar con los locales.

Era jueves en la noche y yo compartía animadamente con un soldado sobre las glorias aún no conseguidas y la relevancia del individuo en la historia colectiva. Él escuchaba atentamente, aunque estoy seguro de que no me entendía el concepto de individualidad cuando él pertenecía a un todo. El soldado pensaba que toda esa habladuría era consecuencia directa del alcohol, pero poco a poco lo convencí, de que su nombre pasaría a la historia y que, de la hazaña que él iba a realizar, para mí como favor personal, mucho se hablaría e influenciaría a las generaciones futuras. Todo esto lo hacía para seguir el consejo de mi vecino. Tal vez era más grandioso a la larga ayudar a los desconocidos a lograr grandes objetivos, que interceder directamente con los poderosos y famosos. Me costó trabajo penetrar su pequeño cerebro, tallado bajo los preconceptos militares de la grandiosa Roma, convenciéndolo de que yo intercedería por él si algo malo sucedía. En otras palabras, eso era lo que se esperaba de él, o de otro como él, pero, ¿por qué razón iba él a perder su posición en la historia ganada de antemano por derecho propio? La inmortalidad más allá de su propia muerte. Todos, hasta el más insignificante de los hombres, anhelan trascender, más aún si el esfuerzo es mínimo.

Noté que tenía una infección en el ojo izquierdo y le aseguré que, una vez cumplida su misión, su ojo sanaría. Él sonrió incrédulo, sabía que con el tiempo perdería la visión en ese ojo, pero de igual manera aceptó. La palabra de un hombre, al menos uno de verdad, es más sólida que cualquier otro vínculo.

Regresé a la mesa con mis compañeros de viaje. El vecino se percató de algo ya que mi sonrisa era de satisfacción.

—¿Qué pasó? ¿Con quién hablabas? —preguntó.

—Mañana te enterarás, además creo que lo van a disfrutar —miré al asustado mesonero y le dije— tú también, mi nuevo amigo.

Ahora a descansar, ese día con todo el disfrute, me había agotado.

Al día siguiente la ciudad estaba conmocionada de júbilo. La ansiedad de la muchedumbre era sorprendente. Qué barato se vende la gente. Nos acercamos como cualquier parroquiano

a disfrutar del evento. Tres hombres estaban siendo crucifica-
dos. Mi vecino me observó sorprendido; él al igual que yo, no
creíamos en Cristo como hijo de Dios.

—El hecho de que haya existido como hombre no implica —le
expliqué—, disfruta del espectáculo.

Ambos, el vecino y el mesonero me miraban incrédulos.

A mi lado estaba un hombre desconcertado, casi le brotaban
lágrimas de los ojos. Intenté hacer memoria para identificarlo.
Pensé en alguno de los apóstoles, pero luego recordé, que todos ellos estaban ocultos en el cenáculo de la noche anterior,
en casa de Marcos; lugar que trascendería como el sitio de *La
última cena*. Finalmente capté quién era el hombre a mi lado,
lo conocía bien, incluso en varias oportunidades dialogamos
de filosofía, la vida y el derecho a la propiedad, en uno de los
recorridos realizado con Él, Hado, hace ya tanto tiempo. Su
nombre era Barrabás.

—Estás aquí debajo de milagro —le comenté con sarcasmo.

Él me miró y no se contuvo.

Justo en ese momento estaban levantando las tres cruces de
manera simultánea. Los gemidos de los tres eran ahogados. De
sufrimiento contenido.

De inmediato noté, para satisfacción personal, lo que yo
siempre había creído, Jesús no tenía clavos ni en las manos ni
en los pies, estaba atado.

Mi vecino y yo comprendíamos lo que estábamos viendo,
el mesonero estaba anonadado, de seguro estaría pensando que
estaba viendo la realización de alguna película.

Desde un punto de vista, a pesar de nuestra opinión, ambos
sabíamos a la perfección la leyenda que se estaba gestando, ya
fuese este hombre en verdad, hijo o no de Dios.

Con su crucifixión y posterior "Resurrección", el hombre,
o al menos algunos, van a desarrollar otra excusa, y cometer
atrocidades en su nombre. El folklore humano en su más am-

plia expresión, matar en nombre de otro y más aún, si es en el nombre de Dios.

Me separé de mi grupo y caminé hasta los pies de Jesús, allí estaba María Magdalena. Me le acerqué y le coloqué mi brazo alrededor de su cuello como gesto de consuelo pero, a decir verdad, con una segunda intención.

Ella se volteó a verme y sus ojos se transformaron de desconsuelo a furia.

–Aléjate de mí, yo te conozco y no tengo ningún interés en tus insinuaciones ocultas en una falsa compasión, independientemente de lo que luego se diga de mí.

–¿Qué? –pregunté extrañado.

–Tú viajas con él –volteándose a ver a mi vecino más atrás–. Sé cómo piensa, sé lo que busca. Y Jesús también.

Instintivamente levanté la vista a donde estaba Jesús y sus ojos estaban fijos en nosotros. La sangre se me heló. Retrocedí unos pasos y me alejé de ella.

Estuve allí, toda la tarde. La gente venía y se retiraba. Para ellos las crucifixiones eran algo cotidiano.

Ya casi a la puesta del sol, como era la costumbre romana, un soldado a caballo le acertó un espadazo a cada hombre, y en las piernas para fracturárselas y acelerarles la inevitable muerte por asfixia. Mi interés estaba concentrado solo en Jesús, aunque el hombre a su derecha murió casi de inmediato, el de su izquierda se resistía, mientras maldecía a todos y a todo.

Jesús hacía un último esfuerzo, como si estuviera esperando algo… algo sobrenatural. En eso se escuchó un grito, en el que le pedía a "su padre" lo salvara. Pero este no escuchó, como es natural, o sí escuchó, pero no quiso involucrarse.

Cuando un grupo de dioses sindicalizados es implorado, todo depende de quién esté de guardia en ese momento. Hace ya un tiempo, un miembro de ese sindicato de dioses le había pedido a Abraham que sacrificara a su único hijo, Isaac, para probar así, su lealtad, y un par de días después, antes del asesinato, en lo alto del Monte Moriah, otro, el de guardia, se lo impidió.

Pero hoy, en el año 782 de la fundación de Roma, Dios no escuchó, o en definitiva tenía otro plan mayor y "abandonó" a Jesús.

Por un instante sentí pesar por lo que ocurría, me dejé llevar por las lágrimas de Magdalena, a la cual, posteriormente volví a intentar consolar sin éxito. En eso, mi amigo, el centurión Longinus, el soldado de anoche en la posada, se acercó a Jesús, me buscó a mí con su mirada y le perforó el costado derecho con su lanza. Como yo había predicho, la sangre mezclada con agua del cuerpo ahora sin vida de Jesús, le salpicó el rostro al soldado y su ojo sanó.

Mi vecino reconoció al hombre con la lanza y me buscó entre la muchedumbre con la mirada. Me sonreí. Él me miró intrigado, no entendía.

—No lo hice por él (refiriéndome a Jesús), sino por el soldado. ¿No me pediste que ayudara a los desposeídos? Bueno, su ojo sanó. Ahora puede ver con profundidad de campo —dije sarcásticamente—. Hay días enteros que se justifican con un solo hecho o una sola frase.

Había ayudado a un hombre común en trascender y así lo recuerda de ahora en adelante la historia.

Y con respecto a Jesús, las cartas estaban echadas, la leyenda iba a trascender las barreras del tiempo, algo imposible de haber logrado si Judas no hubiese delatado a Cristo, por treinta monedas de plata.

La envidia

❝ *La inseguridad de saberse lo que no se es,*
desata la necesidad de desear lo que no se tiene **❞**

Yo

Con el riesgo de ser eternamente repetitivo y monótono, el mundo que conocemos y desconocemos, ha sido construido basándose en envidias. Caín mata a Abel por envidiar la preferencia de "Dios" hacia su hermano. De allí en adelante, "efecto dominó": todo lo que se hace y se hará está influenciado por esta pasión. Cada mínimo detalle de nuestras vidas. La envidia genera la competencia, estímulo primordial del progreso, y cuando el determinismo del progreso nos esquiva, mientras que favorece al vecino, atacamos y tomamos lo deseado por la fuerza. Siempre ha sido así. Todo se envidia: tierras, ríos, palacios y definitivamente, lo más preciado de la envidia cotidiana: la pareja del vecino.

He caído irremediablemente en la tentación de envidiar a lo que carezco, ahora recorro caminos solitarios en busca de lo que ya no poseo. Es hora de inventar nuevos héroes, tan escasos hoy en día. Mucha más gente, más personajes anónimos vagando por ahí. La competencia es mucho más dura.

Dichosos ustedes a quienes les cuento con honestidad lo que ignoran, la soledad genera extrañas sensaciones humanas. Me siento solo, no siendo esta la primera vez, por falta de motivación humana, por estar enfrascado en la apatía colectiva. Permito que la soledad me invada para escribir mi biografía. Envidio a todo aquel con talento que expresó, no sin dificultad, lo que yo hoy no les puedo expresar. Ciertas noches, sin que mis compañeros de viaje lo noten —el vecino y ahora el mesonero—, mientras duermen, yo me transporto a mi presente para escribir estas líneas y poder dejarlas a la posteridad. Aprovecho también en revisar mis chats, hacer unos post y revisar Facebook. Todas esas cosas que hace unos años no existían y éramos felices… hoy en cambio estamos irremediablemente atados a ellas.

Un día recorriendo el desierto, el mesonero, un miembro útil en nuestra expedición, me rogó para que le concediera la gracia de complacer su petición. Quién soy yo para negarme, sobre todo cuando, de rodillas caminó por tres kilómetros, ablandándome el corazón.

El curso de la historia está determinado por los hombres que la conforman, que la escriben y sus hechos y hazañas son el resultado de la voluntad de ejercer este derecho. Evidentemente eso es sencillo una vez ocurrido el evento, pero sumamente complicado previo a que suceda. Sobre todo cuando esos hombres ignoran su rol en el futuro a venir y el beneficio o fracaso que representa su participación.

La época era propicia y los excesos en las colonias romanas en nombre del imperio, brutales. Allí quería regresar este mesonero, ferviente creyente de Cristo, y de todos los mitos que sobre él se han escrito a lo largo del tiempo por hombres ociosos con mentes creativas. Hasta allá fuimos y a petición suya lo dejamos.

Ya separados de nuestro mesonero, el vecino y yo decidimos trasladarnos al palacio del rey con el fin de hacer realidad un mito tan largamente creído, pero falso. Era hora de hacerlo realidad; lo que la gente añora se le otorga, regla número uno del populismo. Ahora me estaba convirtiendo en un hombre magnánimo y altruista. Para bien o para mal iba a ser un experimento interesante.

Estábamos en Judea, provincia romana, en el año 750 desde la fundación de Roma y el imperio estaba siendo gobernado por César Augusto.

Con el nacimiento de Jesús, el tan esperado Mesías judío, condenado luego por ellos mismos al ser entregado a Pilatos para que dispusiera de su vida (crucifixión ya disfrutada), un hombre, Herodes, Rey de Judea, según el Evangelio de San Mateo, y solo en ese, se sintió amenazado ante el rumor del nacimiento del supuesto "Rey de los judíos". Aprovechando esta coyuntura, fungí como asesor de Herodes y poco a poco, como una gota de agua sobre la cabeza de un prisionero, le perforé la idea de acabar con ese, su problema, de raíz. Al ignorar él cómo era el aspecto físico del futuro Rey de los judíos, llegamos a la conclusión de asesinar a todos los niños menores de dos años. No menosprecien mi poder, yo sí sabía cuál era el personaje, yo estuve presente durante la concepción de María, y fui yo quien les recomendó su pronta partida, porque mi objetivo era otro, más abstracto que el de asesinar al "hijo" de Dios. El objetivo real era el de asesinar a un niño de nombre Simón que, de haber sobrevivido, hubiera sido el padre de Jacob, el único hombre capaz de haber comandado exitosamente la rebelión judía del año 66, la cual, por supuesto acabó con Jerusalén y su Templo a manos de Tito, futuro emperador romano.

Jacob hubiese sido un hombre de gran voluntad, pero piadoso, muy compenetrado por el bienestar judío, de todos sus integrantes, y con un poder e influencia práctica para unir las distintas tendencias e intereses de sus tribus en contra de los romanos, "el enemigo común". En otras palabras, el verdadero y tan esperado Mesías judío. Un hombre de acción y no un hombre de Paz, pero muy abocado a su fe. La razón era evidente, el padre de ese hombre aún no nacido debía morir, para que, sin un líder unificador, un "David", por así decirlo, cada facción velara por sus propios intereses y así los soldados romanos pudieran dominarlos y eliminarlos con mayor facilidad. Por supuesto que sabía quién era este personaje y al final de cuentas, con mis propias manos lo asfixié, en vista de la falta de convicción de Herodes. Mientras el niño padecía del letargo por falta de oxígeno, le susurré al oído que, con su muerte, la sangre judía renovaría fuerzas. El resto, la matanza de los inocentes fue más que una bola, por segunda vez, que dejé rodar para reforzar la leyenda de Jesús de Nazaret y me aproveché para condenar a Herodes, a través de la historia, por haber desobedecido mis designios al acobardarse por tener que matar a cientos de niños inocentes.

Curioso es que la creencia popular lo condene por infanticida, y haya pasado a la historia, por los mismos a los que supuestamente atacó, como Herodes el Grande.

> **66** *El niño que hoy salvé será*
> *mi asesino mañana* **99**
>
> **Yo**

En definitiva, un juego político–religioso genial. Yo ya estaba actuando más allá de lo inmediato, generaba con cada paso, una autosuficiencia histórica, en donde los hechos se pueden transformar sin que nadie se imagine, siquiera, las consecuencias. Claro está, que sacrifiqué a la historia, la vida de un gran hombre que nunca llegó a nacer, pero a su vez, de haber nacido, otros hombres que tuvieron su puesto merecido en el acontecer hubiesen pasado inadvertidos. Imagínense el destino de la humanidad de haber triunfado la revuelta, ¿qué sería de la vida de Jesús, un hombre opacado por otro Mesías triunfante, el único, el verdadero? El mundo fuera otro y la religión predominante no sería la cristiana sino la jacobita. Pero no hay razón de condenarme, la semana pasada, habíamos modificado otro curso real de los acontecimientos: mil años antes estaba destinado a que Goliat venciera a David, pero me pareció aburrido y evidentemente les vi a los judíos más potencial para influir en la humanidad que a los filisteos de la época, que al final de cuentas desaparecieron de la faz de la Tierra y no me equivoqué. A la humanidad hay que condimentarla cada cierto tiempo con nuevas filosofías para darle algo de sabor y una razón sólida para exterminarse a sí misma. Me estaba convirtiendo en Él, mi maestro: Hado.

Con esta derrota y la pérdida de su amado templo, los judíos rompían con un pasado caduco y se enfrentaban ahora a un nuevo porvenir, difícil, pero necesario para su supervivencia y gloria. Otro Mesías vendrá.

Me percaté de que mi vecino ahora me envidiaba. Ya no era tan necesario para mí como al principio, pero decidí mantenerlo, como Don Quijote a Sancho Panza, o mejor aún, como mi querido Watson, para continuar así con referencias literarias. Es sabroso sentirse envidiado, condición directa de ser superior al que envidia, aunque no sea verdad.

La avaricia

Las riquezas terrenales no le pertenecen a nadie, por más que se empeñen los hombres en atesorarlas. La carne muere y el oro queda. Lo que no se disfruta en vida, se lo disfrutan otros después del muerto.

Cada uno tiene la oportunidad de hacer su riqueza a la escala que así lo desee. Ya que entonces, el que sí la posee debe compartirla con el que no la hace. He conocido últimamente a muchos hombres que en la "miseria" son millones de veces más felices, hasta que el destino vira y en sus millones son miserables. La riqueza no hace al hombre: el hombre que es, lo es en la riqueza y en la pobreza.

Pero son las instituciones, las que predican la repartición de los bienes, las que se pudren en ellos. Sus miembros corruptos pregonan la caridad en terceros para su propia salvación. Realmente no les interesa el bienestar ajeno, solo el suyo a través del ajeno. Esto no es reciente. La historia está llena de estos personajes y/o instituciones… el mal llamado comunismo.

Se ha malacostumbrado al pueblo con ofrecerle de todo lo que requiere y más, por el simple hecho de su condición y apropiarse así de su voluntad y de su alma. Es esa actitud la que ha mantenido al pobre en la miseria. Solo se supera el que enfrenta, con su esfuerzo y talento, las dificultades que se le presentan. Esperanza, fe y caridad: los tres males que atacan al ser humano. La esperanza en que terceros me van a resolver mis problemas; la fe en lo que no existe, pero se empeñan en inculcarla para someter, y caridad en dar al que no tiene para que así sea más dependiente y vulnerable. Esta avaricia sistematizada de los que gobiernan se traslada incluso a la educación. Se enseña porque no hay más remedio, pero de un modo tal que el grueso de la población se mantenga en la ignorancia y el servilismo de mendigar, por no desear trabajar.

❝ *Cuando todos piensan de manera similar,*
nadie piensa mucho **❞**

Walter Lippmann

El ser humano es por naturaleza avaro. Un concepto que va más allá del dinero. En conocimiento, en hazañas y en amistades. Siempre le ha gustado atesorar, incluso en recuerdos. Esta se ha convertido en una obsesión mía.

Por los siguientes meses recorrimos y experimentamos todo tipo de experiencias.

Viajamos al momento exacto en el que los otomanos, al mando de Mohammed II, luego de un sitio de dos meses lograron franquear las murallas y conquistar la legendaria ciudad de Constantinopla, último bastión del milenario Imperio Bizantino. Estuvimos con Martín Lutero cuando quemó la bula papal, *Exsurge Domine*, que lo obligaba a retractarse de sus escritos y sus famosas *95 tesis* clavadas en la puerta de la catedral de Wittenberg. En la fastuosa batalla de Lepanto donde, tras cuatro horas de lucha, la flota cristiana captura o hunde 117 barcos otomanos. Presenciamos incluso, la amputación del brazo de Miguel de Cervantes, mucho antes de que escribiese su inmortal libro.

Fuimos testigos del intento de invasión de los mongoles a Japón, cuando la naturaleza jugó papel relevante en la destrucción de la armada enemiga, en lo que se le dio el nombre de Kamikaze o "Viento Divino", durante la dinastía de los Hojo. También fuimos dos de los cuatro caballeros que estuvimos en la catedral de Canterbury, a arrestar al Arzobispo Thomas Becket, pero en la "confusión" lo asesinamos.

Tantas experiencias acumuladas, tanta historia recorrida, a veces sugeridas por Él y a veces por mí. Como si tuviéramos un "Bucket List".

Muchos de estos recuerdos los atesoro en lo más profundo de mi corazón, las vivencias y las manipulaciones que tuvimos que hacer para salirnos con la nuestra. Modificamos muchas de las referencias históricas que existían y son, por supuesto, las que todos hoy conocen. Lo que se hace en el pasado tiene relación directa en el futuro. Para mí era como un juego, ir de un lado al otro, conversar con este y con aquel, "ayudar" al necesitado y disfrutar de los lujos y festines. No nos interesaba el oro, ni las ropas, solo la experiencia de haber estado y haber influenciado. Nuestra vanidad era otra distinta a la de muchos.

—¿No te sientes vacío? —me preguntó el vecino durante nuestra asistencia al "Juramento de la Cancha de Tenis", en el *Jeu de Paume* del Palacio de las Tullerías de París, el 20 de julio de 1789, justo antes de la Revolución Francesa.

—¿A qué te refieres? —viéndome obligado a gritar, ya que el orador, montado en una mesa daba las pautas del juramento y el público allí congregado, lo vitoreaba.

—Hemos ido de un lado al otro y en verdad no me quejo, la experiencia ha sido magnífica; de hecho, si muero ahora lo hago como un hombre feliz, pero la trascendencia ha sido inocua.

—Todo está en nuestra mente y memoria —repuse concienzudamente.

—En verdad no me malentiendas, pero si morimos mañana nadie sabrá lo importante que hemos sido en la historia mundial a través del tiempo. Nadie.

—Tú sólo quieres regresar para poder escribir tu libro —repuse capcioso.

—Es verdad… he tomado apuntes, pero cada vez que saltamos de un tiempo a otro, los pierdo.

—Te entiendo —respondí—, eso lo aprendí, hace tiempo con un poema que escribí en República Dominicana y tuve que esconderlo, para poder, muchos años después, encontrarlo.

Esas palabras se quedaron dando vueltas en mi cabeza, mientras mantenía la vista abstraída en los sucesos que en pocos días iban a dar inicio a la Revolución Francesa. Habíamos estado jugando con la historia de la humanidad, pero sin un norte, solo participando a nuestro antojo de eventos aislados, por el simple hecho de la vanidad intelectual del haber estado en ellos.

—Tienes razón, hay que hacer algo —reaccioné enérgico.

No tuve corazón para decirle que yo mantenía en secreto la realización de mis memorias, para lo cual me trasladaba a mi casa a escribir, sin que el vecino se diese cuenta. Mis horas de sueño eran escasas, pero bien valía la pena.

Siendo un aficionado de la historia, sabía que ningún hecho puede ser considerado real hasta que no haya sido confirmado al menos por dos fuentes distintas.

Por meses me recluí en una abadía, con el firme propósito de llevar a cabo el proyecto. Al vecino lo dejé en el Palacio del Temple de París, para que fuese testigo de las torturas aplicadas al Gran Maestre de la orden Jacques de Molay, por allá en el 1308, cuando el Rey de Francia, Felipe IV, se empeñó en destruir a la Orden Templaria para así poder quedarse con sus propiedades y fortuna. Mala jugada para él y sus generaciones futuras ya que, tras la maldición previa a la ejecución, Molay profirió a viva voz, "¡El castigo vendrá del cielo! ¡Antes de un año, ustedes —refiriéndose al rey Felipe IV y al papa Clemente V— morirán por castigo de Dios! ¡Malditos serán ustedes y trece generaciones de tu sangre!".

Durante esos meses de claustro me hice pasar por el abad y guié los destinos de la abadía. Allí, al igual que en otros monasterios permanecían inalcanzables, cientos de libros cristianos y paganos, capturados como trofeos de conquistas, almacenados lejos de la vista de todos. Los únicos puntos de luz en un continente sumido en la oscuridad; cortesía de la institución religiosa y no por mal, al menos en esa época, porque la fe cristiana no se hubiese podido sustentar de haber habido libertad de pensamiento, de tal forma que lo más fácil y eficiente era restringir la información y quemar a todo aquel que pusiera en peligro la estabilidad eclesiástica.

En fin, esa no era mi preocupación en esos momentos, la realidad de mi misión era la de transformar varios textos originales y únicos para la época, y re-escribirlos a mi manera y con mis acertadas opiniones. Iba a tener ahora mi revancha. Tenía el poder de la transformación histórica desde la comodidad "de mi casa", por así decirlo. Utilicé a un monje con talento, pero con debilidades carnales reprimidas y le surtí la fuente de su pecado. En un pueblo lejano, busqué a una prostituta que no solo satisfacía mis necesidades, sino que también compartía el lecho con este copista.

Pude haber hecho el trabajo yo mismo sin necesidad de involucrar a ninguna otra persona, pero yo no me iba a enclaustrar con el solo objetivo de copiar, para eso estamos los que tenemos el don de influenciar; hay que saber delegar. Atrapado entre el remordimiento de su pecado y la complicidad de su traición, fue carnada fácil. Todas las noches antes de cederlo al placer carnal, que hubiese avergonzado al mismísimo *Dionisio*, le dictaba los cambios a realizarse en los libros que copiaba. Siendo yo su abad y él mi fiel cordero, nunca dudó en realizar su labor a la perfección.

Día a día saboreé el triunfo de mi proyecto, riéndome de Homero, Sófocles y Eurípides, mientras nombres y referencias incorporadas me iban convirtiendo a mí en una realidad histórica. Estaba cansado de ser anónimo. Ahora, gracias a mi lujurioso monje, yo le guiaba la pluma de lo que debía cambiar y de lo que debía obviar. Una obra maestra. No quise ir más allá y sustituir los nombres de los filósofos originales por el mío, ellos se merecían su cuota de gloria. En muchas de esas obras, al ser manuscritos únicos, cualquier alteración se da por cierta. Guerra mediática de la época medieval. De haber manipulado más, sería recordado por mi genialidad plasmada en papel y mi inmortalidad, al menos literaria, estaría garantizada. Solo yo conozco mis triunfos, solo yo sé lo importante de mi rol en la Historia, de toda la Historia. Por esa razón no quise traer a mi vecino a esta aventura, hubiese interferido con mi proyecto y los méritos tendrían que haber sido compartidos.

Pensándolo bien, ya no necesitaba de mi vecino. Tenía completa confianza de mis facultades y él solo estorbaría mi camino. Estando preso en el Palacio del Temple, existía la remota posibilidad de que él también fuese ejecutado y si no, su existencia estaría limitada a su vida física.

Una vez finalizada mi labor, sustituí los originales por mis copias y observé absorto cómo el fuego consumía las frágiles páginas y sus letras se convertían en humo y cenizas. Las esparcí con el pie en la tierra y decidí continuar camino.

A la bella prostituta, mi cómplice y mi amante, le di un privilegiado *tour* por los pasadizos de la abadía y la dejé abandonada en una celda en las profundidades de la roca. Podía escuchar sus gritos desesperados mientras me alejaba para conversar seriamente con el monje lujurioso. Le expliqué que, en un sueño, Dios se me había presentado y había cuestionado amargamente el comportamiento de este, su monje maldito. Fue más fácil de lo que pensé, en un ataque de locura, el perturbado personaje subió a una torre y se lanzó al vacío, condenándose, ahora sí, eternamente ante los ojos de su Dios. Al marcharme de la abadía me despojé del cuerpo del Abad y me fui en busca de otra aventura.

Algo tengo que confesar: en la abadía se comía divino y abundante, mientras en los alrededores las muertes por desnutrición eran sorprendentes. Pero nosotros éramos los fieles guardianes del conocimiento, el eslabón entre un oscurantismo creado y un renacimiento no deseado.

Años después me enteré de que la fabulosa biblioteca de esa abadía se incendió por la imprudencia de un torpe bibliotecario, como muchas otras. Desesperado he buscado ediciones de las obras modificadas por mí y he descubierto que no existen referencias de ellas. En otro momento repetiré la experiencia o destruiré la vida del bibliotecario antes que incendie mi biblioteca.

La gula

En vista de mi "fracaso" anterior, decidí comer y beber hasta la saciedad, con los grandes, con los poderosos. Algo que siempre me cuestionó mi vecino, fue el porqué siempre nos respaldábamos tras las personas importantes, los héroes, las celebridades. ¿Qué había de malo con los pequeños, los simples, los aburridos? Nunca fui nadie, siempre anónimo, escondido tras bastidores mientras observaba a los demás representar sus papeles en la vida. Tan insignificante era mi vida hasta este momento, que ni siquiera tuve familia ni hijos. Me escondía como si tuviera miedo de vivir. Mi insignificancia era mi máscara. He evaluado mi comportamiento desde mi independencia de "Él" y no estoy orgulloso. He matado, traicionado y profanado en honor a lo que yo considero sería una mejor historia para la humanidad. Por alguna razón, se me ha otorgado el poder y lo he usado, pero no siempre ha sido en beneficio de todos, solo de algunos, los escogidos por mí. No puedo parar, es un impulso incontrolable, una acción genera otra. Pudiera poner en peligro incluso mi propia existencia futura. Pero estoy en paz con mi conciencia ya que la vida por sí sola no ha sido más condescendiente que yo.

Uno de los más grandes placeres de la vida, luego de la guerra y el sexo, es la comida y, si es en exceso, es porque es buena. La gula también la pudiera definir como obsesión por el poder. La sensación eterna de no tener suficiente y siempre querer más, sin importar los sacrificios o las consecuencias. Ahora lo entiendo más a Él de lo que nunca me imaginé pudiera hacerlo.

Varias veces he sido invitado oficialmente a suntuosas fiestas, con los grandes, por supuesto, y he aceptado con gusto, en las que la comida y el vino se servían por días seguidos, con sus obvias satisfacciones carnales. Comer, vomitar. Con razón la iglesia católica considera la gula como un pecado capital. Un simple rechazo a los placeres humanos... pero cómo padece ella de ese "pecado".

La necesidad de comer en exceso se ha infiltrado de manera clandestina en las festividades y tradiciones convencionales aprobadas por las distintas iglesias, siendo sus respectivos sacerdotes los que más disfrutan de esos placeres con la excusa de pecar al celebrar a Dios. Los griegos decían que "el cuerpo es el templo del hombre", pero los templos siempre han sido profanados. Si comer es negativo ¿por qué la necesidad de hacerlo tres veces al día? Claro está, que ese es un privilegio de pocos en un mundo muerto de hambre y, lastimosamente ese hambre ha de aumentar con el pasar de los años.

No en vano uno de los cinco pilares del Islam es el ayuno, como única forma de sentir, en carne propia, lo que la mitad de la población siente en todo momento.

La imaginación del hombre se prolifera y cuando los pecados de hoy sean irrelevantes mañana, inventará unos nuevos para controlar y manipular a las masas. Hoy en día el fumar ya casi es considerado un pecado y, definitivamente, capital. Me intriga saber qué otra cosa será pecado en el futuro cercano. En verdad, sí lo sé, pero prefiero no decirlo, ya que así, con cada nueva castración al libre pensamiento que se inventa, me esmero por quebrantarlo y retar a la humanidad a superar su propia estupidez; es ese mi nuevo propósito en la vida, golpear, para enseñar.

Ese empeño humano, en dejarse controlar siempre por otros, tan banales como ellos... ¿Cuál es la necesidad de ser sumiso y dependiente del antojo de un grupo efímero de acomplejados, que poseen la extremada soberbia de pretender delinear el futuro de todos?

La raza

66 *Los judíos nacemos viejos* **99**

Franz Kafka

El siglo XX, no siendo este el único, a pesar de pretender ser el más "civilizado" de la época, ha sido testigo de las atrocidades más relevantes de la historia. Permanecerán en nuestra memoria eternamente, principalmente porque muchas de estas atrocidades han sido filmadas o fotografiadas y sistemáticamente reproducidas para nunca ser olvidadas. Goya enfrentó a la Inquisición por dibujar sus *Horrores de la guerra*; a los fotógrafos no se les puede condenar por registrar la brutalidad humana en su esplendor, aunque algunos han desaparecido sin dejar huella. Este siglo lo ha tenido todo y los del futuro vienen rebosantes de sadismo y maldad, ya que la imagen de algo que existe, pero no se sufre, genera un morbo incontrolable en los humanos.

Imperios, hoy en día caducos, en un desesperado afán de dejar su huella en su beneficio, redibujaron a su antojo los mapas continentales, mezclando tribus y razas, en un pasado "pacíficas", despertando de allí en adelante una cadena eterna de conflictos. La soberbia de unos, al sentirse todopoderosos, ha sido y será catastrófica para la humanidad. Ejemplo es también en este siglo XX, el famoso *Tratado de Versalles*, el más infame de todos los tratados, elaborado posteriormente a la "Guerra que iba a acabar con todas las guerras", y cuyas rúbricas, en consecuencia, generaron el conflicto bélico, hasta el momento, más brutal de toda la historia: la Segunda Guerra Mundial. No el más largo, pero sí el más sangriento. Por supuesto condimentado y justificado en su base como una lucha por la supremacía de la raza aria. Una raza que no existe, que fue creada en la mente ociosa de algunos.

Otros brutales casos han sido las purgas civiles o militares con la llegada de algún tirano al poder. Una de ellas, más brutal pero escasa de documentación visual es la generada por el salvaje de José Stalin contra su propio pueblo perseguido, y asesinado, por el bien del cambio, una cifra conservadora que se aproxima a más de cuarenta millones de personas. Señor digno de ser solo adorado por su madre, la muy recordada.

El racismo en muchos casos, aun cuando seamos del mismo color, credo o religión, es y termina siendo un argumento "patriótico", una excusa, una enfermedad ridícula de querer limitarse a un área. Cada persona es feliz al saberse "dueño" de al menos un cuadrito de tierra.

Todos, al tener la oportunidad, hemos derramado la sangre de otros, tan solo con la excusa de que son diferentes. La víctima de hoy será el victimario del mañana. El que posee la fuerza, siente la incontrolable necesidad de someter al débil.

"He sembrado en innumerables ocasiones la semilla de la discordia que fermenta las más bajas pasiones entre los hombres. He bebido de su ira y me he crecido con su odio". Recuerdo esas palabras proferidas por Él una y otra vez, a veces con entusiasmo y a veces con melancolía.

> 66 *Los hombres se saquean y degüellan unos a otros, pero siempre haciendo el elogio de la equidad y la justicia* 99
>
> **Voltaire**

En la lucha por la igualdad, ciertos nombres, no muchos, me vienen a la mente: Gandhi, Martin Luther King Jr., Abraham Lincoln, Kant, Rosa Park, Hengel, Marx, Jesús (el hombre) y uno que otro escritor y artista. Algunos en esta lista, aunque con ideales altruistas, generaron propuestas absurdas, imposibles de aplicar, que han beneficiado más al individuo que pretende usarlas que a la sociedad a la cual van dirigidas.

En cambio, si hiciese una lista de los hombres que justificaron el racismo o se aprovecharon de él para sustentar sus causas, necesitaría una enciclopedia, ya que los mismos hombres considerados ilustres, poseían sus limitantes raciales hacia sus enemigos.

El ser humano no está preparado para superar su fobia por la raza, no lo ha estado y no lo estará. Ni los de un lado ni los del otro. Siempre que se presente una buena razón, modificará su credo, autoimpuesto, para pelear contra el "enemigo". Es un arquetipo genético, que a pesar de creerse civilizado, florece inconscientemente y se manifiesta en un racismo justificado.

"Construiré mi imperio con la sangre de mis conquistas y absorberé su cultura para imponer la mía. Lucharé sin descanso hasta hacer desaparecer de la faz de la Tierra a esa maldita gente que contamina el aire que respiramos. Nos abriremos paso entre sus cuerpos descompuestos y sembraremos las semillas del futuro". Palabras dichas por Él, una y otra vez, al oído de algún megalómano cegado por el deseo de poder y conquista. He de admitir, que hasta yo he manipulado el argumento del racismo y seguiré haciéndolo mientras haya alguien que me escuche; ya sean de una raza o de la otra, no tengo preferencias, solo deseos. No necesitamos razones, solo excusas.

Mientras utilicemos el racismo como argumento, para bien o para mal, se hacen presentes y evidentes las diferencias superficiales entre los hombres, ya que debajo de la piel, todos son iguales. Si no me creen, desollen a un blanco y a un negro y comparen.

Según La Biblia, todos los hombres son iguales ante los ojos de Dios, ja, miopía debe tener ese Señor.

> 66 *El cielo, el sol, los elementos, los hombres, siempre han sido los mismos* 99
>
> **Maquiavelo**

A pesar de que añoraba la batalla, mezclada con el humo, el tronar de los cañones y la sangre, necesitaba ahora un descanso. Ya la suerte estaba echada y era cuestión de tiempo antes de que todo acabara.

Estando en el Frente Oriental, escuché un rumor y decidí echar un vistazo. Solté mi ametralladora y caminé entre el fragor de la lucha. Pasé a ser blanco de todos los que allí se encontraban, pero como era de esperarse, ninguna bala, fuego o explosión me desvió de mi camino. El camino fue largo hasta Auschwitz. Lo descrito por un soldado alemán, que había estado allí, era cierto. La imagen era irreal, a pesar de todo lo visto, la totalidad de lo que te rodea y el olor de ello hacen que el cuerpo se estremezca. Una industria de muerte. El concepto industrial de *Ford* al máximo. Lo único que faltaba en la cadena hubiera sido que los mismos condenados fabricaran el gas con el cual iban a ser sacrificados.

Hileras de hombres resignados a morir, esperando con desconsuelo su turno en las "duchas". Los rostros de estas personas, eran como el de quien no entiende por qué ha de sufrir lo que sufre por ser quien es. Miles de ellos hubiesen dado sus vidas por el país que hoy los mataba, de haber sido el enfoque político distinto. Tanto las víctimas como los victimarios estaban condenados en esa etapa decadente, arrastrados por un destino errado.

Los días eran eternos, sobre todo cuando en realidad ya lo que se desea es morir. Esperar para ser asesinados. Vivir en un infierno creado por los mismos hombres. Un desafío a los dioses al traerse a la Tierra lo que era un departamento exclusivo de ellos. A decir verdad, el ser humano siempre se ha apropiado de ese concepto, obsesionado por convertirlo en realidad, y lo han logrado ciertos individuos… al creerse dioses. Solo que esta vez lo transformaron en un morboso parque temático, con todas las atracciones: fosas comunes, fusilamientos, trabajos forzados, torturas, experimentos, separaciones familiares, miedo… y el gas: la atracción con las colas más largas.

Recorrí varias barracas. Desesperanza por la resignación a una muerte segura. De haber sido yo uno de ellos, o todos ellos, hubiera corrido, saltado y gritado. Al final la muerte iba a llegar igual, solo que hubiese muerto viviendo y no viviendo muerto. Claro está, quién soy yo para juzgar, si mi pequeña temporada en el infierno era solo una pasantía en mi existencia, yo un turista y ellos los parroquianos.

Mi destino es totalmente distinto al de cualquiera. Aun así, fui de barraca en barraca, hasta que una de ellas me atrajo sobremanera. Allí se estaba realizando un juicio conocido como *Beth Din*. Ese grupo de judíos estaban juzgando a Dios por todos los males que su raza estaba padeciendo. Cómo era posible que su pueblo, el "elegido" por el Todopoderoso estuviera siendo sistemáticamente eliminado. Ellos todos, creyentes y respetuosos de sus rituales y creencias. ¿Algo debían haber hecho mal para que fueran castigados? o, por el contrario, ¿era Dios el culpable del genocidio?

Allí estaba él, Elie Wiesel, el sobreviviente judío, que iba a registrar todo el evento. Durante todo el juicio, me mantuve al margen. Este grupo de personas estaba haciendo, sin mi influencia o consejo, lo que yo siempre he incentivado a hacer: cuestionar todo, incluso la fe. Esta gente merecía hacer su juicio. Al final y luego de largas disertaciones, el veredicto fue culpable. Dios había sido declarado culpable, cómplice de un destino injusto. Finalmente, desenmascarado. Ante la insólita decisión, no pude contener la risa y estoy seguro de que tanto víctimas como victimarios escucharon mis carcajadas.

Tanto ellos, como Dios y yo, sabíamos que esa era una condena imposible de ejecutar. Pero de igual forma el resultado era el mismo.

La política

La política es el método para ser utilizado por un gobernante hacia sus gobernados. Estos métodos, por más puros que sean en concepto, siempre son modificados, por realidades oportunistas y perversas. El que lucha por ideales, al llegar a la cima, se embriaga de poder y adapta sus preceptos originales a favor de los que lo rodean. No hay nada puro en la política. No es fácil complacer a la masa. No es fácil complacer a los que están al lado. Hay que saber gobernar y estar preparado para doblar a la izquierda o a la derecha, dependiendo de cuál sea el camino escogido. "En la política hay que saber cuándo darle el beso al niño para quitarle la chupeta y que no llore", escuché una vez al pasar.

> 66 *No pregunten qué puede hacer*
> *su gobierno por ustedes, más bien*
> *qué pueden hacer ustedes por su gobierno* 99
>
> **John F. Kennedy**

La mejor política consiste en estar consciente de que ni una ni la otra metodología utilizada son perfectas. Hay que dejar más de una puerta abierta para improvisar una salida. Pero no muchas. Hay que saber escuchar y sobre todo interpretar. El pueblo, si tiene el estómago lleno, hará todo lo que se le pida, aunque sea absurdo. Si está inconforme, colgará al gobernante de un árbol. Los cuerpos de más de uno que yo conozco, debieran estar batiéndose al antojo del viento.

El error más común es creerse superiores a los demás. Hay que tener en cuenta que quien gobierna es solo un hombre con talento para gobernar, pero sigue siendo solo un hombre.

La época de los gobernantes dioses pasó ya hace muchos siglos. El carácter divino de esos gobiernos era un gancho para dominar a las masas, temerosas de enfrentar la voluntad de seres superiores e intangibles. De esta forma, un faraón o un rey podían seducir a las masas para que realizaran cualquier cosa que se les antojara. Buena o mala. Contra lo sobrenatural pocos se atreven a jugar. Era un mecanismo. Evidentemente, de tanto escucharlo, muchos de ellos en verdad se lo creyeron o aparentaron creerlo. A mí nunca me ha gustado estar al frente, siempre me ha atraído más ser el que mueve a su antojo las cuerdas del destino. Varios se han opuesto a ser manipulados, pero de igual forma, si me quería inmiscuir, tergiversaba los hechos, cambiaba el curso de los ríos, generaba sequías o lluvias si era necesario, pero al final el juego era mío. Estos gobernantes siempre han sido más entretenidos. Las marionetas al final de cuentas son solo eso. Se juega con ellos un rato y luego se desechan.

La confianza en mí mismo ya me desbordaba. Este recorrer histórico que tanto disfrutaba había hecho mella en mis pensamientos. Capté con horror que me había transformado en Él. Y lo peor, era que lo disfrutaba. Igual me esforzaba por mantener un norte, un objetivo idealista en el "Gran Plan Universal". Asumida esta realidad me di la libertad de continuar con mis acciones y pensamientos.

En su búsqueda por el mejoramiento social y nacional, el gobernante tiende a imitar patrones utilizados por otros y que en otro contexto dieron resultados. Utilizan así a la Historia, como un manual de procedimiento, por así decirlo.

Muy pocos políticos adaptaron su realidad a su destreza. La comparan y la imitan, como simios. Estamos repletos de gobernantes utilizando antiguas fórmulas. Muchas de ellas obsoletas frente a la realidad actual. Pero estos "líderes" prefieren caminar por terrenos conocidos que hacer sus propios caminos, ya que no poseen la capacidad de hacer los suyos propios. Algunos incluso, fuerzan una realidad, para imponer una política arcaica, como hizo Hugo Chávez, y así, beneficiarse él y sus íntimos, olvidándose por completo, de por quiénes comenzó su lucha. "Pan nuestro de cada día". Otros gobiernan, a pesar de no tener el más mínimo talento, capacidad, ni inteligencia, solo por herencia.

No necesitamos políticos con buenas intenciones, sino buenos gobernantes.

Es tan odioso hacer comparaciones y resaltar nombres, pero de eso están conformadas las simples vidas de los que habitan este planeta, de chismes. No existen en la actualidad gobernantes ilustres, solo algunos esporádicos que han sabido enfrentar un hecho y transformarlo a su favor y al de su gente. Al menos así lo han logrado vender. Una masa bruta, con algunos destellos de sensatez, sigue siendo una masa bruta. Pero el hombre, acostumbrado a tanta estupidez, interpreta esos brillos como relámpagos de genialidad y consagra a quien los gobierna. Tomen al mejor hombre, al más destacado e inteligente, con los más puros deseos de hacer el bien y móntenlo en el gobierno, y al poco tiempo se habrá transformado en esa masa bruta. Alquimia inversa, de oro a plomo.

La pureza y la política no se mezclan. Muchos personajes históricos son hitos por no haber llegado nunca a ser gobernantes, de haberlo sido hubiesen cometido los mismos errores y torpezas.

El que se monta, debe principalmente adaptar sus intenciones al sistema existente, cuyo engranaje principal está conformado por personas enviciadas. La mierda, por decirlo decentemente. En cambio, hay otros que llegan por accidente o por herencia, que provoca haberlos matado al nacer o al menos en su juventud. Pero como he dicho antes, hay que generar el mal para que se aprecie el bien. De lo contrario, entre tanta brillantez no se distingue el sol.

Si Nicolás II hubiera tenido el carácter y la voluntad de algunos de sus predecesores, como lo fueron Pedro y Catalina II, la revolución se habría pospuesto hasta haber llegado otro zar débil y otro hábil "Lenín". ¿Qué habría pasado si Marx hubiera tenido la oportunidad de gobernar? Seguramente Engels habría sido su más ferviente opositor.

Como ya dije, de no haberse implementado el nefasto *Tratado de Versalles*, Hitler no habría tenido la oportunidad de florecer. Si Juan sin Tierra hubiese sido al menos un rey estándar, no se habría impuesto *La Carta Magna*.

> **66** *El mejor gobierno es el que se ejerce sobre los mejores gobernados* **99**
>
> **Aristóteles**

Esta época que vivimos es solo un conjunto de años rodeados de años pasados y años por venir. Es una etapa pasajera. Una basurita en el ojo de la historia. El ser humano posee una cualidad, o más bien una maldición: y es que olvida. Solo recuerda anécdotas fuera de contexto. Si les golpean a palos, hacen memoria para ver si el palo era de oro. Si le hacen pasar hambre, culpa a la naturaleza. Nos olvidamos de un hecho adaptado en la Biblia: las siete vacas gordas y las siete vacas flacas. La política es prever para ofrecer. La política es servir. Lástima que sean conceptos que deban ser aplicados por hombres, pero también, menos mal que son conceptos aplicados por hombres.

Antes les dije que solo un puñado de hombres se beneficiaban de mi admiración. Estos seres, lograron adaptar resultados a realidades. Cada cual con sus métodos, cada cual con talento propio. Aplicando políticas y gobernando: Hammurabi, Dracón, Sesostris III, Salomón, Sargón, Ciro, Nabucodonosor, Pericles, Gengis Khan, Alejandro, Azoka, Mitridates, Boudica, Constantino I, Isabel I, Guillermo II, Gregorio VII, Canuto II, Federico II, Luis IX, Bizancio, Irene, Carlos V, etcétera. Un pequeño etcétera. Todos ellos repletos de errores, pero con ideales y talentos superiores a sus debilidades.

Me puedo esforzar en hacer una lista de 100 en 10.000 años de historia. O sea, un promedio de uno cada cien años. Una lista completa que en otro momento les daré, cuando los conozca a todos, en persona, y tenga la capacidad de evaluar. Pero lo maravilloso de estos hombres y mujeres, es que el tiempo nos hace ser objetivos ante sus cualidades, ya que ustedes, a diferencia mía, no tuvieron que sufrir sus gobiernos. Con casi todos ellos he luchado, a favor o en contra y en ambas. En muchos casos solo les probaba su disposición y carácter, en otros solo por capricho, destino u oportunismo... en beneficio de la humanidad. Siempre me han dado risa los gobernantes que se creen más de lo que en realidad son. Muchos de ellos nunca serán nada, solo relleno histórico de un país. Me da lástima cómo, incluso hoy en día, con todo el acceso a la información, las masas aún se dejan comprar con politiquería barata y por una lata de sardinas. Es insólito cómo los falsos políticos arrastran al precipicio de su ineptitud a un pueblo ciego, ansioso de un Mesías.

> 66 *La única cosa que se aprende de la Historia es que nadie aprende nada de la Historia* 99
>
> **Otto von Habsburg**

La grandeza de un líder y de sus políticas deben ir arraigadas a la necesidad del pueblo que se gobierna, adaptándolas a los cambios sociales y tecnológicos que el mundo exige.

A las personas les pido que se enfrenten a lo que no funciona y lo cambien. Hay métodos, siempre los hay.

A los gobernantes les pido que no me obliguen a dar una lista de los que han sido mediocres, incapaces, corruptos y oportunistas, ya que seguramente estarán en ella. Ayer, hoy y siempre, es una constante: el que pretende gobernar, que gobierne. Estamos en un mundo que requiere de hombres talentosos, capaces de guiarnos por los senderos de lo que ha de venir y que no estén dispuestos a ser juguetes del destino... Este último pensamiento me dio risa.

Es aburrido y monótono hacer siempre los mismos juegos, manipulando a las marionetas que arrastran a las masas dispuestas a ser arrastradas: a la derecha o a la izquierda.

Desde los albores de la civilización el hombre ha creído ciegamente que se encuentra en el pináculo del progreso. Solo ahora, desde hace muy poco tiempo, es que se ha dado cuenta de que no es nadie comparado con lo que ha de venir, un simple eslabón en la eterna "escalera al cielo". Claro está, mientras más larga sea esa escalera, más débil es su estructura y frágil su sustento. Eso lo saben pocos, los únicos capaces de mantenerla en pie o terminarla de romper. El resto de la humanidad son solo piezas a la espera de la decisión de esos pocos. La fragilidad humana es ahora más comprometida que nunca. Ni cuando Hitler, en plena guerra mundial, era tan evidente como en estos momentos, en una inminente destrucción de la raza humana, que a la larga es lo único que realmente nos preocupa, cuando nos preocupamos. La obsesión por el fin del mundo. La razón, al igual que le ocurrió a Napoleón en Moscú, es que el peor enemigo de un soldado es el ocio. Hay que buscar guerras o inventar una, para mantener entretenidos a los ejércitos y sobre todo a los que los manejan, ya que cuando les invade a ellos el ocio, se ponen creativos y cualquier cosa puede ocurrir, unos hipócritas que se jactan de hacer el bien cuando solo hacen su bien. Es una rueda, una gran rueda que no puede dejar de moverse. Somos una máquina de matar y, por ende, hay que hacerlo, es nuestra función básica en la vida: matar. Algo que descubrí con asombro hace poco, a pesar de que mis convicciones en el pasado ya lejano, eran las de un pacifista empedernido.

El hombre primitivo se destaca sobre los otros animales que lo rodean en el momento en que construye armas. La masa, las inocentes víctimas son las que pagan las consecuencias de ese exceso de creatividad, son quienes caen en los campos de batalla, que hoy en día ya no son campos, son pueblos, ciudades y países. Enemigos inventados por razones equivocadas, verdades dichas a medias, mentiras gritadas a todo pulmón. Esto me hace recordar la distopía escrita por George Orwell en *1984*: Eurasia siempre enfrentada a Oceanía. Una "guerra" creada para justificar la ineptitud del Estado.

Es un juego de azar. Mientras más perdemos más insistimos en jugar. Los países que no tienen mucho se retiran pronto, a los que les sobra, juegan y juegan... yo soy su *croupier*. Yo decido cuándo ganan y cuándo pierden, pero ellos son los que juegan y sus ciudadanos los que los animan. La muerte es un vicio y a todos les llega de una manera u otra, no hay escape, todos mueren, todos, unos en una cama, viejos y deteriorados y otros en la aventura romántica de la guerra.

Cavamos las tumbas de los que vamos a matar. Desde que recuerdo, no ha pasado ni un solo día, más bien una hora, en que alguien no muera a causa de otro. Cuando no hay guerras se buscan excusas para declararlas. Los que ayer fueron mis amigos hoy son mis enemigos y evidentemente, al contrario. La sangre es nuestra razón de vida, nuestro alimento y cuando se nos reseca la garganta la bebemos. Pienso en estas exquisitas palabras y me viene a la memoria el príncipe Vlad Dracul, mejor conocido como Drácula. Claro está, que la verdad no tiene nada que ver con la realidad. Drácula es sólo un vampiro que recluta a su gente chupándoles la sangre, de una forma sensual y erótica, para así lograr la inmortalidad. Vlad, era solo un príncipe preocupado porque su territorio no fuese invadido por el Imperio Otomano, de profunda fe católica, quien utilizaba, de ser necesario, métodos muy creativos pero efectivos, apoyado por el Papa.

Algo muy lógico. Si me invaden, combato y si no lo hacen, combato por si las dudas. Y eso es lo que él hacía. Un día jugando ajedrez con él le sugerí ser creativo, más de lo normal para esos tiempos. Le propuse idear un método de defensa eficiente. Mientras yo hablaba noté con asombro cómo él degustaba de mi idea. Efectivamente, unos meses más tarde, los turcos atacaron y durante la batalla ellos se dedicaron a tomar prisioneros. En los días sucesivos, los desollaron vivos y los estacaron alrededor del castillo, mientras agonizaban lentamente. Esta estaca se introducía caprichosamente por el ano de la víctima, poco a poco, a medida que el prisionero era incapaz de resistir el esfuerzo físico.

La escena debió ser aterradora para el "enemigo", cuando se encontraron frente a frente con una muerte tan grotesca para cualquier época. Yo en ese momento me encontraba en campaña en la China, y me entristeció al escuchar el rumor de lo sucedido, por no haber estado presente y haber sido testigo de algo tan exquisitamente macabro. Algo de orgullo personal, ya que la última vez que fui escuchado ante una idea tan excéntrica, fue cuando le sugerí a Crasso que crucificaran a los esclavos derrotados, al borde de sus famosas vías. Mentira, he sido escuchado en otra infinidad de ocasiones. Pero mi mayor disgusto fue con José Ignacio Guillotín, cuando inventó su máquina de ajusticiar en serie, de forma industrial y eficientemente, pero siempre con la intención sublime de que fuese más humana.

Algo en el ritual de cortar cabezas se perdió con la guillotina, ya no era lo mismo. Ahora se moría con dignidad, tan así, que hasta María Antonieta fue alabada por su valentía. Seguramente no hubiese actuado igual de saber que un verdugo bizco estaba a cargo de su ejecución y que el primer hachazo podía haber sido en los omoplatos.

Pero para no desviarme del tema, como siempre hago, un par de años después, me encontré de nuevo con Vlad Dracul y conversamos largamente sobre el desarrollo de sus técnicas, pasé horas escuchando los pormenores del sufrimiento humano. Una escuela ese señor. Le dije a razón de gracia, que siglos después su nombre sería recordado en la literatura romántica. Lo de beber sangre le atrajo y me prometió que un día la iba a probar, pero una sonrisa entre labios me generó la duda de que tal vez ya lo había hecho.

La hipocresía

Ya ha pasado un tiempo y en verdad puedo decir que extraño al vecino, incluso al mesonero, es bueno tener un compañero de viajes. Es interesante tener, al final del día, alguien con quien conversar y contarle las experiencias vividas, aunque, seguramente, las cuestione o las critique. Un día de estos lo visitaré en la prisión donde lo dejé, rodeado de siete templarios ancianos y enfermos, a ver si quiere acompañarme. Claro está, luego de una buena ducha y una comida decente.

Pero mientras decido, continúo elucubrando, tal vez algo bueno salga de todo esto.

Cada vez que recuerdo los momentos al lado de esos personajes, se me eriza la piel. No tengo palabras para describir el orgullo que me proporciona haber sido al menos una mísera parte de sus vidas.

Siempre me veo obligado de estar pendiente, a la cacería, de algún prospecto valioso para motivarlo a que haga algo. Y a los que me buscan con supuestas "ideas", por lo general los desecho, literalmente. Me he vuelto pretencioso.

Los pocos hombres con motivación propia son tan escasos, que muchas veces pasan desapercibidos hasta que ya está el hecho consumado; por lo general son asesinos. En cambio, a los otros hay que colocarles obstáculos, desgracias, traumas, etcétera, para encarrilarlos en lo que se ha de convertir su destino, su gloria. De una vida totalmente feliz no sale nada bueno o interesante de contar o imitar. Ninguna anécdota es de eventos felices, casi siempre son de proporciones catastróficas en el momento y, tiempo después, entre risas las recordamos. Con el dolor es que se forma el ser humano. Todo gran personaje es casuístico, una creación de las circunstancias con una altísima proporción de talento. Si no, imagínense la cantidad abrumadora de héroes, artistas o intelectuales. Serían tantos que estaríamos desesperados por encontrar a un idiota aburrido que ilumine nuestras vidas.

> 66 *En busca del momento ideal*
> *nos perdemos de instantes imperfectos* 99
>
> **Yo**

Estamos conformados por el azar. Imagínense, si Hitler hubiera sido aceptado en la academia de arte de Viena; si Josefina no le hubiese correspondido el amor a Napoleón; si el príncipe Alexei no hubiese padecido de hemofilia; si hubiera habido más que pasión sexual entre Catalina La Grande y Francisco de Miranda; de haber Cervantes perdido más que un brazo en Lepanto, y como estos, millones de variantes. Muchas de esas variantes, sutiles pero definitivas, son las que yo manipulo. Las situaciones conforman al personaje. Es imposible que me crean cuántos pudieron haber sido, pero su "destino" les volteó la cara.

Ya me estoy cansando de tener que cortar brazos, matar a padres, violar a hijas, crear terremotos, hundir barcos, entre otras cosas, para destruir lo que pudo haber sido, pero ahora no es. En verdad no me estoy cansando. Siempre trato de ser creativo. No podemos tener héroes conformados todos con el mismo molde monótono. También hay que crear semihéroes y antihéroes o, en otras palabras, matarlos antes de que se conviertan o desplacen. Es como en las Olimpiadas, si hemos de acordarnos de alguien, ese es del ganador, pero sin los otros la gloria no tendría valor. Incluso para que perdure en la memoria de la gente, deben de ganar más de una vez y tener una vida escandalosa. A todos les encanta el chisme y el escándalo vende. Toda la historia es una recopilación de chismes que generaron un acontecer digno de ser recordado.

Tomé una decisión y me trasladé a la mazmorra del Temple en París. Allí lo vi a él, al vecino, encadenado a una pared, sediento, débil y casi inconsciente. Limpié con un pañuelo el suelo y me senté a su lado. Lo ayudé a incorporarse y le di un sorbo de vino tinto. Sus ojos se abrieron y me miró con sorpresa. Allí estaba yo, la salvación a su tormento.

—Todos divagan por la vida a la espera de la catástrofe que les apunte a su destino —dije—, no me resientas, esta es la tuya.

El trató de hablar. Seguramente para insultarme, y me lo merezco, seguramente, pero igual me pasó a mí con Él, cuando por dos meses me abandonó en ese barco esclavista. Pero eso me templó. Me hizo más fuerte y me sacó del letargo humano en el que vivía.

—Cuando salgas —le dije— podrás escribir de primera mano tu experiencia y eso te ayudará de seguro a obtener el doctorado que tanto deseas.

—Ya lo tengo —repuso con esfuerzo.

—Toma más vino, no sea que se acabe.

No lo rechazó y lo ayudé a recostarse en el muro. Yo necesitaba tener a alguien que me escuchara.

—Jesús se tardó treinta años en conseguir su destino, y de haber previsto el padre del novio, el vino necesario para sus sedientos invitados, María, su madre, no hubiese tenido que pedirle a su hijo que hiciera su primer "milagro" y este, tal vez, hubiese muerto viejo y sabio, al lado de su esposa María Magdalena y con hijos. Claro está, ¿quién habría soportado a esos niños, con el abuelo que tenían? Al alcohol siempre se le puede culpar.

Me puse de pie y caminé alrededor de la mazmorra en busca del gran Maestre, Jacques de Molay. Allí estaba, miserable, casi desvanecido, irreconocible en su dignidad anterior. Le di con el pie para hacerlo reaccionar.

–A pesar de todo lo que te ha pasado, de una forma u otra, tienes que aceptar con dignidad tus calamidades y sacarle provecho a tus limitaciones. Tu venganza vendrá al final, tus "quince minutos de fama", por así decirlo, que te darán trascendencia histórica y tu recuerdo será inmortal, y no uno más que las crónicas olvidan. Aguanta solo un poco más amigo mío, otros cuatro años…

No se imaginan el sacrificio que me ocasiona hablar de lo que he hecho sin poder expresar mi autoría. Al menos no tan seguido como me gustaría, pero esta modestia me está matando y por eso vine hasta acá, para ser escuchado por el vecino.

–Hace años serví de modelo para la talla de una piedra en la que un joven rey asirio recibía sus leyes de la mano de su "Dios". Al menos puedo ir al Louvre y verme inmortalizado en piedra, pero aparezco con otro nombre. ¿No te parece injusto? –le pregunté al vecino, que me vio con extrañeza y odio–. Anécdotas que solo yo conozco.

El adular para conseguir un propósito: una sonrisa, una cortesía y una puñalada en la espalda. Cómo disfruto de los funerales. Ver tantas lágrimas forzadas, tantos desconsuelos y al final, acercarse a la urna en donde reposa el muerto y decirle al oído lo despreciable de su existencia. La vida y la muerte son negocio y se sonríe cuando se debe y se desprecia aun cuando no se desee.

La locura

❝ *Cuando todo el mundo está loco,
ser cuerdo es una locura* **❞**

Paul Samuelson

Triste debe ser para estos personajes, los "locos", que el grueso de los ignorantes que los rodean prefieran mofarse de su condición que escuchar lo que tienen que decir. Es un empeño humano el de someter a sus limitadas reglas a todo ser que puebla este planeta, desde los animales, pasando incluso por la naturaleza misma y al hombre. Todo aquel que sea diferente debe ser desechado, sin tener en cuenta que estos hombres, los locos, son mas bien genios.

–La Alegoría de la Cueva –balbuceó el vecino.

–¡Exacto! –respondí con entusiasmo–. Y yo que pensaba que la escasez de alimento te podía haber afectado tu ingenio. Como te iba diciendo, estos "locos" viven en otro mundo, tienen otras visiones de la realidad preestablecida, son superiores.

–*El Super Hombre* de Nietzsche –complemento él, otra vez.

Miré a mi vecino con cierto desgano, me puse de pie y me dirigí hasta donde se encontraba el maltrecho Gran Maestre, no sin tener que pasar por encima de los otros templarios allí postrados y continué, al lado de Moley, con mis pensamientos.

> 66 *Aunque cincuenta millones de personas digan una estupidez, sigue siendo una estupidez* 99
>
> **Bertrand Russell**

—Es por todos conocida la genialidad del loco Anastasio. Sus hechos y hazañas han inspirado a generaciones de hombres que ciegamente han seguido los pasos de este gran hombre. Cada niño en la escuela habla de él con ilusión y esperanza, de poder algún día llegar a ser como él. Los mayores prefieren olvidar su nombre, por la envidia de verse reprimidos a su limitada existencia. Él fue amigo y confidente. De no haber sido profesionalmente loco, sería un santo. Pero gracias a Dios, por él que no, ya que sus palabras hubieran sido largamente olvidadas y los niños, de haber sido santo, evitarían imitar sus enseñanzas. Sabias criaturas.

Jacques de Moley hacía un gran esfuerzo por tratar de escuchar. Yo abstraído del contexto, saqué de mi morral una bolsa de papas *Lays* y comencé a comer. No fue tan solo el hecho de que yo estuviera comiendo algo, sino el ruido, sin querer, que hacía la bolsa al ser abierta, todos los hombres allí tirados se voltearon a verme. Yo aproveché la atención global para continuar con mi disertación.

—El otro hombre que descubrió mi naturaleza, tras la mirada, tenía el nombre Malaquías. Personaje de increíbles cualidades, capaz de ver a través de los ojos de cada personaje con quien se cruzó, sus más terribles realidades. Por supuesto, a alguien que posea esas cualidades le es difícil utilizarlas para beneficiar a los demás, sino para beneficiarse a sí mismo. Él al ver mis ojos dijo, "no quisiera ser tú, aunque tú puedes ser yo. Envidias mi condición de mortal y yo aborrezco tu amargada inmortalidad, porque la purificación del alma se logra solo a través de la muerte". Acepto el hecho de mi "negra alma", pero de Malaquías hablaré en otra oportunidad.

❝ *Cuerdo es aquel que pretende fingir cordura* **❞**

Ovidio

No es de extrañar que cientos de hombres busquen en la locura su escape, su salvación. El mundo matemático en que vivimos, regido por una lógica conveniente, es obsoleto. Pero esas personas desesperadas ven en la locura su *Mayflower*, su escape. No hay duda, en su primer aniversario matarán a un pavo para dar gracias y luego continuarán con sus vidas… no se puede luchar en contra de las tradiciones, son algo contagiosas.

—Todos estos años he permanecido en silencio, –le dije al oído al Gran Maestre– pero los secretos son una carga muy pesada de llevar. Quiero ser admirado por mis proezas y mis decisiones, buenas o malas. Razón por la cual converso con los locos –le dije mientras lo miraba–, así reafirmo su locura y yo desahogo mi ego.

❝ *El que confió sus secretos a otro*
hízose esclavo de él **❞**

Baltazar Gracian

⬥⟞⟝⬥

265

El remordimiento

66 *Es pecado lo que nos provoca*
remordimiento **99**

Cesare Pavese

El hombre se mide no por su capacidad de arrepentimiento, sino por su propia autocondena. Es la balanza que lo regula y lo tortura. Un arquetipo heredado de seres débiles e incapaces de asumir con coraje las decisiones tomadas. Sin duda, el peor castigo al que se puede someter una persona es a su propia condena a través del remordimiento, que te desgarra sin piedad cada segundo de vida, por el resto de la vida.

–¡Orestes! –comentó el vecino mientras extendía su brazo con la esperanza de que le diera un sorbo de mi vino.

Sentí algo de lástima por su patética apariencia, y más que darle un trago de mi vino, decidí liberarlo, al menos por un rato. A decir verdad, tanto tiempo de visita en esa celda apestosa, ya estaba afectando mi estado de ánimo.

Le tomé de la mano y llegamos a una colina sobre un acantilado: Dover.

Él intentó ponerse de pie, pero el entumecimiento, la falta de alimento y bebida, le habían hecho mella al hasta hace unos meses, soberbio personaje. En su torpe andar casi cae al vacío.

–En efecto, Orestes, como dices tú. El más atormentado de todos por haber asesinado a su madre Clitemnestra, no sin razón… bella mujer, pero demasiado ambiciosa. Nunca hubiese yo cerrado un ojo mientras estuviese en la cama con ella.

El vecino, con dificultad, se arrastró hasta donde estaba yo, no por escucharme, sino porque allí estaba el tan deseado vino que, como carnada, yo mantuve a mi lado para asegurarme de que me continuara escuchando.

–Claro está, que a pesar de las *Furias* que torturaron tanto a Orestes, el ser humano no se limita, previo al hecho, por esa utópica tortura; ellas aparecen justo después, sorpresiva y continuamente, para acosarte el resto de la existencia.

Él bebió hasta la saciedad, casi todo el contenido de la botella.

–Yo siempre he recomendado una fórmula infalible –continué diciendo–. Hay que repetir el hecho una y otra vez hasta que se convierta en rutina y ahogue de esa forma el malestar, y la costumbre venza al remordimiento. Lo que es natural se acepta.

Revisó mi bolso en busca de comida y comió, sin preguntar, lo que allí encontró.

–He vivido situaciones que incluso a mí me han estremecido y veo a los hombres responsables de los hechos, inmunes a las atrocidades y al drama humano que han ocasionado. El fanatismo es sin duda la droga más efectiva y estimulante. He aparentado ser fanático en innumerables ocasiones, intentando sentir ese éxtasis, pero esa es una sensación desconocida por mí, estoy muy por encima de esos sentimientos básicos que padecen algunos humanos, muchos, a decir verdad. Me da risa ver cómo esta sensación de "superioridad" los pone por encima del remordimiento, y lo justifican como una salida válida a las incongruencias que cometen; y no me refiero específicamente a tiempos recientes, toda la herencia humana está repleta de anécdotas. Cada cual con su locura.

–Eso siempre existirá –comentó el vecino con la boca llena–. Está en su ADN.

–A pesar de que algunos hombres –complementé– siempre se han esforzado por reprimir su espontaneidad individual, el instinto es más fuerte, por el inconsciente primitivo, y han hecho caso omiso a las amenazas "divinas", producto de la creación y fantasía de otros fanáticos, inclusive, más peligrosos que él.

—Es divertido ver cómo el hombre se ha enfrentado a este juego —proseguí— y más divertido aún, es cuando le he dado yo, el empujón definitivo, al lanzarlos al precipicio de la perdición y el remordimiento.

> **❝** *La conciencia es una suegra cuya visita nunca jamás termina* **❞**
>
> **H. L. Mencken**

—De mucho debiera ser condenado, de nada lo he sido —continué diciendo, mientras le quité, no sin esfuerzo, la botella de su mano, para tomar yo también un trago—. No existe condena tan grande que no pueda superar con el tiempo, excepto, tal vez, la soledad de ser incomprendido y no escuchado. Bueno, esa experiencia me la dan los años de vida y miles de millones de convenientes amigos y enemigos que he dejado en el camino. Como a ti. Tal vez algún día.

—Ya lo hiciste —expresó él con rabia.

—No lo he hecho, aquí estás, y con una experiencia digna de contar a tus nietos, cuando los tengas. No puedo decir lo mismo de tus compañeros de celda.

—Por cierto —expresó con cierta soberbia— Jacques de Moley me nombró Gran Maestre de la Orden Templaria, si lograba salir de allí con vida. "Alguien debe continuar con la antorcha de la verdad y el conocimiento", me dijo.

No pude más que verlo con ira. Esa pasión primitiva que todos arrastramos desde el principio de la humanidad. Traté de ignorar lo escuchado y continué hablando.

–Es entretenido observar que para cada persona, un hecho negativo significa el fin del mundo. Es muy difícil explicarle a alguien que tiene un periodo limitado sobre la faz de la Tierra, que se necesita mucho más que eso para el fin de la existencia, tal vez solo con mi muerte –expresé con orgullo.

–Hace años, –seguí– muchos años, viajé al lado de un hombre justo y piadoso, a través de la ira de los dioses, hecha tormenta. Fui un polizón en su barco, repleto de animales. Esta ira divina, se debió a los excesos, injusticias y depravación que yo incentivé, modestia aparte, en su tierra natal.

–¿No fue más bien "Él", al que tanto nombras, y de sus hazañas te apropias? –preguntó el vecino con acertada veracidad.

–Yo, en los años que ya he estado independiente, he recorrido, intervenido e influenciado –respondí–. Pero es verdad, hace ya un rato mezclo, sin malicia, sus andanzas con las mías. Asumí el personaje a la perfección.

El vecino, continuó hurgando el morral, en busca de cualquier tipo de alimento que saciara los meses de hambre que pasó en la cárcel. En eso encontró un cuchillo muy antiguo y rudimentario.

–Ese cuchillo se lo quité a un anciano en lo alto del Monte Moriah hace mucho tiempo.

–Me quieres decir… ¿Qué?...

–Exacto –respondí–, al mismísimo Abraham.

Él se quedó viéndolo fascinado. Yo aproveché su distracción para continuar con mi anécdota.

–Debido a un rumor en los cielos, un semidios, amigo íntimo y que no recuerdo su nombre, me habló de este diluvio y para no "morir" ahogado junto a mis creadores, decidí esperar pacientemente en una colina cerca de donde se construía este barco en medio del desierto. Los dioses en definitiva se enredan más en la burocracia que yo. La maldita lluvia se tardó en llegar. Casi estaba perdiendo las esperanzas. Sin duda sería entretenido ver, cómo la humanidad luchaba por mantenerse a flote. Y por primera vez iba a ir arriba, con el capitán y no con los esclavos —haciendo referencia al viaje que me tocó vivir en el barco de los esclavistas—. Desde entonces he evitado los barcos en lo posible, como te imaginarás.

—Por largos días silbé y tamborileé, aguantando la tentación de ir a la ciudad a emborracharme con mis amigos, los futuros cadáveres. Pero preferí no alejarme del bote. Este hombre, el escogido para repoblar la Tierra, no fue el que muchos piensan. Ese solo fue una adaptación muy posterior, del menos conocido personaje real, Ut-Napishtim. Claro está, que el de la versión comercial, es más fácil de pronunciar: Noé.

—A veces, mientras sus hijos trabajaban, Ut, como lo llamaba de cariño, y yo tomábamos vino. Él era un gran bebedor… un incomprendido de su tiempo.

—El cielo permanecía azul, sin nubes. Creo que ambos nos sentíamos como unos tontos. De pronto y de la nada, todo se nubló y comenzó a llover. Llovía por primera vez en siglos, era una sensación desconocida para todos. Los vientos eran terribles y fue engorroso llegar hasta el barco, por los charcos y el pantano que dejaba la caravana de animales. Me ubiqué entre las jirafas y observé extasiado cómo la masa histérica de hombres y mujeres corrían desesperadamente al barco. Solo unos pocos lograron asirse temporalmente al casco de la nave, pero las repentinas olas los hicieron soltarse. Me encontraba en un sitio privilegiado viendo cómo quienes me habían "creado" morían ahogados. Estaba finalmente liberado de ataduras pasadas. Ahora podía hacer lo que quisiese. De pronto, y para mi sorpresa, Ut me descubrió, se supone que yo no debía estar allí, no en los planes iniciales. Pero él, hombre inteligente y perspicaz, no sabía cuál era mi objetivo real al estar en su barco (observar el diluvio y ver a la gente morir; qué otra cosa). Intentó en vano obligarme a salir del barco, temeroso de que los dioses me descubrieran y se echaran al pico todo el proyecto. Me aproveché de su piedad y le "lloré" mi arrepentimiento. Qué ingenuo, me dejó abordo. Por treinta días y sus noches, llovió sin parar, tambaleándonos de un lado al otro. Yo cantaba, con mi excelente voz, futuras canciones de marineros, una y otra vez. Estoy seguro de que Ut deseó, en más de una oportunidad, lanzarme fuera del bote. Cosa que yo sí hice con varias parejas de animalitos molestosos.

–Treinta días después, la lluvia cesó. Y tuvo que pasar todo un año, antes de que el agua residiera y la tierra apareciera bajo nosotros. A Ut-Napishtim, en agradecimiento, y debido a un insignificante sacrificio a los dioses, le fue otorgado, en contra de mi más férrea voluntad, la inmortalidad. Invadido por la rabia, "subí" al cielo y me enfrenté a esos dioses. Les dije hasta del mal que se iban a morir, porque ni ellos iban a ser inmortales, entonces ¿por qué le otorgaban ese don a un humano? "Bajé" furioso y le di una y otra vez en la cabeza con una roca a Ut, pero nada... un pequeño malestar y ni una gota de sangre. Demasiado tarde, lo debí haber matado antes de que realizase ese insignificante sacrificio, para complacencia. Los dioses de esa época se satisfacían con poco. Por eso fue que al pasar los años los fueron sustituyendo por otros y por otros hasta el actual. Muchos gusanos antes de llegar a la "mariposa", o será ¿qué aún estamos en la etapa de los gusanos?... no sé.

–Con el tiempo me volví a hacer buen amigo de Ut, siendo él, el único humano con quien podía yo hablar y discutir eventos por ambos experimentados siglos antes.

–Un día, Gilgamesh, rey de Uruk, encontró a Ut y el bocón le confesó cómo encontrar la inmortalidad. Un dato que ni siquiera yo sabía, y se lo dice al primer extraño que le escucha sus cuentos. Además, se las arregló para dejarme fuera de su historia. Otra omisión de mi existencia. Este rey fue al fondo del lago, en donde se encontraba la famosa planta, capaz de otorgar vida eterna. La tomó y la guardó. Él aún consideraba no necesitarla. Así que aproveché este acto de soberbia y me vi en la obligación de robársela antes de que la pudiera comer. Frustrado él, por la pérdida de la inmortalidad y ahora consciente de su propia y segura mortalidad, se transformó, de ser un rey tiránico y déspota, a uno excelente y misericordioso. Por supuesto que Gilgamesh murió, pero sí obtuvo su inmortalidad literaria. Yo en cambio, me comí la bendita planta para que nadie más tuviese acceso a la vida eterna.

—Alquimistas desde entonces buscan en vano el secreto que yo solo sé. Ut continúa vivo y es actualmente dueño de una franquicia de burdeles. Él dice estar en una etapa de transición, que se debe conocer el pecado para poder, así, salvar al pecador.

—Y en efecto, como yo predije, sus dioses desaparecieron, y yo continúo aquí.

El ego

❝ *En la gloria de un hombre siempre han participado otros* **❞**

Proverbio árabe

A todo el que se le pregunta si es egocéntrico, contestará que no lo es, igual que a los que se les pregunta si son celosos. Pues como habrán notado, yo sí soy egocéntrico, pero no es de gratis. Mi ego me lo he ganado como medallas en una guerra. Reconozco mis errores y mis méritos. He destacado sobre cientos de miles, aunque mis nombres, los cuales han sido muchos, permanezcan en el olvido. Esa es la condena que he de pagar por ser quien soy y hacer lo que hago. Es un ego mental, propio, anónimo.

El que triunfa en este mundo tan competido siente en el pecho un orgullo que lo llena. A pesar de que esa sensación es fabulosa, dura lo que dura un orgasmo. Razón por la cual, seguimos compitiendo para destacar y conquistar más y más. Al final, el recuerdo.

Otra vez solo en mi recorrido, leía efusivo unos manuscritos en el futuro inexistentes, en la colosal Biblioteca de Alejandría, cuando un señor se me acercó. Lo miré directamente a los ojos y la sangre se me heló. Quedé petrificado. Era Él.

−¿Cómo has estado? −preguntó muy sonriente.

Ni una palabra salía de mi boca. Hacía años que nos habíamos separado. Mucho lo extrañé en situaciones difíciles, pero me contuve incluso de pensar en Él para no influenciar mi destino y, en vista del reto adquirido, quise llevarlo a cabalidad.

—¿No me recuerdas? —insistió Él.

—Cómo olvidar —repuse por instinto.

—Veo que te va bien. He escuchado de tus hazañas y he visto cómo eventos del futuro han sido transformados por tus decisiones.

—Muchas veces improvisé y muchas erré —comenté.

—No te menosprecies, no es fácil hacer lo que hacemos, ¿quién dijo que es fácil guiar los destinos de los hombres? Esas criaturas impredecibles y orgullosas.

Como siempre fue costumbre de Él, no esperó a ser invitado, y se sentó, montó sus pies sobre la mesa, encima de los manuscritos de Platón que yo estaba leyendo.

—Veo que estás interesado en la filosofía.

Traté de recoger con mucho celo los manuscritos, valioso tesoro, no solo por ser de quien eran, sino por ser tan antiguos.

—No te afanes, pronto todo esto será cenizas —dijo con desdén.

—Vine a relajarme —contesté— y a leer del texto original. Las traducciones siempre han sido malas. Se pierde mucho contenido, de edición en edición.

—¿Preparas algún proyecto? —preguntó Él.

—Irónicamente tengo mucho tiempo libre y deseo leer lo que pronto dejará de existir —respondí mientras veía la estructura colosal de la biblioteca, una de las maravillas que muy pronto ardería.

—Veo que no improvisas —dijo Él satisfecho—. Mi tutela, aunque poco ortodoxa, surtió efecto.

—Poco ortodoxa en verdad. En cambio, la mía, con el vecino, fue didáctica y placentera para él —repuse con orgullo en la voz.

Él rió a carcajadas.

—¿Por eso lo tienes encerrado en esa mazmorra? —preguntó sarcásticamente Él.

—El otro día lo saqué a pasear.

—Sí, pero yo te permití retornar a tu hogar, en cambio tú lo abandonaste con esos templarios, a morir en la hoguera.

—Si él quiere puede retornar —dije con cierta duda.

—Él no es como tú o como yo. Él es solo humano.

—¿Cómo tú y cómo yo? —pregunté intrigado.

Él sonrió y se puso de pie. Agarró uno de los libros y leyó el título, dejándolo caer con desgano sobre la mesa.

—Este no vale la pena que lo leas —comentó —. Vámonos a otro lado. Quemas la biblioteca otro día.

Ya Él tenía recorrida la mitad de la biblioteca cuando me decidí a reaccionar. Tenía miles de preguntas aglomeradas en la mente. Corrí a su lado.

—¿… Y murió?

—¿Quién? —pregunto Él.

—El vecino.

—¿En verdad te interesa? Has dejado morir a otros hombres y ¿te preocupas por la vida de ese ser insignificante?

—¡Sí! —repuse tajantemente.

—No murió. Ya en la hoguera lo dejé un rato, pero luego lo rescaté y le curé las quemadas en las piernas y los brazos.

—¿Por qué lo salvaste?

—No ha sido el único. Yo he estado ahí, siempre, supervisando tus movimientos y modificando los errores.

A pesar de la duda, me embargó una efervescencia de ego, mezclado con ira e impotencia. Yo que pensaba había sido magnánimo, resulta que tenía a un "corrector" a mis espaldas, espiando mis movimientos, cuestionando mis decisiones e influenciando el futuro que yo estaba creando.

No recuerdo quién fue el que inventó toda esta patraña desacreditando al ego, pero sin duda debe estar realmente orgulloso de su creación, por todo el daño que le ha ocasionado a los seres débiles de mente, que temen las catastróficas consecuencias del más allá y viven unas vidas miserables por algo desconocido e improbable. Nadie es castigado después de la muerte, solo los hombres se castigan en la vida e incluso después de ella.

Caminamos por las calles de Alejandría, Él a un ritmo acelerado y yo unos pasos más atrás, turbado por toda la ansiedad.

–Qué fácil es amargarle el día a un hombre –dije con resentimiento.

Las personas que viven en constante euforia egocéntrica, es porque son incapaces de realizar otra hazaña digna de reconocimiento y peor aún, a veces son egocéntricas a costillas de sus padres, apellido o alcurnia. ¿Qué valor tiene para el ego personal, el nutrirse de los méritos de otros? ¿Qué derecho tenía Él de modificar mi mundo, mi creación? Sé que sin Él, décadas atrás (en tiempo real), yo sería un monigote, que seguramente ya habría muerto ahogado en su infelicidad. Pero ahora poseía la convicción de que cada quien se labre su propio camino, se dé sus propios golpes y conquiste sus propias metas… siempre y cuando yo lo permita.

Desde lo alto, como los dioses, yo estaré velando la sabia decisión de cada cual, para intervenir cuando sea necesario y mover montañas cuando las razones sean prudentes o hacer estallar otras, solo por el placer de observar la lava y destruir… digamos que cualquier cosa. No estamos en un universo lógico. Estamos en mi universo. Mío, no en el de Él.

Al llegar al delta del Nilo tomamos una embarcación y nos pusimos en camino, río arriba. Él parecía estar apurado o ansioso. Yo en cambio estaba furioso.

Una bruma rodeó al río y de pronto estábamos en lo alto del Monte Olimpo. ¿Cómo lo supe? Sencillamente lo intuí. No es en nada como lo ponen en las películas, más bien es una sensación de grandiosidad, pero etérea, sin estructuras, solo eso, una sensación.

–¿Qué hacemos aquí? –pregunté intrigado.

–Me pareció un lugar apropiado para hablar. Desde lo alto, en la ciudad de los dioses ya exiguos.

–¿Cómo me pudiste hacer eso? Darme una aparente libertad, para luego modificarla, tras mis espaldas. Me tratas como a un niño.

–Eres un niño. Todavía no estás preparado para tus responsabilidades futuras. Yo soy tu maestro y como tal he de supervisar y corregir tus tareas. Y he de decir, has mejorado.

Desde lo alto, una masa de nubes, parecía una isla sobre un mar blanco y esponjoso. No es de dudar porqué fue esta montaña, la más alta de Grecia, la escogida para ser morada de dioses. Él observaba absorto.

–Yo dominé, en una época, desde estas alturas y cada criatura vivía para mí y por mí –dijo para sí con un toque de nostalgia y con cierta resignación.

–¿De qué hablas?

–Yo soy Dios –respondió a secas.

–¿Un dios? –pregunté intrigado.

–El Dios –respondió cortante.

El silencio fue absoluto. Casi hasta dejé de respirar…

En eso rio a carcajadas.

Ahora no sé, si era verdad o mentira…

La estupidez

Cada día que se vive hay que tomar decisiones, incluso muchas, aunque varias de ellas pasen desapercibidas. Esas que se toman al azar están regidas por la experiencia o por la estupidez inconsciente. Las otras, son tomadas por la estupidez consciente. Somos una masa, y me incluyo, de errores. Toda la existencia es un error englobado en un caos. Algunas veces tenemos suerte y las cosas salen "bien". El bien de hoy no es el mismo bien de mañana, pero al menos nos alegramos ante la posibilidad de algo positivo. Vivir es un experimento que a diario modificamos y adaptamos. La estupidez está en todo, como un Dios omnipotente. Yo he sido infinitamente estúpido, ya que con todos los años que he vivido, cometo y seguiré cometiendo errores. Excuso mis errores en el ser humano, pero él es solo la víctima de mi estupidez. Hay que ser sincero, cualquiera podrá darse cuenta. He vivido por impulsos: por ensayo y error. Hoy me cuestiono, mañana volveré a hacer lo mismo. Es peligroso vivir sin aprender, pero viviendo es que se aprende.

Esta masa caótica que se hace llamar hombre es, sin duda, la víctima de mis decisiones y ha de sufrir las consecuencias de las decisiones de otros. Un círculo vicioso.

Para justificarlo a Él y a mí, en este torbellino que es nuestra travesía por el planeta, si no fuera por los errores que se cometen, la vida sería sumamente aburrida, como en un constante paraíso.

Gracias a estos errores, la vida de hombres como Dracón y sus leyes; Confucio y sus pensamientos; Hammurabi y su código; Asoka y su imperio; Moctezuma II y su Quetzalcoal; Bolívar y su Independencia; Lutero y su Reforma, jamás hubiesen sido dignas de recordar. Todas son consecuencia de errores propios o de otros con influencia, ¡yo!, por nombrar solo a uno.

Al parecer, la estupidez es más sabia que el conocimiento y la voluntad. Rige todo nuestro entorno, está generalizada en todos los hombres y tiene algunas consecuencias excesivamente positivas. Es como el asesinato. A algunos hombres hay que matarlos para generar prosperidad. No necesariamente por ser "malos", sino porque con su muerte se promueve una consciencia colectiva.

Seamos grandes, seamos sabios... seamos estúpidos.

> **66** *Yo he recorrido muchos caminos para llegar acá,*
> *aún me falta mucho para llegar allá* **99**
>
> **Yo**

Yo lo observaba absorto, intrigado, molesto. Este personaje, por tantos años desaparecido y ahora me viene con que es Dios. Él estaba parado sobre una roca mirando todo a su alrededor.

—Allí se alzaba mi palacio —señalando un terraplén de oro y mármol—. Uno entre muchos.

Miré el sitio y no había ningún vestigio de construcción o incluso ruinas.

—Eres escéptico —me dijo con su burlona sonrisa entre labios—. Si alguien no debiera serlo eres tú. ¡Tú! que no llevas una existencia normal.

—Tenemos que hablar —lo interrumpí con énfasis.

—Por eso estamos aquí. Pero el tiempo pasa y tú no pronuncias palabra. Por el contrario, yo no he parado de hablar, ya que me aburre el silencio. Si te intimida mi reino, nos podemos ir a otro lado en el que te sientas más seguro.

—¿Cuál reino?, aquí solo hay rocas, plantas y nubes —repuse molesto.

—Observa mejor —expresó Él señalando todo a su alrededor.

Ante mí se comenzó a levantar una fabulosa ciudad, repleta de altas edificaciones, palacios y templos. Resplandeciente en cada rincón, hermoso cada detalle. Era más bello que cualquier lugar que me pude haber imaginado.

—Pero aquí no había nada —tartamudeé incrédulo.

—Las cosas no las debes ver para creer que existen. Existen, al menos en la imaginación de alguien, ustedes son los que se empeñan en no verlas.

El lugar que Él me mostraba no estaba vacío, sino repleto de seres luminosos que se movían a gran velocidad. Todo era energía.

—No te equivoques, este es el Paraíso que tú quieres ver, muy diferente al que yo vivo —prosiguió.

El humor

Se ha dicho que la risa es la peor enemiga de la fe, quien ríe no le teme a Dios. Evidentemente siempre ha existido algún amargado que, para justificar su obsesión, descarga su ira ante la felicidad humana o al menos ante el consuelo de su búsqueda.

El humor es un arma peligrosa en contra de quien se use, ya que, de una manera jocosa, se infiltra una carga negativa que hace más daño al individuo que la agresión directa hacia su persona; la risa lo hace vulnerable, y el humor, como una daga, se clava en su corazón. Siendo la risa sana en esencia, el hombre ha generado suficientes razones para llorar y no reír, pero la mente humana escapa al sufrimiento buscando en la cotidianidad, incluso en el sufrimiento ajeno, razones suficientes para reír. Es su escape, es su salvación.

Río mientras cavo la tumba de mis amigos; río al sacarle los ojos al que hoy es mi enemigo, tengo millones de razones para reír, pero ese soy solo yo, quien espanta lo negativo con lo positivo... con una buena carcajada.

Ante la situación actual no me podía reír, ni siquiera una sonrisa se dibujaba en mi rostro y menos por lo que Él estaba por decir.

—Perdiste.

—¿Yo? —indagué incrédulo.

—Hace años, cuando te dejé en libertad para que hallaras tu propio camino, pactamos una prueba, en la que una persona cualquiera, tú, en mi situación, no tardaría en corromperse y transformarse en la bestia que tú me consideras.

—¿Perdí? —pregunté escéptico.

—Tú fuiste peor que yo, desconociendo incluso todos los otros poderes que posees, ya que, abrumado por tu ego, fuiste déspota. Tomaste las vidas de terceros y jugaste con sus destinos; sacrificaste a los débiles para vanagloriarte con los poderosos; ignoraste a los que te pedían justicia, por no coincidir con tus antojos del momento y después, con el paso del tiempo, al darte cuenta de tu error, nunca regresaste a modificar el daño o al menos pedir perdón.

—¿Cómo es eso? —expresé molesto—. Te he visto proceder a tu antojo, sin pensar, por diversión…

—¿Cuántos años crees tú que yo tengo? —me interrumpió—. ¿Piensas que la experiencia no cuenta en mi caso al momento de tomar una decisión espontánea? ¿Crees que en mi mente no están estipuladas las consecuencias?

Quedé paralizado y mudo.

—No te dejes llevar por mi libertad al contar una anécdota. Todos los elementos han sido considerados. Y si por la euforia del momento, me apasiono en mis actos, con consecuencias adversas al plan inicial, retorno y lo modifico… "Errar es de humanos", ¿por qué no habrá de ser mío también? Ese es uno de los poderes de los que te hablaba… siempre puedes regresar al momento específico y corregir, una y otra vez, hasta que el resultado sea el que tú quieras y no una consecuencia improvisada.

Debo haber parecido un idiota, allí de pie, inerte y mudo.

—Mis mayores triunfos, —prosiguió— banales, por supuesto, ante los ojos de mis más severos críticos, han sido, cuando les he robado, al menos una pequeña sonrisa, a los opacos de corazón, a las niñas violadas, a los hombres a punto de ser ejecutados. En una oportunidad, y ante una apuesta que no podía rechazar, aseveré lo contrario. Sacrifiqué la vida del enemigo de mi contrincante, para ver cómo se le escapaba una sonrisa al correr la sangre, de la víctima, hasta sus pies. Después sonreí yo, cuando de una estocada ambas sangres se mezclaron. Mi sentido del humor siempre ha sido particular, pero río, eso es lo importante.

❝ *La risa es el arma más poderosa de la humanidad* **❞**

Mark Twain

–He vivido piel con piel, en el fragor de una batalla con soldados que sonreían de júbilo, a pesar de saberse vulnerables ante una muerte cercana. Una euforia colectiva que, debido al temor de lo inevitable, reían para no llorar. Una mezcla positiva entre la adrenalina por la batalla y la risa para desafiar la muerte. Finalizada la lucha es cuando aparecen las lágrimas, por los muertos, por las heridas, por la derrota, por la vida misma. Pero insisto: una vez superado el trauma del mal, se genera una sonrisa por la experiencia vivida. "El tiempo cura todos los males" y la risa los sana. No en vano la comedia, la más depurada forma de humor, ha sido elogiada incluso por los que estaban siendo mofados. Vivo la comedia de mi vida. Un gran amigo y maestro en esta especialidad fue Molière quien se rio de la sociedad parisina, y ésta con él. Él depuró, a lo largo de su vida, la forma de manejar mi humor ante los demás, una forma de sarcasmo intelectual, un poco olvidado desde las comedias de Plauto.

La conclusión que extraje de esa gran humillación a mi ego, de esa lección de vida fue que, en esencia, hay que reírse de todo, de todo lo que se pueda, sobre todo de ustedes mismos, ya que "Dios" mismo, se ríe de mí.

Los amigos

❝ *El que busca un amigo sin defectos*
se queda sin amigos **❞**

Proverbio turco

¡Bájate de esa nube! –me instigó Él a que hiciera.

Entré en conciencia, y ya no estábamos en el Paraíso que yo mismo me había creado. El lugar era otro, muy diferente, en medio de un desierto.

–¡Qué extraño! –expresó con sarcástico tono–. Escogiste el mismo lugar en donde Jesús escogió pasar cuarenta días.

Era difícil aseverar, no había nada, absolutamente nada que diese una referencia, solo su palabra.

–Ya no tengo amigos, –comentó, con los brazos extendidos, ante la inmensidad desértica– ni uno solo. Los que han estado cerca, apenas son compañeros de juerga, gente provisional que han llenado mi tiempo y mi diversión, a los que he usado a mi antojo y traicionado por ideales elevados. Este es un negocio solitario, por el bien de todos. Es difícil unirse en amistad, a quien se va a ver morir o al que se debe traicionar para lograr un objetivo. He aprendido de errores pasados, pero no llevaré sobre mis hombros toda la culpa. Esta raza humana lo hace a cada rato, incluso traiciona a su hermano por menos de lo que Judas traicionó a Jesús que, en definitiva, por cierto, fue un arreglo entre ambas partes: uno por la gloria y el otro por complacer a un amigo, su mejor amigo.

–El hombre no es bueno para ser tentado, –continuó– ya que se le nubla la mente y lanza al precipicio a todos los que se encuentren a su lado. Lo he visto y hecho millones de veces.

–Hoy me protejo de no dejarme llevar por ese sentimentalismo manipulado y prefiero existir sin amigos. Recorrer los caminos solo con la compañía de extraños a los que puedo matar, robar o traicionar, dependiendo de lo que yo considere sea mejor para el mundo en ese momento. He cambiado, lo sé.

–Ven, caminemos –propuso Él.

–¿A dónde? –pregunté.

–Donde tú quieras. En cualquier dirección que escojas, se llega a algún lado.

Miré a un lado y al otro. El paisaje era exacto. Nada se percibía en ninguno a simple vista. Era indiferente el rumbo que tomáramos.

Él esperaba paciente a que yo iniciara el recorrido. Pero la paciencia no fue su virtud por mucho.

–Da un primer paso –dijo con cierto tono de desespero–. Si te "equivocas", improvisas, te reinventas.

A medida que caminábamos el paisaje se fue transformando. Llegamos a una carretera y la transitamos. A lo lejos empezamos a divisar algo extraño, perturbador.

En los postes telegráficos comenzamos a distinguir cientos de campesinos colgados, inertes a los caprichos del viento. El contexto en el que nos encontrábamos se comenzó a definir al observar en muchas de estas víctimas, bandas tricolores que representaban la bandera de México.

–¿La Revolución mexicana? –pregunté incrédulo.

–No sé –repuso Él indiferente–. Es tu camino.

–¿No te parece –continuó diciendo Él– qué este olor, dulce amargo, que transpira la muerte, es alentador? Me excita, me hace sentir que algo está pasando.

Yo lo observé incrédulo. Claro que algo estaba pasando.

–Otra fracasada revolución –expresé con nostalgia.

–No todo fue en vano –me corrigió Él–. Ésta, al igual que otras tantas, definieron la personalidad de lo que ellos hoy son. El "sacrificio" de unos por el bien colectivo de la nación.

El camino era largo y, excepto por los perros y los zamuros, no se percibía a nadie más. Un precedente para todo aquel que se revelara a lo establecido. Ni los vivos lloraban a sus muertos.

–Yo he asistido regularmente a todos los fusilamientos, –expresó Él– ejecuciones y masacres, para armar en mi cabeza una imagen mental que me sirviera de aprendizaje futuro. Me encanta ver los rostros de los niños que ansiosos van a las decapitaciones, mientras transforman sus ingenuos rostros durante el ritual del verdugo y el grito ahogado de la víctima, para luego aplaudir eufóricos al ver la cabeza rodar. Vi a muchos jugar después con la cabeza del decapitado. ¡Y pensar que hay gente que dice que la televisión perjudica! Con la realidad de las calles nos hemos criado todos y es de allí de donde sacamos nuestra creatividad.

–A más de un amigo vi morir por causa ajena, –continuó– a más de un amigo traicioné por causa propia. No estoy orgulloso de mi proceder, pero igualmente iban a morir. Todos mueren. Algunos incluso viejos, al lado de sus familias que debieron verlos envejecer poco a poco, mientras ellos sentían cómo sus cuerpos se deterioraban, añorando haber muerto en momentos dignos o gloriosos, cuando en instantes recuerdan quiénes son y qué representan los que están a su lado.

–¿Ninguno de los muralistas vio esto? –pregunté haciendo referencia a la terrible escena.

–No, ninguno. –respondió–. Ellos aparecieron en escena para recrear la lucha acabada. El momento perdido.

–No hay cuadros ni fotos que registren lo sucedido –dije.

–Sí hubo. Siempre las hay. Es la prueba fehaciente del ejecutor de la labor realizada. Pero esas fotos luego se guardan o se olvidan, cuando años después, el hecho pierde contexto y la escena nos parece grotesca y queremos olvidar el haber sido partícipes y que no nos juzguen.

—Cuántas fotos, —continuó Él diciendo, pero con nostalgia morbosa— cientos de ellas, en las que poso al lado de grupos de amigos y año tras año tacho los rostros de los que mueren. ¿Cuántos de ellos continuamos siendo amigos después de las fotos? Casi ninguno. Todos han tomado rumbos distintos, se han alejado de mí y se pierde la mística inicial de lo que nos unió. Mis camaradas en las trincheras en Vietnam, en Etiopía, en los Balcanes, en el Alamein, en el Titanic, en Gettysburg, en Borneo... tantas fotos, tantos rostros marcados y tachados, tantos recuerdos, tantos sueños. A varios, muy íntimos, a través del tiempo, por cariño y compasión, los he matado durante la batalla, por saber lo que el futuro les hubiese deparado. Preferí darles una muerte de héroes que un destino patético... A veces así soy, cariñoso y sentimental.

Nos salimos del camino, doblando a la izquierda y de pronto nos encontramos frente a un magnífico acantilado. En el fondo las olas rompían feroces en contra a la desgarrada piedra. Respiramos profundo y Él continuó su monólogo.

—Confieso que de vez en cuando una que otra lágrima se me ha escapado del rostro, pero es que la nostalgia de la guerra me llega al corazón, es algo más fuerte que yo. Creo incluso, que yo inventé el concepto. Yo le entregué la roca a Caín que acabó, sin él quererlo, con la vida de su hermano, y así se resolvió la primera rivalidad humana. ¿De cuándo acá fue que nos convertimos en moralistas, capaces de condenar una legítima reacción humana? Veamos pues, el concepto de amigo es sinónimo de traición, porque ¿de qué otra forma nos podríamos sentir afectados, si no fuera por alguien quien es de confianza? Que yo sepa, nadie es traicionado por sus enemigos. Si no, pregúntale a Remo.

Yo iba a opinar, pero Él continuó.

–En el fragor de la batalla no hay tiempo para llorar a los muertos. Es más conveniente llorarlos después. Lógica matemática. En la vida no te detengas por un amigo. Eso solo te desconcentrará de tus objetivos. ¡Úsalos, sí!, mientras puedas, y luego deséchalos sin voltear atrás, antes de que sean ellos quienes te desechen a ti. Cuando seas viejo, observa las fotos y recuerda los momentos felices. Pero es mi consejo: ni siquiera te molestes en tomar la foto. En resumen, lo que tú no le hagas a ellos, seguro ellos te lo van a hacer a ti. En la vida triunfa el que pega primero, sin molestarse en ver a quién fue que se le golpeó.

–Por suerte para mí, soy anónimo ante todos ustedes porque, de lo contrario, estaría más solo de lo que actualmente estoy.

–Un poco patéticos tus pensamientos –dije finalmente.

–Es que observar el mar desde los acantilados me da nostalgia.

–Pareciera que hubieses sido tú quien inspiró a Maquiavelo a escribir *El Príncipe*.

Él me miró condescendiente.

–Por supuesto que sí. Al igual que mi divina inspiración también está en el librito ese que tú escribes, cada vez que viajas a tu casa.

Sonreí apenado.

> 66 *El mejor amigo del hombre es la muerte,*
> *siempre está allí, esperando pacientemente para llevarnos*
> *de la mano fuera de este cotidiano sufrimiento* 99
>
> Yo

–Esta condición, mi condición, me ha hecho ser tan soberbio, al pretender dar opiniones y cuestionar las actuaciones de terceros. El mundo era un caos antes de yo intervenir, y sigue siendo un caos a pesar de los años que llevo haciéndolo.

Lo miré, dudando si hacer o no la siguiente pregunta.

—¿Alguna vez fuiste mi amigo? ¿O consideraste serlo? —la lancé impulsivamente.

—Soy tu maestro, tu tutor. Como tú bien lo sabes, nosotros no podemos tener amigos, nuestros ideales nos lo prohíben.

—Me siento solo —expresé—. Siempre lo he estado, pero ahora sé que lo estoy y lo asumo. Estoy en todos lados, pero no pertenezco a ninguno. He llegado a conocer a miles de personas, pero ellos no me llegan a conocer a mí. Extraño mi vida.

—Ahora sientes lo que yo he sentido por miles de años —comentó Él con resignación.

—✶—

La tierra

Qué insolencia la del ser humano al pensar, incluso al creer, que por ellos y para ellos es que existen el mundo y el universo en su consecuencia. Ellos son solo un soplo en un contexto. De los cuatro mil quinientos millones de años aproximadamente de existencia de este planeta, el hombre, tal cual lo conocemos, solo lo ha recorrido por escasos cuarenta mil años, desde su Prehistoria, y por cinco mil años desde su Historia. De ser un simple e insignificante mamífero, pasó a ser un insolente, engreído y brutal mamífero. Mucho de mí han absorbido... casi siempre lo malo.

–De no haber sido por un accidente cósmico, una casualidad, un error... los dinosaurios no se hubieran extinguido de la faz de la Tierra, hace ya... –reflexionó unos instantes–... unos sesenta y cinco millones de años. Permitiéndoles así, a unos mamíferos inferiores, evolucionar. Ellos y no ustedes, gobernarían al mundo y todo lo que en él vive.

–Pero, por el camino en que vamos, va a ser la predominancia más corta que haya dominado la Tierra– dije escéptico.

–Es verdad. Pero no puedes negar que es la calidad y no la cantidad de años y yo, no recuerdo ninguna construcción hecha por los dinosaurios, ni sus libros, ni sus artes y menos aún, de su filosofía. El hombre, esta raza transitoria, se ha excedido en méritos y por sus méritos se destruirá.

–Ese es tu legado, tu misión, –me dijo categórico– evitar que el hombre se destruya por completo. Busca el equilibrio, modifica la balanza, haz lo que consideres, pero mantenlos vivos, al menos una porción considerable de ellos.

—Este mundo que nos contiene y limita es por ahora, y para el grueso de su población, su concha, su refugio, su único medio real de existencia. Muchos años han de pasar, muchas más personas han de cruzar los senderos de este planeta y todos, a su manera, intentarán colaborar. Pero es difícil saber a qué nos llevará esa "colaboración". Esa es una acción peligrosa, un arma de doble filo. Todos son puntos de vista. El que colabora para su causa y por sus ideales, perjudica al otro. Acción y reacción. "El bien a consecuencia del mal". En la fórmula de la vida se generan efectos secundarios, que son más de los que se creen, etiquetados como "daños colaterales", a consecuencia de las buenas intenciones… un sacrificio menor a favor del bien colectivo, por así decirlo. No es una labor fácil la que te estoy encomendando.

—¿No entiendo por qué yo? —pregunté incrédulo—. Hasta ahora siempre pensé que estaba aquí por diversión y aprendizaje. Nunca por altruismo a la raza humana, que además siempre me ha ignorado.

—Ella no te ignora. Has sido tú, y solo tú, quien no ha querido integrarse —me instigó él—. Y como tú, otros tantos. Pareces un comunista, echándole la culpa a todos excepto a ellos mismos.

Él se asomó al acantilado y pateó una piedra al vacío. Esta, luego de su largo recorrido, cayó sobre la cabeza de un pescador que preparaba sus redes.

—Tengo mis razones —expresó sin remordimiento.

Me quedé impávido, observando lo ocurrido. Abajo, un grupo de sus compañeros, voltearon hacia arriba para ver de dónde había caído la piedra, y yo instintivamente me oculté de su visual.

—No te preocupes, no te pueden ver. Hay cosas que harás y no estarás a la vista de nadie.

–Hace siglos, muchos siglos, cuando aún era joven de espíritu y osado de convicción, –comenzó a relatar– me propuse destruir la vida de un hombre, porque me negó el placer de su mujer, y convencí al dador de luz (Lucifer) que dudara de la fe de este príncipe, ante Dios. El resto de esa historia ya la conoces. Pero fue allí y desde entonces, donde comenzó mi labor.

–¿Por el placer de su mujer? –inquirí–. Tus razones siempre han sido banales.

–No siempre –respondió Él a secas–. Es fácil –continuó– ser agradecido cuando todo se posee, pero ¿qué pasaría si de pronto, ese poder y esa felicidad desaparecieran? El rico siempre tiene más que perder, ya que sus ataduras materiales lo hacen esclavo de lo que posee. Un títere de su contexto. Por el otro lado, el pobre no tiene nada que lo ate y, al perder lo poco que atesora, está aún muy cerca de la base de su felicidad.

–¿En serio?... ¿Eva? –pregunté incrédulo.

–¿Vas a seguir con el mismo tema? Eva era la única mujer que allí había. Ya Lilith, la primera en verdad, estaba fuera de escena, la había ya poseído y ahora era una serpiente. ¿Qué quieres que te diga? Tengo pasiones.

–No me refiero a eso –reformulé mi duda–. Es que yo no te hacía a ti como un creacionista.

–¿Cómo no ser creacionista? Somos dioses. Los evolucionistas son ustedes, los humanos. Es en el equilibrio de las dos versiones que está la verdad.

–Por cierto –continuó–, Lucifer siempre ha sido un buen muchacho, un personaje sabio, pero menospreciado. Un "chivo expiatorio", digámosle así. A él le pareció un argumento válido el mío y me prometió planteárselo a Dios. Por supuesto que él ignoraba mis motivaciones reales y no tuve corazón para defraudarlo en su empeño. Por un tiempo me desentendí del asunto y me entretuve en definir los distintos instintos básicos en los animales. Tú sabes, carnívoros y herbívoros… "víctima y victimario".

–No lo dudo. Definiendo los criterios, desde la base (la Creación) –complementé.

–Al tiempo, admito, me sorprendió… descubrir que efectivamente Lucifer había logrado convencer a Dios, de "pervertir" a este, su devoto siervo, y tras su expulsión del Edén, se iniciaba entonces mi momento. Me senté en primera fila, y hubiese comido cotufas de haber habido maíz, pero el pistacho estuvo bien. El resultado, no esperado por ninguno de los dos, fue una lucha de titanes, el enfrentamiento de dos poderes: corazón y mente.

Yo lo miraba incrédulo.

–Qué hecho tan humano, el apostar sobre la desgracia de un hombre. Aún hoy, al recordar, me brotan lágrimas de emoción al ver cómo una venganza personal, se convirtió en un conflicto de intereses de escala divina. Desde el momento en que Dios aceptó la apuesta, Lucifer decidió poner toda su voluntad para lograr su cometido. El destino –dijo con una sonrisa– había jugado su mejor carta. Logré lo imposible: que Dios, y no su adversario, autorizara proporcionar todo el "mal" sobre la Tierra a un hombre y a su mujer, que lo adoraban, amaban e idolatraban. Una mezcla de pasiones; unos juegan por el amor divino de este hombre, y yo por la lujuria no consumada… aún. Ese señor, al fin y al cabo, demostró que sí tenía una fe de hierro. Perdió a sus hijos, su poder y su salud y el aún alababa a Dios. Pero no fue hasta que se sintió rechazado por sus allegados, que sospechaban que todo el mal que sufrían era consecuencia del "mal" que él había proporcionado. La filosofía de "si a hierro matas, a hierro mueres". Esa fue la gota que derramó el vaso. Un vaso que yo me empeñé en llenar. Finalmente, el cuento se puso bueno, cuando el pobre Adán, desesperado, le exigió a Dios una explicación: lo reta, lo enfrenta y lo cuestiona. Le exige, que pruebe la culpabilidad de los males que aparentemente cometió para estar sufriendo los castigos de su adorado Señor. Por supuesto que Dios nunca iba a admitir que se trataba solo de una apuesta de ego. Le explicó mucho sin decirle nada. Al final, yo ya había logrado mi objetivo. En un momento de desesperación y frustración, consolé a la mujer que "generó" tal desgracia. Satisfecha ya mi lujuria, consolé a ese pobre hombre, víctima de una cruel rivalidad entre el sentimiento y la razón. Me le acerqué y lo abracé. Sus llagas entonces desaparecieron. Y él, desde ese entonces agradecido, me adora es a mí.

—¿Qué tiene que ver todo eso con la misión que me quieres legar? —pregunté confundido.

—Te estoy encomendando el cuidado de mi descendencia. Ya que, de esa efímera pasión con Eva, un hijo nació. No Caín o Abel, sino uno mío… la humanidad, por así decirlo.

Mi mente estaba turbada. Analizaba rápido el Génesis en mi mente. Y esta "anécdota", aclaraba una duda que siempre había tenido. ¿Si Adán y Eva solo habían tenido dos hijos: Caín y Abel… y Caín por envidia había matado a Abel sin intención… de quién era la descendencia humana? ¿De Caín, el asesino, con su madre… o?

—¡Exacto!... ¡yo! —dijo con vanidad—. Toda la humanidad proviene de mí. Y confío ahora en ti para que la preserves —continuó—. Y obedecerás las razones que dicte tu corazón, tu mente e incluso tus caprichos, incluso si todas las fuerzas de la naturaleza se te oponen. Si te equivocas lo arreglas, pero el instinto es la base de tu misión, nunca la lógica, ya que es imposible percatarse de las consecuencias de cada hecho y cada decisión.

La metamorfosis

Si Gregorio Samsa se pudo convertir en cucaracha, imagínate lo que yo puedo hacer. Esas transformaciones son de lo más vigorizantes, sobre todo en las etapas de conflicto, cuando he tenido que ser el uno y el otro para lograr mis resultados. Tomo los cuerpos a mi conveniencia, manipulo sus cerebros y distorsiono sus palabras; luego los desecho. He sido fuego, agua, viento y tierra; he sido la serpiente venenosa utilizada por Cleopatra y el caballo del guerrero que, en momentos de mayor euforia, lo tumbó, para que las hordas de soldados lo descuartizaran a él, mi enemigo. He sido la túnica del emperador y el lecho de los amantes. He sido todo, todo el tiempo. Estoy aquí y allá, arriba y abajo. No es solo una prioridad de dioses, también de demonios. Eso debes ser tú. Tienes que aprender y aprender solo.

Yo caminaba de un lado al otro, tentado a gritar. Este personaje regresaba para torturarme. Mucha información en tan poco tiempo. Y ahora, "Padre de toda la Humanidad".

Me sentía impotente, frustrado y atrapado en una situación que, al final de cuentas, era tentadora y seductora.

—Al menos ya eres inmortal –dijo.

—¿Lo soy? –pregunté extrañado y ansioso con el corazón sobresaltado.

—Acaso, ¿no comiste de la planta que le arrebataste a Gilgamesh? –aseveró Él.

—Sí, pero me imaginé que era una leyenda folclórica y no una divina realidad.

—Entonces eres inmortal —repuso con convicción—. Eso te ayudará sobremanera. Pero te advierto: la inmortalidad no te protege del dolor en extremo, a veces desearás estar muerto para dejar de sufrir, así que ten cuidado.

Qué manera tenía Él, para dar y de inmediato quitar.

—Recapitulando —comenzó a decir, cambiando el tema por completo—. Recuerdo en épocas pasadas, cuando jugaba con otros colegas ya desaparecidos y nos transformábamos en animales, viento, lluvia o alimento para manipular a los hombres. Nos perfeccionamos con el pasar de los tiempos, pero ellos, mis colegas caducaron en las mentes de sus creadores y ahora son solo un recuerdo literario, que se representan de vez en cuando en teatros, pero carecen de influencia y poder. Yo he logrado, al igual que tú podrás, sobrevivir, porque represento lo más bajo de la raza humana: su instinto, su pasión, sus complejos, sus temores, su ira, su maldad, su vida. Mientras eso exista yo me mantengo vivo… y tú. Mantenles vivos esos sentimientos y, descuidados ellos, les extraes lo bueno.

—¿Necesito anotar algo? —pregunté con cierto sarcasmo.

Él me miró indiferente, suspiró y continuó expresando abiertamente sus pensamientos. Seguir su lógica y ritmo siempre ha sido una proeza titánica. Rara vez calla para poder disfrutar del paisaje y asentar las ideas… pero así es Él.

—Entre misión y misión, impuesta o escogida por mí, me transformo. Poseo mil caras, razón por la cual nada sobre mí está escrito, solo los papeles que he representado. Un actor de la historia. Una vil creación humana, pero con un poder de proporciones divinas. He vivido cada segundo de cada individuo que ha poblado este planeta y te aseguro, que muchos de ellos no debieron haber nacido, pero se necesita masa para hacer el relleno. He concentrado mi simple existencia en aquellos que, de alguna forma, le ofrecieron a mi vida momentos dignos, ya sean protagónicos o secundarios. En cambio, esos otros personajes sosos, son tan simples, que ni siquiera me provoca despeñarlos, me aburro solo con su presencia, los ignoro. Hay otros que sí vale la pena destruir o realzar, dependiendo de con cuál me encariñe más. No hay nada más castrante que sentirse limitado, conocer las fronteras. Un mal humano, que se empeña en delimitar su espacio, incluso su conocimiento. El infinito es un concepto ilimitado. A medida que el conocimiento del infinito desconocido se estrecha, aumenta proporcionalmente. Quien más sabe más ignora. Las mentes son un universo en expansión, equivalente al deseo individual por limitarlo. Qué empeño el de muchos, en enfrascarse a vivir felices en sus pequeños mundos, cuando es más productiva una vida repleta de frustraciones intelectuales. La mente es como la tecnología, quien se queda atrás está condenado a ser sumiso, a menos que "asesine" a su rival, para inmediatamente ser esclavo del próximo. Claro está, que algunos nacieron para ser caciques y muchos para ser indios. Yo he hecho de indios, caciques, y de caciques, comida de gusanos. Nadie está a salvo del éxito ni tampoco del fracaso. Hay que ser gente, hay que sentirse vivos. Es complejo ser todos y uno, ser más unos que otros, ser yo.

Me miró fijamente a la espera de algún comentario mío. Pero ante el abarrotamiento informativo, quedé sin palabras.

–La información calará en ti, dale tiempo. Pero resume el como tú eras y alienta el cómo deberás ser.

–Ahora, –continuó– disfruta del paisaje, tanto que lo has añorado. Te ofrezco un minuto de silencio.

Las tradiciones

Literalmente fue un minuto.

Con cada nuevo imperio o conquista temporal, los victoriosos marchan sobre los vencidos, con toda la prepotencia posible, destruyendo y matando a todo lo que se interponga en su camino. Ante la imposibilidad estratégica de la aniquilación total del "enemigo", se utiliza una herramienta más sutil, pero no menos dolorosa, la cual es la destrucción de todo vestigio de la cultura sometida. Se destruyen templos, obras de arte, escritos, y se imponen los nuevos cánones, heredados ahora de una conquista transitoria. Las pocas culturas que logran sobrevivir a este atropello se nutren con las de su opresor, se amalgaman y se generan unas nuevas variantes fascinantes. Algo similar a lo que ocurre con las mezclas de las razas.

–Todos en sus tiempos han sido maestros en la desaparición sistemática de culturas subyugadas. Los incas mataban a todo aquel conquistado que pudiese recordar su pasado reciente, y reeducaban a los niños de estos, con la nueva cultura: la suya. Con el pasar de los años, el pasado de esos niños, ahora hombres, era incaico, por desconocer su pasado real, ya extinto y olvidado –me dijo–. Esta es la parte difícil. Tú con cada cambio que realices debes modificar todo vestigio de la referencia anterior, para mantener la única línea "real", la impuesta por ti y siempre buscando ese equilibrio futuro. Muchas veces te verás en la obligación de modificar una y otra vez un mismo hecho, hasta que se adapte a la perfección de lo que te interesa.

–¿Como hice con la "matanza" de los inocentes para salvar al que sí pudo haber sido el verdadero Mesías? –pregunté.

–Te lo debo de acreditar, esa fue una obra maestra –expresó orgulloso, dándome unas palmadas en la espalda–. De igual manera como hicieron los babilonios al conquistar a los judíos, desmembrando a las tribus y exiliando a la clase dirigente a sus territorios, dejando en la ahora nueva colonia solo a los campesinos y artesanos… más fáciles de someter. En su exilio, los judíos asimilaron la cultura de su opresor, la babilónica, y la adaptaron a la suya propia, utilizando cantidad de referencias descritas luego en las Sagradas Escrituras. Como es natural, solo una se recuerda y la otra se olvida. Con el tiempo, la cultura babilónica se cubrió de arena y la judía permaneció, a duras penas. Las referencias apropiadas, en el libro sagrado, al no existir ya el imperio subyugador, quedaron como hechos propios, hasta los recientes descubrimientos que han puesto a la luz la realidad.

–Te voy entendiendo –dije.

–Insisto, no es fácil, pero siempre puedes retroceder y modificar o adaptar el "error". Los errores no existen. Usa todas las herramientas que estén a tu alcance. No te sorprendas, los verdaderos conquistadores son los que imponen su cultura sobre una masa deseosa de ser alienada a través del arma más poderosa que existe en la actualidad: los medios de comunicación, por encima de la política, la religión y la fuerza militar. No hay como sufrir una metamorfosis mental en la paz del hogar.

–Necesito un descanso. Es demasiada información para asimilar en un mismo momento, sobre todo cuando aún tengo miles de preguntas sobre ¿por qué yo?

–Primero lo primero –dijo con calma, mientras respiraba profundo el aire de montaña–. En algunas luchas en las que he participado y triunfado, al evaporarse la euforia de la victoria y tras haber saciado la necesidad de sangre "enemiga", he tenido la agudeza de evaluar a favor de quien luchaba y las consecuencias de ese triunfo pasajero. Lo que se ganaba y lo que se perdía. Podríamos decir que de pronto, e inesperadamente, ocurrió un "milagro", y el destino sonrió más bien al derrotado, convirtiéndolo en vencedor. No soy un milagrero. Yo le dejo esas herramientas infantiles a otros que sí las necesitan.

Los monumentos

Comenzó a anochecer y como ya era costumbre, Él observó en silencio al sol mientras se ocultaba en el horizonte. La masa de nubes que rodeaban al Monte Olimpo variaba los colores como si fuese un caleidoscopio. Yo sabía que en ese silencio, Él intentaba escuchar los gritos del Dios Sol al ocultarse. Yo nunca los he escuchado... y es probable que Él tampoco.

—Si algo que hay que reconocerle a la raza humana —dijo circunspecto— es su voluntad por la inmortalidad. Desde el inicio de la mal calificada civilización, se ha concentrado en construir monumentos cada vez más grandes y más sofisticados. Algunos, los que no han sido destruidos por sus vecinos o devorados por las arenas de los desiertos, permanecen como símbolos de un pasado glorioso, en donde un hombre era capaz de someter a muchos para inmortalizar su nombre, su ego o su imperio. Piedra sobre piedra vi construir esas maravillas. Piedra sobre piedra conspiré para destruir esos monstruos arquitectónicos. A veces por envidia, otras veces por celo, pero por lo general fue por diversión. No siempre con un esquema predeterminado en mente. Aun así, somos como el ave Fénix, surgimos de las cenizas dejadas por otros y nos fortalecemos de ellas. Nos empeñamos en levantar ciudades sobre ciudades, siempre mejorando la anterior, pero siempre en el mismo lugar. Existe algo freudiano en todo eso. Los siglos pasan, las piedras se erosionan, pero aún hoy conservan ese místico halo de grandeza que una vez tuvieron pero ya no existe. Yo porque las vi erigirse, pero el hombre posee una fabulosa imaginación al levantar, de piedras esparcidas, lo que él cree debió haber sido. Para él eso es importante, ¡déjalo! No siempre resulta igual al original, pero no seré yo quien lo diga, ya me cansé de enfrentarme a ese ser, testarudo y "autosuficiente". Peor para él, cuando las generaciones futuras lo desmientan y humillen, algo que sí saben hacer muy bien y por ingenio propio. Hoy en día tenemos la tecnología para construir fabulosas obras, pero en el pasado, solo se contaba con limitadas herramientas, voluntad y millones de hombres para erigir murallas, pirámides, palacios, acueductos, templos y ciudades. Muchas de ellas permanecen intactas a pesar del paso de miles de años. Vamos a ver qué tan permanentes son los monumentos que se levantan actualmente. Hierro y vidrio. Recuerdo las primeras piedras que el hombre arrastró desde muy lejos para agasajar a algún dios o para tratar de develar los secretos del universo divino. Existía una fe ciega y un fuerte látigo. No es igual que en la guerra, pero mueren cientos en honor a la deidad adorada. En cierta forma es un privilegio morir por tan digna obra. El ocio puede ser creativo, si se maneja con la cabeza. Una vez que se asegura la comida, se tiene tiempo para las artes.

–¿Cuántos de esos monumentos han sido en tu honor? – pregunté intrigado.

–Lastimosamente he de afirmar que ninguno de esos monumentos o templos han sido construidos en mi honor. A pesar de todo lo que le he dado y quitado al hombre, ninguno me ha recompensado por mis méritos. Los griegos a veces levantaban ciertos templos a los dioses desconocidos, qué insolencia para sus memorias. A alguno tal vez... pero no estoy seguro. El ser humano es ingrato, pero lo perdono, él muere y yo permanezco. Debe ser esa la razón por la cual, aunque admiro la obra, tiendo a destruir o minimizar al imperio que la erigió. Digamos, un pase de factura, muy de moda a través de todos los tiempos –sus palabras poseían un matiz de nostalgia.

–¿Y yo?

–Oigo murmullos –continuó diciendo sin hacer caso a mi pregunta– en mi conciencia, miles de voces que reclaman su vida, exterminadas por el bienestar social y material. Qué sería de nosotros, si estos hombres y mujeres no hubiesen sacrificado voluntariamente sus vidas para dejar tras de sí obras colosales que realzan la grandiosidad humana, por lo general de algún héroe, rey, papa o emperador… rara vez para un hombre común o un soldado desconocido. Toda una cultura artística, técnica y visual que nos enorgullece de su raza y su convicción de ejecutar semejantes obras, por las cuales estos seres dignos de su sometimiento constructivo, ofrecieron felices sus vidas tan generosamente, por nosotros. Pero hoy esas vidas me reclaman mezquinamente, lo que en una época ofrecieron tan plausivamente. Son solo masa, todos son una masa que envejece, deteriora y muere. ¿Cuál es la obsesión, si en vida no valían nada, para qué deseaban seguir viviendo…? Les prometí un Paraíso a su muerte.

–¿El Paraíso?... o ¿un Paraíso? –pregunté intrigado. Ya que con Él todo es posible.

–Cuando te toque a ti sabrás –respondió irónico–. He visto cómo trabajas y, a decir verdad, te estás pareciendo más a mí de lo que crees.

–Por lo general lo malo se imita primero –respondí.

Él sonrió. Y continuó hablando.

–Muy pocos individuos tienen valor real como entes, solo en grupos es que pasan a ser interesantes. Además, reyes, papas y emperadores, al igual que ellos, están muertos y enterrados. Señores, voluntarios en otras épocas: acepten su sacrificio con humildad y orgullo, ya que existe algo de ustedes en cada una de las piedras levantadas y talladas –diciendo esa última frase al cielo, con la intención de que alguien lo escuchara.

Yo miré alrededor a la espera de que aparecieran otras personas, almas o al menos luces, ya que estaba tan abstraído que juré que Él le hablaba a terceros.

—¿Quién se acuerda o quiere acordarse de un pasado lleno de telarañas? —continuó diciendo a las inexistentes personas, me imagino—. Las obras simbólicas existen, pero ya a nadie le interesa saber por qué, ni para qué y menos aún, a quién. Olvídense y callen, hagan silencio en la hoguera que los carcome, duerman en paz, todos somos harina del mismo costal y lo que a ustedes les pasó, a otros les pasará. ¿Quién asegura que estamos a salvo de las garras de un futuro incierto? Mi conciencia está tranquila, yo me nutro de sus sacrificios y admiro su dedicación... ¡Déjenme en paz!

> 66 *En Suabia dicen de algo que terminó hace mucho tiempo: hace tanto tiempo, que dentro de poco ya no será verdad. Así también Cristo ha muerto por nuestros pecados hace tanto tiempo, que ya pronto no será verdad* 99
>
> **Hegel**

—◈—

La revolución

Un sueño romántico, solo eso. No se nos ocurra pensar, ni por un momento, que solo ahora su mística nos envuelve. Ese deseo eterno de luchar en contra de unos "opresores", que con su influencia nos dominan, es tan viejo que me aburre. En más de una oportunidad, cuando esos sueños se hacen realidad, las víctimas se convierten en victimarios. La esencia humana está conformada en cada uno del mismo estiércol. La sed de poder también la tienen los oprimidos, el ansia de venganza está grabada en la médula de cada ser, hombre y mujer, la necesidad de subyugar es tan humana como la sonrisa hipócrita o un aplauso vacío. Solo los soñadores mueren, una vez conquistadas sus fantasías. Prefieren morir antes de ver los resultados de sus sueños tergiversados o víctimas de ellos mismos. Entonces, el nuevo líder, se quita la máscara de revolucionario para transformarse en la imagen exacta del depuesto opresor.

−Es ridículo pensar que puede ser de otra manera. Es ridículo creer que el concepto de la revolución es nuevo. Siempre ha existido y los resultados son los mismos. El romanticismo que los envuelve es generado únicamente por las derrotas obtenidas, nunca por las victorias logradas. Es un círculo, el victimario derrotado, ahora por la víctima, se convierte en revolucionario del nuevo opresor.

−El único consuelo a esta cadena eterna es que el sueño perdura. Existe, aunque sea repetitivo o monótona la idea en la mente de algún visionario romántico, la posibilidad de que a través de su revolución el mundo pueda ser mejor. Qué ingenuo. Mientras exista Yo, incentivaré esos fabulosos sueños que al final generan dolor y muerte. Esos sueños me obligan de buen grado a crear del barro a los hombres que lucharán por ese ideal, para que germine luego en él, el tirano que gobernará a los nuevos oprimidos. Mientras haya barro Yo crearé al hombre a mi imagen y semejanza –dije inspirado.

–Veo que la has captado a la perfección –me dijo Él–. Esa es tu misión.

–Han sido solo pensamientos –comenté sorprendido ante mi retórica.

–Tus pensamientos no son secretos para mí y tampoco los míos debieran serlo para ti. Te falta mucho por aprender y mucho qué recorrer. Me recuerda cuando yo era joven e imprudente, pero mira lo que se ha logrado, observa las maravillas que se han hecho y disfruta de los sueños que se han imaginado.

–En toda esta pasión, lo único malo es cuando uno se encariña con estos héroes, dejándose llevar por sus ideales, caprichosos, en la mayoría de los casos. Entonces en mi débil corazón, volteo al otro lado y permito que la mano enemiga destruya su cuerpo y glorifique su imagen. Yo no me puedo permitir ese tipo de debilidades. Sería este un mundo cursi, repleto de flores y palabras de amor. Un paraíso repugnante. Gracias a mí, disfrutan de un planeta digno, interesante y casi siempre cambiante.

–El pobre Espartaco se reveló y luchó en contra de sus opresores, los romanos, por tres años, inspirando a generaciones futuras de oprimidos. Se enfrentó contra un imperio que todos admiran e imitan. ¿Qué legado nos ha dejado esa revolución de esclavos? Fue un sueño de libertad que se sembró. Agua fresca en un pozo estancado. Con el tiempo se convirtió en más agua estancada. Me vi obligado, por mis principios, a soltarle de la mano para que cayera en las de su enemigo: Craso. Consideré que su labor estaba hecha, ahora había que glorificarlo, crear el mito. Por horas caminé entre las cruces al borde del camino para despedirme a mi manera de esos soñadores y les prometí al oído que su muerte no sería en vano. Ninguno me escuchó, estaban ensimismados en su propia desgracia. Demasiado obtusos para ver la imagen completa. Estaba yo disfrutando de sus muertes, porque era el único que sabía, en ese momento, lo que aquel espectáculo representaba en el futuro, un futuro muy lejano, pero así es como funciona el "Plan Maestro". Aun así se me escaparon algunas lágrimas al ver en esa extensa cadena de cuerpos inertes en sus cruces, a algunos amigos, mientras las aves de rapiña desgarraban sus cuerpos.

–¡Claro! hay que estar allí para entender la poesía –dije.

El éxito de toda revolución es el estar claro en que solo es otra revolución más entre las miles que se desarrollan cada año. Para cada quien es más importante su revolución que la del vecino. Por supuesto, que las que más transcienden son las que objetivamente se orquestan en contra de las potencias. Ese es el ingrediente que las convierte, de ser una lucha salvaje, a ser una cruzada libertadora. De allí que todos siempre, achacan a sus vecinos las calamidades generadas por sus ineptitudes.

A todos les encanta, de vez en cuando, ver a David luchar en contra de Goliat, por la ingenua esperanza de que tal vez se acierte otra estocada mortal. Es mucho más divertido ver a un gigante caer, que cientos de enanos dispersarse. La revolución no es un concepto novedoso, no es una lucha de corazón, solo es una lucha a muerte.

–Pero para mantener ese espíritu vivo, a continuación me tomo la libertad de escribirles un poema, que a veces se escribe en la obstinación de una noche solitaria.

Se acabaron los años de revolución y locura,
de pasión y sangre.
Ahora en esta pausa eterna
hay que buscar otros sueños de lucha.
Otros objetivos, nuevos horizontes.
Pero si divagamos demasiado,
se nos acabará el tiempo
y esos sueños no soñados
serán solo recuerdos no vividos de una vida lejana,
vacía y etérea.
Es hora de abrir los ojos
y hacer de esos sueños no soñados
una realidad.

La tortura

Bajamos una larga escalera, infinita, desde lo alto del Olimpo, "mi Olimpo" idealizado, a la Tierra, con los humanos. Desde lo alto todo se ve majestuoso, pero a medida que uno baja, lo perfecto se percibe defectuoso, no porque lo sea, sino porque no fue como lo imaginamos.

–Yo he sido tanto víctima como victimario de este arte milenario ideado para resquebrajar hasta al más duro y terco de los hombres, a revelar o aceptar cualquier acusación provechosa para el torturador –comentó inspirado–. Al serme imposible saber con exactitud la eficiencia de los métodos por mí utilizados, me sometí de buen agrado a las más diversas e ingeniosas torturas ante los ojos sorprendidos de mis fieles ayudantes. Lo probé todo: hambre, latigazos, resquebrajamiento de huesos, olores insoportables, calor, astillas en las uñas, alimentos putrefactos, ácidos en los ojos, el potro, golpizas rutinarias, hierros candentes y aislamiento total, entre muchos otros. Estos ayudantes me consideraban un Dios, al ver, sorprendidos, cómo superaba cada una de las pruebas por mí sugeridas y, por sobre todo, la velocidad de mis recuperaciones. Les demostré en carne propia mi naturaleza. Había algo de ego involucrado en el ritual. El hombre que sufre es un mártir y si sobrevive a sus propias torturas, un superhombre. En mi pequeño taller de la muerte dirigida, logré afinar métodos que luego fueron imitados en todo el mundo, cuando publiqué mi pequeño diario. Lástima que para la época no existían las patentes, ya que esa era la única industria que en verdad me atrajo y pudo haber sido muy rentable. Mis grandes clientes fueron miembros de las distintas cortes a lo largo de la faz de la Tierra y por supuesto, la Iglesia, con su conveniente inquisición. "El método para conseguir un fin".

—Yo dictaba cursos y supervisaba las pruebas que ellos hacían en inocentes víctimas. Fue el caso clásico del alumno superando al maestro. Me sorprendió el disfrute que causaba en los hombres producir dolor y sobre todo ver cómo se hacía. Me es imposible, por principios profesionales, recomendar el uso de algún dispositivo, sin antes haberlo probado en mi persona. Hay que conocer la mercancía previa a la venta. Todos y cada uno de los aparatos, y de acuerdo al capital del destinatario, funcionaron a la perfección. Desgarrando la misma alma del infeliz torturado, hasta obligarlo a aceptar cualquier cosa que lo pudiese eximir del dolor que estaba sintiendo. Siendo incluso la muerte un escape altamente deseado, pero siempre esquiva. El objetivo era oír antes de callar. Morían solo cuando debían morir, no antes. La mismísima Juana de Arco accedió, entre gritos, no sin una larga cuota de sacrificios tortuosos, a lo que sus victimarios buscaban, desprestigiarla y disminuirle el altísimo poder e influencia con que contaba. Envidias. Torquemada, ese pequeño fraile dominico, en el cual recayó la desagradable tarea de dirigir la Inquisición española, encomendada a él por los Reyes Católicos, resultó un alumno ejemplar. Absorbiendo cada instrucción y agregando algunas de su propia imaginación. Era pura pasión. Ningún otro cura torturó como él. Ni tampoco lo disfrutó tanto. Era el mismísimo diablo protegido y enmascarado tras la cruz. Robespierre, el asesino de la Revolución Francesa, murió de la misma forma que Luis XVI, al filo de la guillotina. Pero no vayas a ser ingenuo: no todos los que a hierro matan a hierro mueren. Ejemplo patético es del joven austríaco, con delirios de grandeza, que prefirió, luego de crear el caos más grande de la historia, y en el mismo día de su matrimonio, morir por el efecto del arsénico y una inocente bala. Me genera dudas saber, si la razón fue, la inevitable derrota o la visión de toda una vida junto a Eva. Al final de cuentas, la tortura es solo la herramienta del cobarde, temeroso del poder del torturado. El que teme elimina la razón de su miedo, no sin antes, como un zamuro, extraer de la víctima un lucro no poseído, ya sea de riquezas o de información.

—Te estás contradiciendo —interrumpí.

—Parezco un escurridizo camaleón al retractarme de la efectividad de mi ingenio. Lo asumo. La razón es que cuando hago memoria, me vienen a la mente los recuerdos de amigos que murieron a causa de mi creatividad. Sí, fíjate, amigos; algunos a quienes al igual que a ti traicioné, a causa de mis designios, mis caprichos, mis errores y mis conquistas.

✂

El futuro

No soportaba más sus disertaciones por no saber sus porqués. No deseaba escuchar más, quería respuestas y las necesitaba ahora.

—¿Por qué yo? —inquirí enfático.

—Como dije en un principio, de haber sabido ayer lo que hoy yo sé...

—Insisto ¿por qué me escogiste a mí? El más inapropiado para la labor requerida —dije desesperado.

—¿Te parece? Considero que has hecho una labor digna para la experiencia vivida. Has tenido voluntad y mano dura. Has sido imprudente y carente de un esquema global de tus actos, pero era una prueba, carecías del conocimiento del objetivo global.

—¿Cuál es la necesidad de mí?

—He existido desde que el hombre razona y en su extrema soledad, deseado. Soy su creación, soy su guía, soy su destino. No es un trabajo fácil y no lo niego, lo he disfrutado sobremanera, pero estoy cansado. La inmortalidad puede llegar a ser insoportable. Me aburro de estar vivo y aunque asumo que tú has sido agua fresca, quiero descansar. Te escogí a ti para que me sustituyas, para que tomes mi lugar. No es un proceso nuevo, ya se ha hecho antes, unos dioses sustituyen a otros. Yo he continuado debido a mi anonimato; el hombre no puede desear mi sustitución si ignora mi existencia, por eso permanezco.

–Pero yo no poseo ninguna de las cualidades. No soy Dios.

–Yo tampoco soy Dios, soy un dios. Acuérdate de que el otro es la suma de todos. Yo quedé afuera por la razón expuesta. Tú seguirás en mi lugar por la misma razón.

–Insisto, no soy un dios.

–¡Sí lo eres! Yo generé la apoteosis que te convirtió en uno, solo que tú te empeñas en desconfiar de tus cualidades. Cuando estés solo, reaccionarás y asumirás tu papel.

> **❝** *Es mejor prender una vela*
> *que maldecir las tinieblas* **❞**
>
> **Confucio**

–El ser humano progresará a gran velocidad para luego retroceder vertiginosamente. Ni "Dios" logró salvar al ser humano de un oscurantismo de mil años. En definitiva, "Él" y Yo somos sirvientes sumisos de esa especie inferior. Será que la inferioridad nos seduce por su "ingenuidad". Se necesita del bien y del mal para poder existir. Tú serás ambos.

–¿Ambos?

–Cuando vivías en la ignorancia de tu misión eras mucho más interesante. No me hagas pensar que me equivoqué al escogerte. Tu castigo sería inimaginable y eterno –expuso con determinación.

–Yo soy tu hombre, el único y definitivo –afirmé con falso entusiasmo ante la descripción del castigo.

–Está bien. ¿Qué otro consejo te puedo dar en el poco tiempo que ya me queda? –permaneció en silencio por unos segundos–. Embriaga de grandeza a todo aquel que te sea conveniente y luego conviértelos en "hazmerreír" al ya no serte útiles. No te sientas mal por esta realidad, imperios más grandiosos e invencibles fueron sustituidos por los que en algún momento ellos subestimaron. Algunos de ellos, incluso hoy en día, luchan por mantener una supremacía, junto a algunos que disfrutan de esa grandeza momentánea. No te sientas mal por todo aquel que no tiene hoy lo que sí tuvo ayer. Nadie crece a punta de victorias. Es una fórmula muy complicada. No siempre intervengas, permítete la sorpresa de lo inesperado. A veces hay que alejarse un poco y criticar a la distancia. El individuo que acumula mucho poder tiene ante sí su mayor condena: el perderlo.

> 66 *El mundo es infinito*
> *y el hombre una circunstancia* 99
>
> **Demócrito**

—En conclusión, no importa lo que yo te diga o adelante, de igual manera tú les vas a definir su destino. De todos modos, te advierto que lo que ha de ocurrir va a ser muy bueno para algunos y muy malo para todos los demás. No intentes ser complaciente, nunca lo vas a lograr.

—No se puede detectar en el presente la grandiosidad o la catástrofe que se vive, ¿es eso solo un privilegio del futuro? –pregunté.

—¡Exacto! Tú eres el futuro, tú eres el destino.

> 66 *Si el ojo pudiera ver a los demonios que pueblan*
> *el Universo, la existencia sería imposible* 99
>
> **Talmud, Berakhoth 6**

Las artes

Toda esa información retumbaba en mi mente, me ofuscaba, como un martilleo constante, que luego capté era eso, un martilleo que provenía del fondo. Rítmico, constante, como si se guiara por una partitura. Caminamos en esa dirección, aún guiado por Él y a cierta distancia nos detuvimos, y a lo lejos se distinguía a un hombre tallando una pieza de mármol. No reconocía al artista, pero sí la obra que estaba haciendo, y por eso imaginé que estábamos en el taller de Antonio Canova, mientras tallaba la *Venus Victrix*, a solicitud de la hermana de Napoleón Bonaparte, Paulina Borghese quien, semidesnuda, posaba descaradamente, a pesar de que el escultor detallaba era el diván.

—Así es ella, promiscua y escandalosa –dijo–. Yo la adoro y a él lo envidio.

Yo miraba curioso la escena. Uno siempre se deja llevar por la imagen que la obra representa, pero se olvida del rostro en quien se inspira.

—En el fondo de esta armadura ensangrentada vive un soñador, un poeta decepcionado por falta de musa –expresó de la nada Él–. Frustrado por la incapacidad de crear algo digno, incluso, comparativamente, con algún artista mediocre. A pesar de que vivo una tormentosa ansiedad, mi mano es incapaz de expresar lo que mi corazón siente. Está acostumbrada a blandir espadas, a clavar cuchillos y a verter venenos. No es una mano artística, es una mano asesina.

—Al menos hace algo bien —dije.

—Pero siempre he tenido el deseo de crear. Desde el inicio lo he intentado. Observaba con envidia cuando hombres "primitivos" pintaban en sus cuevas. Mi única colaboración a esa expresión artística fue la de dejar mi huella plasmada en las paredes. Aún hoy me conmuevo cuando voy a los museos y reconozco las obras, como esta —señalando a Canova—. Como si fuera ayer. Tal vez, de haber sido un artista reconocido no hubiese sido tan buen asesino anónimo. Pero escribo, a través de ti, tal vez por la necesidad de ser juzgado por mis hechos y ser perdonado por mis intenciones.

—En varias oportunidades intenté cantar odas, pero mi ego me desviaba de la narración exacta, así que me vi obligado a convencer a un tal Homero, ciego el pobre, de que me las narrara —continuó diciendo Él.

El tono de su voz estaba envuelto en un aura de melancolía. Como quien al final de sus días se despide de un mundo que ya no le pertenece. Capté, con cierta tristeza, que lo que me había dicho era verdad, se retiraba, y todo lo que me había expresado a través del tiempo era solo un intento desesperado por preservar su legado. Por lo que Él quiere ser recordado: brabucón, irreverente, desentendido. Pero al final Él no era así. En el fondo, tal vez muy en el fondo, era diferente y en verdad buscaba el bien para la humanidad.

—Trabajé en el taller de Fidias, ya que ¡si había que aprender! que fuera con el mejor —continuó diciendo—. Pero para satisfacer a una dama, tomé un poco del oro encomendado para una escultura y el pobre artesano fue encarcelado por mi culpa. Al final de cuentas, su nombre ya había ingresado en la prestigiosa lista de inmortales. Además, no puede haber drama si alguien no sufre. Sobre todo, si es inocente.

—Asistí a las distintas escuelas filosóficas por moda. Pero sufrí encontronazos con varios de los filósofos, por no decir con todos: Tales de Mileto, Solón, Periandro, Sófocles, Platón,

Aristóteles, etc., gracias a mis visiones, muy particulares, sobre la vida y la muerte. Algunos me influenciaron por momentos, a otros yo los convencí y al resto los tuve que destruir, intelectualmente, siglos después.

—Construí vías, acueductos e incluso templos e iglesias, con los romanos, pirámides con los aztecas y castillos con los franceses. Influencié la transformación de los dioses griegos a romanos. Esta civilización adaptó y mejoró todo lo que ya existía y los hizo suyos.

—No vayas a creer, en la Edad Media también tuve mis momentos salvajes cuando quemé libros originales, únicos y no copiados, para calentarme las manos en una noche de invierno o por mera diversión. Por suerte para mí, tuve la precaución de leerlos antes. Lástima por ustedes. Pero también atesoré manuscritos y dibujos de civilizaciones consideradas por esa época paganas. Me convertí en masón y construí catedrales góticas, llenas de luz y colorido. Escribí algunos poemas con los que después me limpié el culo.

—Harto de imágenes planas, sugerí el uso de la perspectiva. Al hombre no se le pueden dar todas las herramientas a la vez, hay que dosificárselas y hacerle creer que es él, y no otro, el que cruza a una nueva frontera.

Saturado de los cantos gregorianos y de música eclesiástica, le pagué a Juan Sebastián Bach para que me compusiera una melodía que ya tenía tiempo tarareando en mi cabeza. Qué difícil es generar un cambio cuando se está cómodo con lo que existe. Después continué con Mozart, Beethoven, Wagner, Tchaikovski, Strauss, Armstrong, los Beatles y Madona. Le creé a la Nueva Trova la revolución que necesitaba para dedicar sus canciones. Me di cuenta, de que la música, es esencial en nuestras vidas. Llena espacio, complementa recuerdos e incita hechos. Incluso, en lo más ardiente y estruendoso de una batalla, voy tarareando alguna melodía.

—Me enfurecí cuando los puritanos decidieron cubrir las partes íntimas de la obra de Miguel Ángel en la Capilla Sixtina. Como si con ese acto de recato se pudieran cubrir todas las manchas de la Iglesia. Pero igual, tomé un pincel y pinté telas sobre penes.

—Fui *El Fausto* de Goethe, *El Príncipe* de Maquiavelo, el *Gregorio Samsa* de Kafka. En definitiva, he vivido del arte y por el arte. He sido mecenas y promotor, amigo y enemigo.

—Pero aún hoy, con todo lo que he aprendido, me siento incapaz de expresar lo que llevo adentro. Y ya que ningún artista me ha representado a mí, me vi en la obligación de pintar un autorretrato, una y otra vez, en busca de mi esencia: cada pincelada un sentimiento, cada color una etapa, como un espiral en mi mente.

—La mano que mata no puede trasmitir lo que el corazón siente. Las artes son, en conjunto, la esencia del hombre y de su época. Y pensar que ahora, todo lo que hice, pueda y deba ser modificado por un plan maestro mejor... ¡el tuyo!

—Se puede decir que he tenido una vida plena.

El destino

Ninguna buena historia comienza sin una muerte... ésta, en cambio, finaliza con la mía. No tengo lugar en donde esconderme y expresar el dolor por ciertas acciones, acciones en sus momentos justificadas, pero con el pasar del tiempo inútiles. Siento el dolor por la muerte de mi hijo. Un hijo en particular, que al igual que muchos otros fue solo el accidente de la lujuria, pero éste, a diferencia de los otros hijos, me carcome. Tal vez porque fue el último, tal vez porque fue el preferido, tal vez, porque a mi edad, a éste decidí criarlo y no abandonarlo como a tantos otros. Hoy lloro su muerte, ya que al fin de cuentas fue mi orgullo y mi soberbia lo que lo mató.

A ellos, a cada uno de ellos los amé y los traicioné, ya que pude otorgarles la inmortalidad, pero por el celo por mi condición no se la traspasé, ni a la mujer que más he amado en la vida. Tal vez es un temor, como el que Crono tuvo al inicio de los tiempos, razón por la cual se comió a todos sus hijos para que ninguno de ellos lo pudiera desplazar como único dios; pero con mi ayuda y la de su madre, Zeus logró sobrevivir y hacer de la profecía una realidad.

Muchos de mis hijos lucharon a mi lado sin saber que yo era su padre, y a algunos los ayudé a obtener victorias dignas y a otros los empujé de sus caballos para que fueran comida de buitres. Otros heredaron, de las madres seguramente, el don de las artes y de la literatura, y brillaron, ofreciéndole a la humanidad cultura y progreso. Muchos, sin duda, resultaron ser lo que yo siempre he detestado en el hombre: mediocres y serviles. Personajes que se opacaron en sus propias "desgracias". No se nutrieron de ellas para crecer y superarse.

—A algunos de ellos los ignoré por completo, a otros les seduje a las esposas o a las hijas, solo para embriagar mi ego herido por razones hoy ya olvidadas. Es aburrido hablar a terceros de los méritos insignificantes de los hijos, al igual que enseñar sus fotos a los compañeros desinteresados. Pero lo interesante de mis hijos es que son míos y a cada uno de ellos, a mi manera, los he enterrado. A algunos con flores y a otros con orina.

Uno de ellos, recuerdo con nostalgia por los dolores de cabeza que me causó a lo largo de su miserable vida, fue un cardenal en el Vaticano, fanático como ninguno en la lucha por la institución eclesiástica. Como te imaginarás, la única manzana buena en una cesta repleta de podredumbre, un enemigo natural. Sin que supiese quién era yo, instigué en su contra, lo tenté con placeres y blasfemias, ¡pero él! incorruptible. De haberlo permitido, seguramente hubiese sido canonizado, pero eso es como insultar a la madre que no tengo.

Para mi desgracia, el papa de turno, gran amigo y compañero de juerga, muere y éste, mi hijo el cardenal, es el primero en la lista para sucederlo. En vano me infiltré en los sueños del claustro, en vano intenté desprestigiarlo en las conciencias de cada uno de los electores. Negado a ser derrotado, al menos en principios, le introduje, una noche, mi mano en su pecho mientras dormía y le detuve el corazón. Vi, con asombro de mi convicción, cómo la vida se le iba a este: mi hijo. Triunfó por supuesto mi favorito e hicimos de la iglesia nuestro campo de juego.

Aún hoy llevo flores a la tumba de un ser anónimo que, de no haberle yo truncado su destino, estuviese considerado uno de los hombres más valiosos de la humanidad. De la posible eternidad al más absoluto anonimato. Esos son los sacrificios que a veces hay que realizar. Como Abraham a Issac, pero sin una mano divina que evitara la ejecución.

—Pocos supieron quién realmente era yo y varios intentaron aprovecharse de mi condición para su propio beneficio, algo que les hubiese otorgado sin dudarlo, tal vez por el remordimiento de no haberles concedido lo que todo hombre desea... vida eterna. A uno de los que intentaron aprovecharse de mi condición, lo elevé a lo más alto de la gloria humana y lo dejé caer para disfrutar de su aterrado rostro mientras su mundo, el por mí construido, se venía abajo. No hay nada como hacerle creer a alguien que es algo que nunca podrá ser. El peso de su incompetencia, tarde o temprano, ejerce su fuerza. Cuántos ineptos no han recorrido la historia montados en tronos demasiado grandes para ellos. Se ven ridículos. Payasos intentando no hacer reír mientras juegan con la vida de millones. Seres protegidos en un aura de ignorancia intentando torpemente imitar las hazañas de otros infinitamente más grandes, para justificar su miserable existencia. No se pueden culpar por existir e intentar, el error es al final el de la gente que los apoyó, y, que con su propia sangre van a sufrir después de su estupidez. No te voy a nombrar a nadie, ya que actualmente hay muchos que aún existen y me sentiría muy mal de librarlos, tan fácilmente, del castigo que se merecen.

—De los tres mil setecientos cuarenta y dos hijos, ciento once fueron mujeres. Algunas de ellas, sumisas, atendieron todos mis deseos, incluso en lo referente a su maternidad. Otras se revelaron, no solo a mí, sino al sistema por mí inventado para ellas y se engrandecieron incluso, por encima de hermanos por ellas jamás conocidos. Estoy orgulloso de haber engendrado a esas mujeres de temple. Mujeres, en muchos casos anónimas que apoyaron causas imposibles de lograr, y que por su inspiración obtuvieron éxitos inimaginables. Otras, que inspiraron a escritores, se aprovecharon de su libertinaje para lograr beneficios substanciosos y generaron locuras de las cuales yo participé de buena gana. No hay como una orgía para comprometer a otros a hacer cosas por ellos antes impensables. Una buena cama es siempre agradecida.

–Pero todo este relato te lo hago porque uno de mis hijos, uno de los últimos, a quien una vez adulto lo llevé conmigo a mi "trabajo", educándolo en las oscuras artes del destino, se creó una mente propia, muy distinta a la mía, teniendo en cuenta que él se veía obligado a ver al mundo en parámetros de tiempos limitados y yo, a diferencia, los veía como un tablero de juego eterno. Una barrera evidente que hoy detecto, pero que en ese instante pasó desapercibida. ¡Qué ironía! me había tocado un hijo moralista al que odiaba y amaba. No es que fuese puritano, porque de haber sido esa la razón, sin remordimiento le hubiese sacado los ojos. Se enfrentó reciamente a un capricho político que redibujó el mapa mundial, generando entre nosotros una brecha, en ese instante imposible de franquear, me vi en la obligación de modificar las acciones para demostrarle su error, pero su fanatismo filosófico se afianzó con el desarrollo de los acontecimientos.

Utilicé entonces métodos desesperados. Era ya una guerra de orgullo entre nosotros dentro de una guerra total. Él fue apresado por sus enemigos, mis aliados, y condenado a muerte. Yo confieso humildemente que intenté, en vano, interceder, permitiéndoseme al final decidir su destino, pero en una ardiente discusión en su pequeña celda, me llevó, por amor, a tomar posición. Muerte. Asistí a su ejecución pública y debido a la euforia apasionada de la masa, aplaudí, entre lágrimas. Una vez obtenida esa victoria personal, me sumergí en una melancolía y depresión, que aún hoy me sobrecogen, y a pesar de saber por experiencia propia que la alegría por los triunfos obtenidos solo dura lo que dura el momento mismo del triunfo, me dejé llevar por instintos heredados de la raza humana y permití su muerte.

Me abstraje de la aniquilación que había generado por orgullo y me recluí en un refugio a llorar mi pena. Dejé que los hombres, solos, resolvieran su conflicto. El resultado de esa guerra ya no me interesaba. Al final, cuando me repuse, manipulé el destino. Todavía hoy permanezco de luto por el hijo perdido, a pesar de que años antes de su nacimiento ya yo lloraba su pérdida.

—¿Pude haber sido yo ese hijo? —haciendo referencia a la metáfora.

—¡No! tú eres su sustituto. Al no haber filiación sanguínea, es mucho más fácil ser pragmático. Por mi orgullo, un desconocido ha de continuar con mi labor. No tengo la energía o el ánimo de comenzar de nuevo. De haber sabido ayer, lo que hoy yo sé, qué cantidad de errores no hubiese cometido, y a pesar de que hoy sé lo que sé, los errores continuarán, pues el futuro es mi creación caprichosa y los errores solo son un punto de vista parcializado en la mente del que lo cuestiona.

—Cada realidad es distinta en su entorno, cada palabra tiene múltiples significados, cada individuo es su mundo en su tiempo.

> **66** *El camino a la luz nunca es directo,*
> *fácil o exacto* **99**
>
> **Yo**

fin...

Índice

Índice

Este libro se terminó de imprimir en EE. UU.,
durante el mes de abril de 2020,
compuesto de tipos Adobe Garamond, 13 puntos.